一个人的现场

2024
中国年度散文

何平 ▪ 选编

YI GE REN DE XIAN CHANG

漓江出版社
·桂林·

目 录
contents

人 间

003 / 库斯图里卡的鞋带　　　　　　余　华

010 / 收纳痛与爱（节选）　　　　　梁鸿鹰

024 / 张贤亮：因敬畏而生疏　　　　陈继明

029 / 尴尬一代的读书人 —— 回忆我的父亲董健　董　晓

035 / 失语者　　　　　　　　　　　草　白

047 / 纽约客（节选）　　　　　　　缪佳欣

行 走

061 / 夜行车　　　　　　　　　　　李　娟

086 / 雪山高速公路　　　　　　　　雷平阳

094 / 曲山关内外 —— "新北川记"之二　刘大先

106 / 2023年，肖斯塔科维奇在波士顿　王　璞

115 / 北京二十四年感官印象记　　　陈　思

122 / 徐湘蘋与拙政园　　　　　　　朱　婧

自　然

133 / 小毛桃　　周晓枫

156 / 万物凝视　　鲍尔吉·原野

172 / 西线观蝶的三天　　李元胜

190 / 当我成为一只真正的亲鸟 —— 孕期观鸟笔记（节选）　　杜　梨

有　思

209 / 戊戌：一个人的现场　　宁　肯

229 / 黑池坝笔记　　陈先发

265 / 我从未到过这世界　　王亚彬

280 / 致李商隐的一封信　　朱　朱

290 / 反常的边界 —— 技术加速时代的写作探索　　糖　匪

303 / 编后记

人 间

库斯图里卡的鞋带

余 华

　　我与库斯图里卡相识于七年前，贝尔格莱德进入春天的时候，一个小范围的会议，塞尔维亚文化部部长主持，库斯图里卡是会议的主角。在这个七人会议上，一位八十多岁的塞尔维亚老作家认真参加会议，不参加晚上聚餐。我印象比较深的是俄罗斯作家扎哈尔·普里列平，他曾经是特种兵，参加过车臣战争，他是从顿巴斯来到贝尔格莱德，他和家人居住在顿巴斯。这位光头作家发言时像是一个军官在参加军事会议，为此奥地利作家彼得·汉德克表情严肃地看着他，开玩笑说：谢谢你没有背着AK-47来开会。这位普京的朋友（他自己这么说的）差点让乌克兰特工干掉，去年五月六日在俄罗斯下诺夫哥罗德州的公路上，他乘坐的汽车被炸，司机炸死，他炸伤。会议进入最后一天，一位法国作家来了，他不知道前面两天我们说了些什么，我们说话时他插不进来，他整个下午都在迷惑地看着我们，到了晚餐的时候仍然孤独，我们互相熟悉地说话，他像个陌生人坐在那里，后来他端着酒杯坐到我身旁说：这个会议很奇怪。

　　我是在贝尔格莱德街上第一次看到库斯图里卡没有系鞋带，那时候我们走在一起，他穿着一双黑皮鞋，走去时鞋带自由地甩来甩去，起初我以为他不知道鞋带松开了，提醒了他，他点点头继续走着，没有一丝停下脚步系鞋带的迹象，我以为他是懒得弯下腰去，松散的鞋带并不妨碍他的行走。后来的两天，我注意到他仍然没有系鞋带，于是他的鞋带出现了两种表情，他开会坐下时，鞋带垂头丧气耷拉在那里，他起身行走时，鞋带生机勃勃甩动了。我不知道他为什么不系鞋带，显然他并不讨厌鞋带，如果讨厌的话，他可以去穿没有鞋带的鞋，我当时想这可能是他的个人嗜好。

此后不到一年时间里，我们又见了两次，一次是在上海，他带来了新电影和无烟地带乐队。下午我们在宾馆见面，我看了一眼他的鞋，鞋带还是散开的。晚上在剧院看他和无烟地带乐队演出，他弹着吉他在舞台上蹦蹦跳跳，自由的鞋带"野蜂飞舞"了。另一次是在塞尔维亚靠近波黑的木头村，二〇一八年一月的一天下午，我们在一个山顶木屋里吃了烤牛肉，外面白雪皑皑，傍晚时分我们走到户外，在寒风里观赏落日在白茫茫中降落的壮观景象。第二天他开车带我去波黑塞族共和国的维舍格勒，他的双脚踩进厚厚的积雪，走向他的SUV，我跟在后面，看着他的鞋，鞋带仍是散开的，鞋带和鞋一样沾满了积雪。我至今难忘那里冬天的美景，山势层层叠叠，树林也是层层叠叠，树上结满了霜，一片一片的灰白颜色波浪似的下去又上来。

就是这次塞尔维亚与波黑之行，我去了萨拉热窝。对于我们这一代中国人，萨拉热窝是一个传奇城市，两部电影，《瓦尔特保卫萨拉热窝》和《桥》曾经风靡中国。萨拉热窝也是南斯拉夫时期的艺术之都，那里文艺人才辈出，库斯图里卡是其中杰出的一个。他在萨拉热窝出生，在一个很好的家庭里成长，可是他经常与一伙不良少年混迹街头巷尾，他自然也是不良少年。他少年时期的玩伴后来都进了监狱，如果没有对电影的热爱，他很可能会在监狱里与玩伴们相聚，电影把他拉了出来，让他去了布拉格。他从布拉格学成归来时，已经是崭露头角的青年导演。

我在萨拉热窝时去了他少年时期生活的街区，我站在路边看着行驶的车辆，心想这哥们少年时干过的坏事和眼前的车辆一样多。

南斯拉夫解体后，不同民族之间煽动仇恨，现在巴尔干的穆族和塞族很难共处，库斯图里卡无法回到他的故乡萨拉热窝，这是一座属于穆斯林的美丽城市。他思念故乡的方式之一，是请居住在波黑塞族共和国的朋友去萨拉热窝时拍一些照片发给他。

我离开萨拉热窝，离开贝尔格莱德之后，也就忘记了库斯图里卡的鞋带。今年四月二十五日，我们在北京国际电影节见面，我也没有去看他的鞋带。电影节组委会的郝洁邀请我参与库斯图里卡的大师班讲座，讲座进入尾声的时候，他抬起脚，让台下的听众看看他浅棕色皮鞋上散开的鞋带，我这才重新注意他的鞋带。我和在场的听众得到了他的回答，他解释为什么不系上鞋带，这是为了表明他身心放松，如果系上鞋带，表明他处于紧张之中，准备随时逃跑。

很好的解释。紧张还是放松，都是生活给予的，什么时候给予什么，是生活的意愿，我们没得选择，只有接受。库斯图里卡散开的鞋带是一个姿态，并非他现在已经远离紧张，紧张仍会经常找到他，但是他知道如何对付了，他已不是少年库斯图里卡，他已是老江湖库斯图里卡。

我觉得库斯图里卡散开的鞋带是对自己少年经历的警告，这个曾经的不良少年如何逃跑的经验丰富多彩，我相信他有过很多心惊胆战的时刻。我们也一样，我们的少年里不会缺少逃跑，不会缺少心惊胆战，而且逃跑和心惊胆战如影随形，追随我们一生。

我少年时期的紧张，很多时候是因为自己的口吃，这是童年时觉得好玩，觉得结结巴巴说话别具一格，当我成为一个正式的结巴后，想改已经晚了，改不过来了。我应了那句老话，世上没有后悔药，人生没有早知道。

我口吃的表现因人而异，与父母哥哥还有同学在一起很放松，说话比较连贯，虽然时常停顿，总还能把那些词艰难地说出来；与不怎么熟悉的人说话时，就会无端紧张起来，说话不再是停顿，而是卡住，停顿对我来说不算什么，卡住才要命，卡住如同一座高山挡住了我的去路，怎么也翻越不过去。那时候我只能低下头，满脸通红地站在那里，用点头或者摇头来回答对方的问话。我的口吃也因天气而异，有个说法，下雨天容易口吃，太阳天不会口吃。不知道真是如此，还是心理作用，每到下雨天我说话总是断断续续，太阳天说话明显流畅一些。

我上小学时的一个夏天，晚饭后我们一家人在屋外乘凉，我父亲想起医院工作上的一件事，让我去给他的一个医生同事传话，传什么话我忘了，我不愿意去，对父亲说，让哥哥去。我是担心自己的口吃，站在一个陌生的门口，面对父亲的同事，我有可能一个字都说不出来。我父亲的权威是不容置疑的，他对我说，就是要你去。我继续说，就是不去。我父亲沉着脸进屋拿着扫把出来，他还没有把扫把举起来，我连声说，我去，我去。

我听到父母和哥哥在后面的笑声，我父亲好像还说了一句敬酒不吃吃罚酒之类的话。我生气又委屈，走出我们当时居住的杨家弄，走上大街，口吃担忧症的症状开始出现。

我在紧张的感觉里沿着城里的小河向父亲同事的家走去，先是在心里默念那句话，在心里说的时候还算流畅。我尝试小声说出来，第一次比较顺利说完，第二次出现停顿，接下去一次不如一次，后来几乎每个字说出来时都是停顿后拉长，而且越拉越长，像是唱出来的音节。路上有人叫我的名字，我心不在焉地看他一眼，好像是我的同学，他笑着问我自言自语哼的是什么。我面红耳赤，没有回答他，继续走去，我不敢再发出声音。我恍惚起来，路上认识的人都是好像认识。

我走到父亲同事家门口时，另一个担心出现了。他住在河边的房子里，我站在他的屋门外，我担心敲开门之后出现的不是他，是他的家人，我就要多说一句话，问他的家人，某某叔叔在不在家。我担心这句询问的话会停顿卡住，声音拉长了唱歌似的才能说出来，要命的是之后面对父亲同事还要说一句话，一次唱歌变成两次唱歌。

就在我的担心转化为害怕时，屋门打开了，我父亲的同事正要出来，好像是要倒垃圾，他见到我站在门外怔了一下，随即笑着说，是余华啊。他的出现让我猝不及防，正是这样的突然，担心害怕瞬间消失，我流利地说出了那句话。

我沿着河边回家时心花怒放，感觉傍晚的天空从来没有这么好看过，云彩在落日和晚霞的映照里闪亮，长长的拖船驶去时河水掀起层层波浪，我觉得波浪很快乐。见到认识的人我主动叫出他的名字，遇到同学时说几句话，我发现自己说话流畅了，几乎没有停顿卡住的时候。

这个经历对我口吃的治愈立竿见影，我说话时不再畏首畏尾，而是敞开交流了，虽然还会出现停顿，也是小小的停顿，很少有卡住的时候，不影响我的正常说话。

我说话顺利了几年后，一次经历把我打回原形，那是我口吃史上登峰造极的时刻。我上高中，当时县里每年几次的公判大会都是在我们海盐中学的操场上进行。因为我作文优秀，学校推荐，上级同意，布置我写一个死刑犯的批判稿，而且让我站在公判大会的台上念自己写的稿子，这对于少年的我是光荣和梦想。我认真看完这个死刑犯的罪状，写出批判稿，里面充满了《人民日报》上每天出现的革命语句。批判稿顺利通过审查，接下去我只要站在台上，用义正辞严的腔调念完，我就大出风头了。

公判大会的前一天晚上，因为激动睡不着，我脑子里一遍遍想着明天的风光时刻。这时候一个不合时宜的念头出现，明天公判大会上口吃了怎么办。情绪急转直下，从兴奋激动的高峰跌入心虚胆怯的谷底。担心像雾一样弥漫开来，忐忑成为我心跳的节奏。虽然我给自己壮胆，让自己放心，明天会把稿子顺利念完，可是担心忐忑不时袭来，我在自我鼓励和担心不安的拉锯战里昏昏入睡。

第二天早晨醒来，我对自己口吃的担心不仅没有离去，反而更加清晰强烈，这个要命的感觉占领了我头脑，驱逐了其他想法，让我怎么也摆脱不了。

我忘了自己是怎么去的学校，只记得海盐中学的学生搬着他们的椅子来到操场的情景。学生按年级和班级分片坐下，我手里捏着批判稿，站在操场讲台的一侧，与另外三个拿着批判稿的人站在一起，他们三个说说笑笑，我心慌意乱，看着熙熙攘攘的学生乱糟糟入座，我知道上台的时间快到了，心里越来越紧张，身体开始僵硬。

公判大会的开始，是我们武原镇派出所的所长宣布的，四个五花大绑的犯人被六个民兵和两个解放军战士押上讲台，他们胸前挂着大纸牌，上面写着他们各自的名字和罪行。死刑犯只有一个，就是让我念批判稿的那个，两个背着步枪的解放军战士站在死刑犯身后，另外三个犯人后面站着手握标枪的民兵。

死刑犯是最后一个宣判，所以我是压轴的。前面三个犯人的批判稿是我们镇上其他单位的人念的，他们都是革命积极分子，他们嗓音洪亮，像是中央人民广播电台里出来的声音，铿锵有力地从高音喇叭里喷射出来，嗞嗞的电流声伴随他们的声音。他们说了什么我一个字也没有听进去，我正在担心害怕的煎熬里试图咸鱼翻身。

如果让我第一个念批判稿，或许能够完成，中间会出现几处停顿，我相信自己能克服过去。偏偏我是最后一个，前面三个的批判稿写得冗长，他们的声音像是吃坏了拉肚子那样没完没了。我在紧张里待得越久，就越紧张，我仿佛踩上了紧张的西瓜皮，滑过去摔一跤，滑过来摔一跤。感觉过去了很长时间，他们三个才念完批判稿，他们的声音没有了，嗞嗞的电流声还在响。

我的身体不是哆嗦，是僵硬地走上台，我似乎不是走过去的，是把自己搬到麦克风前。如果可能，我肯定逃之夭夭，可是我没有勇气也没有力气逃跑，我懵懵懂懂无依无靠站在那里，心里喊了三遍毛主席万岁，指望毛主席保佑我顺利念出第一句，再顺利念出第一段，这样我有希望顺利念完批判稿。

我站在麦克风前不出声的时间有点长，台下的人不知道我葫芦里卖的什么药，他们寂静无声看着我。要命的是我往台下看了一眼，不看还好，这一看，看到他们的目光整齐划一地射向我，我听到自己念出批判稿第一句的声音颤抖。第一句出现一个停顿，第二句出现几个停顿，这是唱歌的趋势，我听到下面有咝咝的笑声；第一段也就两百多字，我卡住了三次，这是唱歌的调子，下面的笑声响亮起来。

我知道自己完蛋了，停顿卡住的频率越来越高，我自己听到的不是说话声，是有一搭没一搭的歌声，极其难听的歌声，结结巴巴地响起。台下的笑声浪涛似的起伏，我无助地向下面看了看，看到不少人笑得站起来，又捧着肚子弯下去。老师们也都站起来了，他们摆着双手，正在制止学生的笑声，可是老师们也在笑。

我在公判大会上用不着调的歌声念完了批判稿，时间比预定的长了两倍，在浪涛似的哄笑声里走下台，竟然感觉解脱了，死猪不怕开水烫的那种解脱。班上的几个男同学哈哈笑着向我走过来，我看着他们也笑起来，反正已经这样了，还能怎么样。

此后的几天里，女同学看到我就会捂住嘴笑着走开，男同学们围着我，拍着我的肩膀笑，说他们很久没有过这么高兴，他们告诉我，台上那个死刑犯也是笑得浑身抖动。有一个同学补充说，死刑犯身上绑着的绳子都笑得抖开了，绳子一头掉到了地上。我不知道他说的是真是假，这可是用绳子套住脖子绕到背后反剪双臂的五花大绑。

我不知道这是成长里的至暗时刻还是高光时刻，后来每次的回想都会定格在死刑犯笑得浑身抖动的情景里，我给一个行将结束生命的人带去了最后的快乐。

中学时期公判大会上名噪一时的表现让我达到了口吃的巅峰，之后不断回落，有高峰必然会有低谷，我开始进入了漫长的口吃低谷期，说话会有停顿，但是都能说完。三十多年前，莫言在《清醒的说梦者》一文里描述我说话"期期艾艾"，那时我二十九岁，我们两人住在鲁迅文学院的一个宿舍里，我正处于说话会有停顿的口吃低谷期。

后来因为国内国外很多的采访和演讲，我说话时越来越放松，似乎告别口吃了，或者说忘记自己的口吃，偶尔会出现停顿，也是越来越少，当某一个词语卡住时，我会脱口而出另一个近义的词语。可是写下这篇文章以后，不祥之兆降临了，我突然感受到一些紧张，担心这篇文章可能会召回我的口吃，让我重返结巴的高峰，因为我的鞋带从来没有松开过，一直是系紧的。

二〇二四年六月十一日

注：此文收入2024年北京十月文艺出版社出版的《山谷微风》中。

收纳痛与爱（节选）

梁鸿鹰

> 人之所系，莫大乎生死。
>
> ——[清]徐灵胎《医学源流论·自序》

我曾痴迷于高尔基的《在人间》，其字里行间的炎凉、伤痛和哀乐久久难以从我脑海里散去。医院何尝不是每个人无法逃脱的人间？无论高傲、卑微，还是富贵、贫贱，人生在世，唯一不得不去的地方，就是这处伟大的人间。医院无权打烊，它日夜慷慨地张开大口，不知疲倦地接纳、收治、料理、安顿疾患、痛苦及意外。我被这个人间早早相中，经常拖着过短的影子，被一条炉灰铺就的"之"字形马路带着，来到县城中心地带那座三层高、砖瓦水泥筑就的苏式建筑物里。或许刚及学龄，我便在这里熟悉了排队、挂号、划价、交费、治疗、取药等流程，一次次接受诊疗、抽血、透视、注射，或代母亲取药、取检查结果，还有取物。新奇与苦涩，温暖与凄婉，长在心里，半个多世纪飞逝，依然无法淡忘。一座"人间"，不管外形平淡或巍峨，只要内部以白为主色调，就会与世界上其他以疗愈为使命的场所一样，获得无可辩驳的高冷、肃穆及惊奇，与周遭划出清晰界限，上演一幕幕难忘悲欢，成为人生记忆的奇特渊薮。

一

　　医院之令我心生敬畏，不单在于进入内部之后双眼所及，满目医生护士统一的白色着装，更在于其无法躲避的独特气味。在我出生和成长的二十世纪六七十年代，医院最具代表性的气味是来苏水味。我理所当然地认为，所有医院都无一例外地被这种极具占领性、权威性和不可抗拒性的气味所主导。一旦与这种特殊气味同在，你就得接受自己是病人或病人亲友这一事实了。"来苏水"是 lysol 的音译，为诞生于 1823 年的利洁时集团（Reckitt Benckiser）旗下的一个品牌。1889 年，古斯塔夫·劳彭施特劳赫博士发明了来苏水制剂，这种含有甲酚的复方液体，性状黏稠，颜色为黄棕色至红棕色，具有较强杀菌消毒作用，即使稀释到 1%—10%，味道依然很浓。因为来苏水的味道很难在现实生活中找到参照，当它侵入鼻腔时，人们会更感不悦。

　　不过，当我从医院门厅进到稍深些的地方，很快会闻到另一种味道——药品的味道。挂号处和交费处旁边是西药房，这个人群最容易聚集的地方，永远拥挤而喧闹。一种令人心生复杂感受的多元气味，及时提醒你此行的使命。药架上那些以白、黄、蓝、红为代表性颜色的大小药片，或者为本来面目，或者被穿上糖衣，即使处于封闭状态，也会静静地、毫不客气地显示自己成分的扩散性、侵略性。你倒也不必担心药剂师不会做出合理而准确的分发。彼时制药工业精细化不充分，不少西药片需要分装到一个个小小的白色纸药袋里，按医嘱要求被发放给不同患者。分装导致更广泛的气味流窜，强化着人们对医院的敬畏，每次拿到顶部折成三角形的小药袋，我都不由自主地把鼻子凑上去，用心呼吸，仔细闻一下，以期产生不同的心得。西药房窗口飘出味道的复合性，最让人赞叹。在我看来，这些味道代表着医学的专业、神圣和不可替代，不强加于人，却被心悦诚服地接纳。中药房位于西药房另外一个方向的尽头，因经常光顾而被我熟悉，从一个玻璃隔断望进去，会看到上面写有极富诗意药名的一个个正方形的小抽屉，规规矩矩、密密麻麻地嵌满三面墙，窗口处的草药味扑鼻而来，有些乡野，有些苦涩，让我联想到野地和高山。

医院里唯一能在气味上压倒来苏水的或许是酒精，此味道我小时候最不愿意领略，因为它所预兆的，既是隐私部位的裸露，更是肉体的疼痛。酒精气味提醒你已经处于注射室，不可避免地要接受一次真刀真枪的医学洗礼。当灵活的器具被装载上神奇药液，即将实施医学处置的时候，总是酒精这种带有不可抗拒气味的液体先行光顾你。如果说来苏水味道令人不快，那么酒精气味导致的就是神经的高度紧张。在我的早年记忆里，所有注射室、处置室无一例外地被酒精气味所主导。酒精棉球冰凉、严酷而漠然，消毒时所散发的气味天然具有无可置疑的惩罚性，或许单是这种气味的前兆意义，就使"打针"成为所有大人威慑顽皮儿童的不二法宝。不论男孩还是女孩，只要胆敢"不听话"，大人一律以"带去医院打针"相威胁。大人图一时痛快，不考虑后果，任何一个天不怕地不怕的孩子都不能无视这种威胁，乃至酒精气味也成为威胁。听院子里一位大人聊天时说，他儿子上医院见到棉球，闻到酒精，便浑身发抖，有一次直接晕倒在地上。我的情况没这么邪乎，酒精气味足使我紧张倒是事实。对酒精气味更大的畏惧来自青霉素注射。青霉素是我童年的噩梦，幼时感染肺结核，青霉素为注射之首选，此前需先行皮试 —— 将小剂量试剂注射到手腕皮肤细腻处，观察几分钟，看是否红肿，红肿便是过敏，注射得取消。皮试之前，眼见冰凉的酒精棉球在左腕皮肤最细嫩的地方来回挪动，气味的威慑力顿时显现，随后针头以不亚于臀部注射的果断迅速刺入皮肤，立时导致小红点出现。针头拔出后，小红点处需遵医嘱留观几分钟。每逢皮试，我都祈祷红肿早些出现，遗憾的是，奇迹从未光临，皮试总是百分百通过。接着被叫进注射室。知道打的是青霉素，我就紧张到腿抖。那新鲜而浓烈的酒精气味像为虎作伥的帮凶，强化我的紧张，白衣操作者佩戴口罩不怒自威，其漠然、娴熟和专业，更令我胆寒。

遭受青霉素公事公办式注射若干次后，天上掉下个小丹护士——我不记得怎么知道她小名的。她部分消除了我的恐惧感。大概九岁那年初春的一个下午，我于来苏水气味包围中被一位年轻姑娘轻声叫入注射室，我递过单子，让她检视我的左腕，一股压过房间任何气味的香气飘入鼻腔，那无疑是母亲平常用的雪花膏的味道，令我隔着她的口罩，也愿设想其机灵与可亲。她检查完毕，迅速拿出针管，一边将蒸馏水打进青霉素药瓶，使劲摇动，一边等我露出该露的地方。只要在漂亮女性面前，我都像接受无数双陌生眼睛观赏般不自然，这导致了我动作缓慢。小丹护士并不催我，倒像个旁观者。待我立在台子旁，将半个屁股蛋露出来，她才绕到我身后。伴随湿棉球接触皮肤，袭人鼻腔的酒精气味慷慨散发，她轻柔挪动棉球一两秒后，以大出我意料的速度将针扎入，一边慢慢推针管，一边用手指甲在针头周围轻轻刮动。指甲的移动，仿佛得她身上香气的加持，有效分散我的注意力，令注射痛感顿减。没有小孩不怕打针，紧张所造成的惧怕，是打针最大的痛。由酒精气味伴随着的享受型注射，只在小丹护士这里得到过。经小丹护士打过一次青霉素后，我便盼望每次都由她注射，于是躲开别人，不将单子随便交给别的护士。我的愿望并非每次都能实现，有时她不在，或给别的人打针，或忙别的，其他护士给我打针时，我就想象这是小丹护士在注射，以期缓解痛楚。

医院还有一种气味是碘酒散发出来的，同样让人不悦。医学上碘酒亦被称为碘酊，原是游离状态的碘和酒精混合产生的液体，外表呈枣红色，带有碘和乙醇的特殊气味，较为刺鼻。碘让细菌蛋白质凝固，破坏细菌结构，再破坏菌体，据说能杀灭真菌、细菌、芽孢等病原体。注射前用碘对患者皮肤表面消毒，一般先涂碘，再用酒精脱碘，以防色素沉着。碘的颜色远不及酒精的友好，气味更差。酒精和碘相互加持，气味混合导致周边氛围更为糟糕。

需酒精或碘消毒的还有针刺和手术。很多小孩晕针其实是受不了酒精气味所致。我的大儿子四岁时有次发烧，身为中医的妻子想用一根银针在家解决问题，酒精棉球消毒后，银针尚未落在穴位上，儿子便像得了魔法主宰，额头冒出大大的水珠，接着全身发汗，针未进而热退身凉。气味可唤起、调动人的感官，激发想象力，孩童正当懵懂，世间万物图景在头脑中并不完整，如同食物气味引起食欲，酒精气味的异质性，唤起的肯定是对不确定、不吉祥的想象，加之刺鼻的侵略性，更为虎作伥，让敏感的孩童意识到前方有"危险"，严重时会导致意外。医院门诊每年有不少患者扎针后晕倒在地不省人事，男女老少概莫能外，是恐惧惹的祸，酒精、碘等的气味也难辞其咎。凡酒精、碘消毒，便见人之百态。身为医生的妻子告诉我，有的患者矮小瘦弱，却打针、针刺、开刀都不怕，有的患者虽然高大魁梧，身强体壮，却胆小如鼠，一闻酒精味便面如死灰，如若战争年代被敌方抓去受刑，想必第一时间成为叛徒，机密情报悉数和盘托出。她在门诊实施针灸时，不少美妇人举手投足娇如少女，闻到酒精味便手抚胸口，娇喘吁吁，扎头不行，扎腕不行，扎腿还不行，令人无措。各种手术前均需消毒，当消毒液触碰皮肤，消毒液的味道被吸入后，不少患者被恐惧、紧张、焦虑主宰，有如临大敌之感，直待麻醉生效，才不得不将一切交与主刀医生。麻醉剂是人类一大发现。我国东汉时期的华佗就创制了麻醉剂"麻沸散"。十九世纪美国牙科医生莫顿在行医过程中因目睹病人无法忍受无麻醉情况下的拔牙之痛，便进行了无数次探索研究，有朋友建议用乙醚做试验，莫顿遂将浸泡乙醚的海绵捂住自己爱犬的口鼻，使它吸入，几秒钟后爱犬软弱无力，躺下失去知觉，由此发现乙醚可充当麻醉剂。

也有患者喜欢酒精消毒后被施以针刺，与其说是对针刺有瘾，不定期扎针浑身不舒服，不如说实际上是对某种气味有执念。气味能让人沉迷上瘾、难以自拔。美国当代作家约翰·欧文的长篇小说《苹果酒屋的规则》里的韦尔伯·拉奇对乙醚气味痴迷。拉奇出身低微，母亲为帮佣，父亲因酗酒由车工堕落为搬运工。来到新英格兰缅因州圣克劳兹创办孤儿院之前，拉奇罹患了一种难以启齿的病。此病起因怪异。话说韦尔伯·拉奇酷爱读书，高中毕业一举考入哈佛大学医学院，他的酒鬼父亲极感自豪，遂为儿子安排了一个妓女以表心意。不幸，父亲这唯一的父爱举动使拉奇罹患淋病。拉奇后热衷细菌研究，发现吸用少量乙醚能安全有效地抑制下体痛苦，于是依赖乙醚与极为活跃的淋病菌展开长时间搏斗，等到凶恶的病菌全军覆没后，拉奇对乙醚气味执迷，不可救药地上了瘾。他吸用乙醚，不单是鼻腔摄取，也包括调动鼻腔加以嗅闻，这种化学制剂的气味，极大安抚了拉奇。据网料，乙醚又称依打（英语ether之音译）、二乙醚或乙氧基乙烷，为醚类有机化合物，为高度挥发性、极易燃、无色液体，但"有甜味"，这种甜味被标注为"飘逸气味"，试想，"甜"且"飘逸"，拉奇焉能不爱？乙醚毕竟是麻醉剂，好闻但有风险，为此拉奇摸索出吸用乙醚的独有方法："一手握着一个自制的包了多层纱布的圆锥形吸筒罩住口鼻，另一只手负责把吸筒滴湿。他用别针在一个四分之一磅重的乙醚罐上刺个小眼，从针眼里滴出来的乙醚在速度和用量上都恰到好处。"

医院散发着味道的除来苏水、酒精、碘、针剂、药品等之外，还有来自各类不同患者的气味，如体臭、汗臭、口臭、狐臭等，各种外伤、出血患者通常散发的血腥味，胃出血和肝硬化腹水的患者呕血的味道，支气管扩张、肺炎、肺癌等患者痰中带血散发的味道，等等。一切刺激嗅觉器官、引起人们不愉快及损害生活环境的气体物质均为臭气，不仅会对人体器官产生刺激性影响，使人不悦，还会对人体的神经系统、消化系统、呼吸系统等构成一定程度的损害。管控和治理医院臭气，主要需控制的物质有硫化氢、苯乙烯、二硫化碳、甲硫醚、氨、三甲胺、甲硫醇、二甲二硫等。除了做好清洁，消毒杀菌，医院内部还需增加令人愉悦的气味，以利患者身心健康。随着科技发展，医疗建筑水平提高，医院气味不再对人形成刺激，这是个大大的福音。

四

我与医院的关系不可谓不密切，除了母亲罹患重病多年，我从小也是医院的常客，数位亲人与医院有关。妻子十八岁进入医学院学习，硕士、博士一路读下来，如今看来，必会在北三环边上国医堂里坐诊到老。我最亲近的大姑大姑父一辈子在内蒙古杭锦后旗医院工作，大姑父是放射科的主任，大姑担任过妇产科的护士长。大表姐二表姐都是医生。二表姐退休前担任过中医院的副院长。1980年夏季我高考失利，无颜在失利的地方就读，便转往杭锦后旗一中，住在大姑家读高考补习班。大姑家不算十分富藏的医学书籍，仿佛为我打开了一只只奇异的魔盒，除了丰富我对肉体、性和生命的认知，还启蒙、熏陶、强化了我的某些偏执。有时趁家中无人，我会怀着罪恶的快感翻阅解剖学、外科学、放射学及个别不该我看的专业杂志，吮吸书页间的信息，接受隐秘气味的暗示，与来自某些图片和内容的吸引进行一番较量。医学书籍内容浩瀚，信息量巨大，我的时间不容长久沉浸，我更担心难以自拔、前程自毁，于是，翻阅频率和时长一再压缩，但即使隔三岔五，一些意外的奇异种子也难免被播下。

医院、医学及医生不断加入我家的故事，增添苦辣酸甜，斜出人生枝杈，令故事产生波折，影响进程。大姑父作为放射科大夫，最早发现我父亲热恋的对象病情严重，断定不适于结婚，更不能生育。无奈医学的宣判并未使两位年轻人理智，飞蛾扑火般的婚姻及两个孩子接连问世，致使我母亲在如今许多女性尚未嫁人的年龄溘然离世。不过，医学同样有判不准的时候。我爱人大学期间罹患肝炎，一度休学回到我经常出入的那座县医院治疗，大学毕业后也长时间肝功不正常。当我俩谈婚论嫁的时候，梁姓家族一百个人里有九十九个都告诫我说，你母亲殷鉴不远，切切牢记。谁也没想到妻子真的太争气，与我结婚六年后，生育与学业两不误，为计划生育付出数次代价，肝功能完全正常不说，还为我这个梁门"承重孙"生下一对健康的双胞胎男孩。

医院能够见到的人主要是医生、护士、化验员、药剂师。每次上医院看病我都会细致观察医者的一言一行，回到家里讲给妻子，让她在诊所留意自己的情绪和言行，将心比心，以病人为重。小时候我分辨不出医生、护士、化验员的差别，因医生与护士的着装一致，不像后来，护士戴上了造型别致的帽子。但我知道药房的人最清闲自在，不把药拿错就是了。县医院里的不少医生和我父母都认识，药房有位发药的美妇人，黑黑的皮肤，因与母亲太熟悉太要好，经常把母亲名字中间那个字读错，但只要看到我，就马上纠正过来。我认识的大夫以内科的为主，除父母共同的同学还有母亲临终时守在身边的白桂兰大夫之外，给我印象最深的一位叫仰焕珍，这位名字有女性味道的男大夫留着分头，外地口音，永远步履匆匆。作为中年人，他长得那么白白净净，实属少见。他也是我长大后骑自行车唯一能在路上碰到的医生。仰大夫以医术高超、为人和蔼闻名遐迩，尽管他女儿与我同班，我从没有打听过仰大夫的身世，除了知道他们一家不像大部分医生那样住医院家属院，而是住在离医院较远的小蓝桥以西的兵团果园附近，其他的知之甚少。在十二岁之前相当长一个阶段，我经常到医院为母亲取药，无论什么时候，我都可以拿着挂号单直接去找仰大夫，把妈妈写好的单子递给他，他从未让我等待。记忆最深的是有次在医院院子里，我手里医用托盘端着的胎盘滑到地上，仰大夫路过看到，从口袋里掏出个类似塑料袋的东西，弯腰把胎盘捡到盘子里，嘱咐我回到医院用水冲一下，此时我再次将目光落在他的手上，这双白皙精致的手，像我们女音乐老师的手那样，与他对我这样一个小孩子始终面带亲切平易之色相映生辉，深深沉在我记忆的深处。

医院对年幼的儿童绝对是噩梦，善医幼者，大恩大德。发热为小儿常见病，我的两个儿子半岁过后便接连受到发热侵扰，一个烧完另一个烧，令我们寝食难安、苦不堪言。我曾半夜骑自行车带孩子从劲松到同仁医院，排队，挂急诊，各种折腾，身心俱疲。而不论老大还是老二，只要闻到医院的气味，看着戴听诊器和白帽子的医生就号啕大哭，而且检查、抽血来一遍，最终也不过开些口服药和滴鼻子里的药拉倒，用药则热退，不用，高热便很快卷土重来，其中之苦，一言难尽。折腾几次，妻子想起学校的温病大家孔光一教授。有次三岁的老大发烧（一般都是老大先烧，过两天轮到老二），从幼儿园接回待了一天，胡乱吃了些药凑合到晚饭后，还是不退，这才决定带到孔老家。事先电话约好，傍晚到达离学校西门不远的一座楼房里。时值七八月份，天气炎热，敲门应声而入，我看到一位穿着二股筋背心和大裤衩的老者在门厅迎候，没想到这便是年近八十的孔老，人精瘦，谢顶，胡须未净，光脚趿拉着一双很旧的塑料拖鞋，从金属框眼镜上方投过来的目光，和蔼、亲切、平易。进入灯光昏暗的客厅，我们发现，四壁空空，什么值钱的家具、陈设都没有，微胖的师母短发花白，从低矮的小板凳上站起来，说了句我们听不懂的话，返至暗处，不再言语。孔老坐回桌旁，面带微笑，拉着孩子的手，察下舌头，看看喉咙，触触手腕，摸摸前额，用我们听不太懂的话说着什么，边逗孩子，边开方子，一张浅绿色处方单稀稀拉拉写了几味药，嘱抓三剂，最后是潇洒的签名。我们再三感谢，孔老一直送至门外。没想到抓药只花了十几块钱，把药熬好凉凉，头回吃汤药的老大百般不愿，一通恩威并举才从了。喝两三次烧就退了，烧退的同时，咳嗽、痰多、流鼻涕等症一并消失。自此，只要发热，老大主动喊着去找孔爷爷，药凉好端起来就喝。有年妻子在香港，儿子发烧我仍带孩子去孔老处，如是者三四次，每次吃不到三服，统统药到病除。如不带着孩子去，自己拿原来的方子去抓药，大多效果不佳。两个孩子至今对孔老念念不忘。我曾到门诊挂号找孔老诊治，孔老一如既往地话少，开的药少，十月下旬仍穿着半袖，与穿长袖的学生在一起，诊完之后口授一遍药方：半夏、茯苓、麦冬、甘草，等等，都是些常见的、便宜的药，药开全了，再从头说出剂量，8克、6克、9克，很少超过12克的，药味少，用量小，价格便宜，效果却奇好。

孔老是江苏泰兴汪群乡孔丁村人，1927年生，家境贫寒，十五岁开始随泰兴地区名医孙瑞云学医，白天扫地打水，碾药配方，晚上休息之后则攻读师父布置的书目，如此伺诊苦读四年。1951年出师后赴泰兴县学习，后到乡医院工作，又被派到扬州专区学习中医，数年学成，为民治病，从不收费。1957年以优异成绩考入江苏中医进修学校（南京中医药大学前身），1958年作为优秀中医药人才被选调到北京中医学院任教。孔老是出了名的淡泊名利、克勤克俭，评职称、分住房都谦让，从不宣传自己，在校内一套60平方米的旧房子里，一直住到2020年辞世。他首次接诊一定要看二十分钟以上，长年坚持免费改方，免费为生活困难的患者看病，在国医堂即使八十多岁高龄，都坐诊到晚上七八点钟，为不上厕所就不喝水，把全部精力都拿出来为患者服务，大医至诚，令人感佩良多。孔老的儿子小孔大夫是位推拿师，壮实精干，令人信赖。他先攥着躺平的患者的一双脚，对齐，像是在找问题，然后才上手揉，有时候让徒弟揉一会儿，自己再"掰"，有时全程自己完成，我们找他治疗的时候，他一直以低沉的嗓音给我们讲趣闻逸事，让诊治不那么枯燥乏味。

中医骨科技艺是孩童的一大福音。儿子小时候特别淘气，五六岁那年夏季的一天傍晚，老二因一件小事儿趴在地上耍赖，妻子抓住他的小胳膊用力一拉，没想到他居然号啕大哭，全身动不了，可能一只胳膊脱臼，虚张声势。当时家住方庄芳城园一区24层高的楼房，正值电梯维修，我急得要命，抱着他一路沿楼梯小跑而下，准备送医院。知道儿子自小害怕去医院，正不知如何是好，妻子想起一位女同事的先生是位中医骨科专家，于是打车直接奔东直门，来到中医研究院家属院一间狭窄的居所里。这位接近中年的骨科专家是山东人，嗓音低沉，口音较重，刚吃完晚饭，推开饭桌上没有来得及收拾的酱和葱，招呼儿子到他身边，问问这个，说说那个，拉拉胳膊，与儿子边玩耍边逗乐，就完成了肩关节脱臼复位，儿子丝毫未感觉到治疗的痛苦波折，甚至都没觉出是在治疗，治疗即已完成。看到此景，我脑海里不禁蹦出"不战而屈人之兵"这个句子。

民间医院靠口碑，大多发挥中医不检查、化验、开刀，甚至也不吃药，就能解决问题的优势。有一年我腰部出毛病，站不直、走不正，一朋友推荐我找刁文鲳老人。彼时刁老在崇文门附近的同仁堂医院出诊，个子不高，腰板儿笔直，北京口音，染过的头发一丝不乱，白大褂胸兜上很专业地别着三四支不同款式的笔，镇定自若感让人信赖。他让我先拍X光片，看片后命我上治疗床，先由壮硕的徒弟为我按揉半小时，再亲自上手，他的绝招是复位，患者侧身摆出一种姿势，他在徒弟帮助下使劲"掰"。从诊所易拉宝上的宣传和他本人的言谈中我得知，在他看来，人几乎所有的病均能从脊柱上找到根源，脊柱治理好了，不开刀吃药即可恢复健康。刁老诊治一次五百，不能走医保，这限制了看诊量。近年诊所多次流动，先到石家庄，疫情后才又搬回北京四环外一写字楼里。这种民间医生靠口碑生存，苦苦支撑着自己的医疗技艺，不知刁老现在是否有传人，毕竟奔九十岁高龄去了，愿一切好。中医的针灸治疗始终被我视为畏途，就在于怕酸、疼、麻的感觉，少有领略，至今引为遗憾。

南丁格尔说过："护士必须具有一颗同情心和一双愿意工作的手。"护士是我在医院里接受善意最多的一类人，她们的心和手，作为温情的最大来源，带来最持久的记忆。童年时期我除了常到医院取药、照X光、打针，还时常抽血以供化验，这同样是我最发怵的项目。县医院抽血的地方离化验室不远，挨着打针的处置室，人员单一，只有一位略带南方口音的小崔护士，从她和数个年轻白衣女性那里，我才稍有些明白了，执行医生开的单子上所列任务，直接对患者进行接触性处理和服务的，是护士，她们经过的专业培训，与大夫的不一样，她们不拿主意，处置和服务亦不得偏离医生的医嘱。我多年后才打听出来，崔护士叫崔香第，好奇怪的名字。她大概是无数个上海、江苏或浙江支边者的后代之一，小小年纪就从外地卫校毕业，第一时间被分配到县医院当护士。头次见到她是个北风呼啸的大冬天。为抽血化验，四年级放了寒假的我拿着化验单来到她这里，乖乖地坐在她对面的凳子上。一个长条桌子式的木质柜台将我们隔开，挺直身板的她是有些俯视着看我的，她的眼睛很好看，凡美好的人都不会输在眼睛上，这是我的一个执念。当然，因为人好，对其眼睛上的缺陷有所忽略或加以美化也不是不可能。小崔美好的眼睛眯了一下，我知道，那是欢迎的微笑，我发现她双眼皮上方的眉毛细而弯曲，鼻子小巧，嘴巴俏皮地微微噘着，同样不难看，除了门牙有些大，其余接近完美。不到七八岁的年龄差距，使我们之间的沟通变得简单。她接过化验单才戴上口罩，不像别的护士一直戴着口罩，故意不想让我们小孩看她们的长相似的。她用一种不常见的好听声音念了我的名字，说你名字像个女孩子呀。我脸红了一下，发现她口音不像我们当地人，一种类似敬仰、喜爱和向往的感觉顿时冒头。凡外地人，凡口音与我们当地土话有区别的人，都会被我认为是大地方人，都会被我高看一眼。人们普遍认为势利心偏爱年岁大的人，我不这样看，我必须坦白，自己从小就羡慕穿得好、长得漂亮、口音好听的人，哪怕他们的家长符合这三个条件，自己不符合也没关系。如果这三个条件同时具备，那种行动果断、办事利落、说话简洁的，在我心目中的形象则格外高大，我愿意与之接近，暗自幻想有朝一日他们能看上我，将我从这个风沙大、土话口音难听的地方带走，离得越远越好。

话说小崔护士已从一个铝盒里拿出注射器，安好了针头，命我把左胳膊露出来。时值冬季，我想偷个懒，不动棉袄扣子，只脱左边袖子，没想到根本办不到，还是得解扣子。她静静地看着我，不吭一声，倒使我越发紧张。当我红着脸把裸露的左臂放在柜台上后，她从另一端伸过手，轻轻按压我胳膊上的血管，一下一下又一下，手指皮肤柔软、灵巧、温暖，指甲光滑发亮，整个手就像她的面容一样牛奶般细腻，光晕让我走神，这被崔护士发现了，连忙说，不要紧啊，很快。口罩上端的状态亲切而易于接近，她的善意、大方、机灵和活泼加起来就是极易让我倾倒的磁力，使我发窘，难以摆脱，盼着快点结束，又希望多坐一会儿。正胡思乱想，她已将针头拔出，用不锈钢器具夹一小棉球压在刚抽完血的地方，贴一小段胶布在上面，嘱我按压几分钟再离开。我想赖着多坐一会儿，无奈很快进来一位头缠纱布绷带的汉子，我只得到门外白色长椅上坐下。我按着那个带胶布的棉球，怕它飞走似的保护着它，渴望崔护士抽时间帮我揭开胳膊上的棉球再察看一下。这显然绝无可能，又干耗了一会儿，我把胳膊套进棉服，离开了医院。上中学后身体状况好转，我不再去医院，偶尔在街上见到小崔，发现她脸上表情茫然，不穿白大褂后显得格外消瘦。

医院这个人间由医者与患者共同构成。医者各有千秋，患者五色杂陈。有的患者庸人自扰，疑心重重，本来什么事儿都没有，却将病情说得很严重，反复做各种检查，求医生下猛药。2023年春夏之际我到某省采访，一位本需见面的老劳模不在家，问他妻子，老太太说，老公又去看病了，问得了什么病，她说是男人的"妇科病"，憋不住、尿不出，疑神疑鬼，三天两头朝她要钱，跑医院，四面八方打探消息，不知从哪儿搞到各种野药，买回来也不踏实吃，未过两天，又买回一堆，地里的庄稼一点不操心，成天忙着求医问药，快把人折腾死了。女性在陌生者面前的这种真实，常使我心生敬意。我回来把这个奇遇告诉妻子，妻子说，有的患者与这个老劳模恰恰相反，大大咧咧，把疾病过于不当回事，懒得去医院看病，好不容易挂了号，又对自己的病轻描淡写，说就是想调理一下体质而已，其实有很多检查项目显示不正常，已患多种疾病。妻子每周出三个半天的门诊，回来后常与我分享患者的主诉，说男患者愿畅谈职场、政治和国际局势，话题范围有限，且多加粉饰，女患者则真实得多，家长里短、单位内外，无所不谈，连房事方式等都不避讳，聊得让诊室里抄方的小女生们红了脸。当然，也有的患者什么都问不出来，有的患者胡搅蛮缠，坐着不愿走，让人为难。美国加州大学旧金山分校教授米歇尔·D.费尔德曼在其主编的教材《行为医学：临床实践指南》中指出，让医生头疼的"困难患者"分为"愤怒的患者""沉默的患者""苛求的患者""'是的，但是——'型患者"等几类，医者须认真倾听，以"欣赏式询问"交流方有效果，一旦达成共担契约，诊疗进展便会顺利。

　　疾病是考验人的一个利器，进与不进医院、愿不愿知道真相、能不能被告知实情等，都是对人生设立的难题。尤其是癌症患者，大限将至，脆弱、敏感、内心复杂，要不要一切据实以告？我在医院最不想听到的一个问句是："你是患者本人吗？"我认为，真话杀伤力最大。日本音乐家坂本龙一不幸是个多种癌症患者，他在其《我还能看到多少次满月升起》一书里，抱怨美国数一数二的医院竟没有发现他癌细胞转移，"抑或是出于其他原因没有告诉我这个事实，这些都让我对纽约这家癌症治疗中心产生了疑虑"。但当日本医院的医生告诉他，如果什么都不做的话，只剩半年的生命了，即使化疗，五年生存率也只有百分之五十的时候，他则对日本医生不满，书中写道："他的直截了当让我很生气。用断定的语气告诉我如此悲观的事实，像是夺走了我所有的希望。我感到备受打击，陷入消沉。尽管他是一位名医，但可能并不适合我。"对所有癌症患者，真话只要是悲观的，统统残酷无情。

在绝症面前，人可以变得无比坚强，使出浑身解数对待，以求多活些时日。我作为一个曾经的癌症患者，诊断结果出来后的镇定，超出了我平时对许多事情的态度，但掩盖不了我的脆弱。彼时我不上网，拒看医书，更不愿听大夫陈述，就是想自我安慰，自欺欺人。在我早年印象里，父亲只去过两次医院，一次是拔牙，我智齿的毛病定当遗传自他；还有一次是外伤，他在安装炉子上的烟筒时，鼻梁被锐利的铁皮刺伤，缝了四五针，留下终生印记。他自恃身体好，一辈子抽烟酗酒生活不规律，万没想到会被重病找上门。恶病与大意不无关系，许多人看上去病病恹恹的，却长命，平时壮实的硬汉子，说倒下就倒下了。1998年内蒙古的冬天特别寒冷，有次父亲与旧友欢宴，坐在酒桌旁没喝两杯就溜到了桌子下面。至医院一查，肺癌晚期。父亲到北京后住进东肿瘤医院，我们托人找到胸外科手术高手潘大夫。我按自己一贯的套路，给大夫送了些文学杂志和当红书籍。当这些物品被原封不动地退回来那一刻，父亲眼里的光亮彻底熄灭，但依然坚持按医嘱放疗和化疗，说知道治不了，哪怕多活一两年也好。绝症患者最不愿意接受的事实是让自己出院，父亲也不得不接受。当时固然临近春节，真正原因是治疗办法已山穷水尽。我将父亲接回家，一遇好天气妹妹就陪他逛商场。我忙上班，接送和照看孩子，只陪他在方庄芳城园一家条件尚可的理发馆理过一次发。那天外面风大，阳光尚好。理发馆窗明几净，暖气充足，唯一的卷发中年女理发师面部表情严肃，技术娴熟老到，一通笃定麻利的洗剪吹后便撤掉了父亲身上的白色围布。父亲出来后直抱怨时间太短，说，草草划拉几下，就算完了？哪如临河的理发馆啊！对他这样一个退休老人来讲，时间有的是，可能也没注意到，理发馆的长凳上还坐着一位等待理发的老者。不几日，由妹妹陪着，父亲回到自己家中，他与医院的缘分，就此永远画上了句号。

刊于《当代》2024年第4期

张贤亮：因敬畏而生疏

陈继明

　　第一次见张贤亮，是我读大四那一年。学校请他来讲课，上千人的阶梯教室里，我在最后面，他在最前面，中间是密密麻麻的人头。一个老头陪同他来，那个人因为熟悉他而被我羡慕。那人帮他看条子，他拿过条子，扫上一眼，马上就可以从容作答，应变之灵敏，口才之出众，令我们大为敬佩。我在想，二十二年的劳改生涯怎么一点没伤着他的皮毛？他身上根本没有刚刚成名初出茅庐的味道，有的只是外交家的自如、小说家的沉郁、商人的精明、诗人的敏锐。同学们显然全都被他迷住了。一些故作刁钻的提问，在他的智慧面前简直是小儿科，不等他做出回答，大家先已哈哈大笑。

　　接下来有五六年没再见过他，这五六年里，我在遥远的泾源县一中教书，并开始学习写小说，其中的一部分动力可能与他有关，我记得他是《朔方》的小说编辑，于是便暗下决心写出好小说，投给《朔方》，经他手发表出来。其意义就不只是发表，更是被堂堂张贤亮看中了。实际上我偏居一隅，消息闭塞，我并不知道张贤亮只做了一两年编辑，我开始写小说的时候，他早就回家当了专业作家。而且我投给《朔方》的第一篇小说，正是因为他的原因才被退回来的。我那个小说名叫《初雪》，是一个关于中学生早恋的中篇小说。我收到的退稿上，有编辑李春俊编发过的痕迹，李春俊用铅笔标明了字数，改正了错别字。李春俊来信说，我的小说正准备重点推出时，张贤亮写出了同样关于中学生早恋的《早安，朋友》，于是，我的稿子被撤了下来。我非但没有懊恼，反而略感自豪。在我看来，以任何方式和张贤亮联系在一起，都是一件令人兴奋的事情。

第二次见到张贤亮时，我已经在《朔方》等刊物上发表了一些小说，被认为"起点不低"，而且"不土气"，差不多成了宁夏文坛的新生力量。当时，张贤亮如日中天，是宁夏文联主席和宁夏作家协会主席，宁夏文联和宁夏作协预备和宁夏广播电视大学合办一个作家班，缺个班主任，由宁夏作家协会常务副主席吴淮生先生推荐，我成了这个班的班主任，等于交了大运，从偏僻的山区小县调到了赫赫省城，不仅和张贤亮同居一城，而且还有机会时不时向他汇报工作。我印象中，张贤亮对这个班的态度是得过且过的，甚至稍显轻慢。他好像还很不客气地说过，作家是培养不出来的！这令大家很丧气，但心里也都承认，张贤亮不是以主席的身份而是以作家的身份说这话的。

不久，我成了《朔方》的编辑。我们的办公室都在三楼，我在第一间，临着楼梯，张贤亮在最里面的一间。我上班早，他上班迟，他每次上楼，我没法不看见他。我总是首先看见他的脸，然后才是他的全身。他上楼梯步态很慢，表情沉郁内敛，似乎随时想着问题。写《习惯死亡》的那一年，他的表情总是清苦的，很少笑，我听说他在写长篇，于是我想长篇写作如同炼金术，终究会让石头变成金，水变成酒。

编辑部有什么事情，虞期湘主编会打发我去征询他的意见，他总是很热情，很随和，甚至会递烟给我，有一种慈父般的魅力。"陈继明你来一下。"有一次他在楼道里喊。我吃了一惊：他竟知道我的名字！虽然不像大家那样简称"继明"，仍然十分亲切。他递给我十块钱，让我下楼给他买烟，三五烟。买回两盒烟，他立即打开抽起来。他抽烟不狠，淡淡地吸，很享受，也好看。后来他常叫我过去给他拉纸写字，写着写着某个字的草书不会了，要查字典，我会趁机显摆，用他的毛笔写在了半片宣纸上。他便不再查字典，完全按我的写法写了。某个字写得好时，我会夸夸他，会说几句书法名言，比如"疏可走马，密不透风""计白当黑，知白守黑"之类。他便很开心，像孩子一样得意扬扬。那时候夸他字好的人大概远没有夸他小说好的人多。我看出，他像所有初学者一样暗暗期待别人的鼓励。那时候他也很喜欢主动给人送字。几年后他的字就开始一字难求了。

我和张贤亮始终没有私人来往，有我的原因，也有他的。我的原因是，我对他心存敬畏，不敢更靠近他，从来没有和他套套近乎的愿望。他呢，他其实是一个孤僻的人，不喜交往，懒于应酬，更愿意待在个人的小世界里。他经常很晚才下班，他曾告诉我，他喜欢一个人待在没人的办公室里，开着灯，独自坐一会儿。我知道他没有朋友，哪怕他周围挤满了人，他的热情背后仍然藏着孤独和冷漠。

但有些细节仍然值得回忆：

上下楼时在楼梯里偶尔面对面碰见，我不一定会主动问候他，最多叫一声"张主席"，或者只是点点头，略致笑意，他也不一定还礼。

一次上厕所，看见他已经蹲在里面，手在捏着纸，面容安静。我暗暗惊讶，生出疑问：这么大的作家也会蹲厕所？厕所里只有两个隔挡，他在靠窗的一格里。我很快就退出来了，心想和他那么并排蹲着，对他有所不恭。

某一年的大年初四，他来办公室写字，约我给他侍墨。我们工作了大半天，然后离开办公楼，准备各回各家。斜对面有一家温州人开的洗脚店，他要去洗脚，问我去不去。我心里一动，很想去，但终究还是撒谎说家里有事，骑上车子跑掉了。事后想原因，还是老心理，觉得自己如果和他同坐洗脚，是对他的冒犯。

他知道我买了电脑，问我："能用电脑写小说了吗？"我说："我一星期就开始写中篇了。"他冷笑一声，说："我第三天就能写了。"

花山文艺出版社要出一套"宁夏三棵树"丛书，请张贤亮主编，并请他作序。石舒清和金瓯同样害羞，把任务交给貌似更大胆的我。我去办公室找他，没说几句话他就同意了。只隔了两三天，他就把写好的序给了我。

这个序未见收入有关文集，现全文抄录如下：

花山文艺出版社要给宁夏的"三棵树"出书，邀我做主编，作为宁夏作家协会的主席，作为一个老作家，也作为一个宁夏人，我欣然同意。

前不久，中国作协、《人民文学》、《小说选刊》、《朔方》等单位在北京合开了"三棵树"的作品讨论会。我也到会了。会上，在京的知名评论家们对三位青年作家的创作给予了充分的肯定，认为他们三人的创作既有继承传统的一面，又有足够的探索精神，既有浓郁的本土经验，又有属于整个人类的关怀。我自己也深有同感。我想，对"三棵树"的肯定，同时也会激励宁夏的创作力量和西部的创作力量，在中国的当代文学建树上也可能是一个重要举措。借此机会，我要对上述各家，包括花山文艺出版社表示感谢。

东西部的差距在经济上是很大的，可是，有一样东西是没有差距的，就是"文化"。中国的重心曾经在西部，在西部有数千年的文化积淀，有丰厚的历史积累，所以，西部的文化底蕴远远大于东部。而且近现代文学中的老一辈作家以及中青年作家的实力绝不弱于东部。陈继明、石舒清、金瓯这三位青年作家的创作水准，是值得全国瞩目的。他们生活在宁夏，他们的作品中所表现出的焦虑、烦恼、痛苦、压抑，不仅是宁夏和西部的，也是整个中国的，甚至是全人类的。不管他们是否曾经刻意追求过"现代"，但是，凭着他们身为作家的天然敏感，他们在小小的宁夏，甚至在小小的山村，一定感受到了现代气息与周围人文生态的矛盾，也一定感受到了西部自然生态环境和人文环境的脆弱，这些因素在他们的作品中都有所反映、有所表现。陈继明的《月光下的几十个白瓶子》表现的就是人文环境的极度脆弱，《在毛乌素沙漠南缘》和《遍地牛羊》表现的则是生态环境和人文环境的双重荒芜；《选举》和《清水里的刀子》表现了石舒清对正常的人文环境和理想世界的热切呼唤；在金瓯的小说里，人物总是扭曲的压抑的，人物的焦虑感更强烈。这三位作家从小而言是宁夏的，中而言之是西部的，扩大而言是中国的世界的。像约翰·契弗，他总是写纽约近郊的一个小镇，乔伊斯总是写都柏林，福克纳一生的写作都局限于"邮票一样大"的一个地方，而我们从来不说契弗是纽约作家、乔伊斯是都柏林作家、福克纳是乡村作家。真正意义上的作家都是全球化的，虽然他们往往都立足于

"本土经验"。

说到"个人化"和"个性化"——我从来都认为文学是个人化和个性化的。现在，我们为什么极力提倡个人化个性化？是因为我们在很长一段时间内是否定个人化和个性化的。"三棵树"所属的青年作家群对个性的张扬，实际上是个人化个性化的否定之否定。陈继明、石舒清、金瓯这三位作家的作品，我看都有很强的创作个性，陈继明的文风是冷静客观的，甚至是克制的，他常常故意把戏剧性降到最低点，石舒清非常善于写细腻的东西，他的作品中常常充满了诗意和温情，金瓯的笔调是极为强悍激越的。

李敬泽把这三位青年作家称为"三棵树"，我感到很恰当，这是个"发明"。宁夏有个地方叫"一棵树"，一棵树能成为一个地名，可见那地方的荒凉。三位作家在那么干旱荒凉的地方孜孜不倦地写作，对文学有这么深的追求，这种精神是可贵的。我相信，在宁夏、在西部，将来肯定会有更多的树长出来，满目青山的宁夏和西部将会展现在大家面前。

此为序。

2024 年 4 月 9 日　珠海

刊于《朔方》2024 年第 9 期

尴尬一代的读书人

—— 回忆我的父亲董健

董 晓

    时间流逝得太快，父亲已经走了五年了。这五年里，常有人约我写点回忆父亲的文字，但都被我婉拒了，一来是因为怕回忆起来徒增伤感，但最主要的原因是一旦回忆起父亲的性情与处事，将不可避免地触碰一些过于敏感的人与事，便作罢了。前不久，《广东艺术》的编辑又向我约稿，且望我写出父亲的另一面，不同于此前他的学生和同事写的纪念文字。考虑再三，便答应了。

    父亲是读书人，不过官瘾也还是有那么些许的。记得是1986年秋天的一个晚上，时任南京大学文科副校长的余绍裔教授来我家，对我父亲说："学校请你出山。"余绍裔是著名的俄罗斯文学专家，于是父亲立马用俄文回答道："绝无可能，我老婆会跟我离婚的。"但是我清楚地记得，父亲的回答含着明显的作秀语气，余校长回了一句"她敢！"便抬腿走人了。于是，父亲便走马上任当上了中文系主任，仅仅过了两年，便又接替余绍裔教授，当上了主管文科的副校长，可谓"官运亨通"。不过，毕竟是经过历史的浸染后尚能保存着些许反省能力的知识分子，读书人的良知没有丢掉，在关于全国文科大整顿的讨论中，说了许多让当时的教育部感到不爽的话，自然就丢掉了官帽，回到中文系继续当教授，倒也乐得清闲，潜心写出了他自己最满意的学术著作《田汉传》。

    父亲常说，他所从事的学术研究领域完全是命运的安排。20岁考入了北京俄语学院，一年后转到南京大学中文系，在南大中文系又泡了整整五年，后幸运地做了陈中凡先生的研究生，研读中国古典戏曲。"文革"当中和叶子铭一起领了批判田汉的任务，关在省委大院里好吃好喝，除了写了一大堆歌颂样板戏的时效文章，批判田汉的任务竟未完成，但读书卡片倒是积攒了一摞子。"文革"结束后，大约因为专事吹捧样板戏，故留在了当代文学教研室。后因时任系主任的陈白尘先生要抽调人手组建戏剧教研室，便又成了陈白尘的手下，专事中国现代戏剧研究。这么一算，倒也是古今中外各个领域粗略地逛了一圈，眼界算是打开了，成了那一代读书人中的幸运儿。不过，父亲也时常坦言，他是时代造成的一锅夹生饭：大学五年学的是苏联引进的那套文学理论，研究生阶段的学习经常被运动打断，研究生毕业论文竟然是《论接受贫下中农再教育的重要意义》，直至不惑之年后方才能够全身心地读书思考，可是毕竟有太多的课要补，实在是力不从心，虽心里意识到缺陷，却已无法将错过的那些必读之书一一补上。他不止一次地说，要是能年轻十岁，一定再读两个博士学位，那样才能真正地做学问。

父亲在学术上的尴尬是显而易见的。他有强烈的突破禁区的欲望，故从来都是以宽容的心态对待一切新的思潮、新的观念。记得1985年所谓探索电影《海滩》上演时，颇受质疑，父亲在接受媒体采访时力挺这部电影；新时期之初，小说《杜鹃啼归》被指责亵渎传统道德时，他也写文力赞这部小说；还曾撰文批评过长篇小说《李自成》的缺陷，让姚雪垠气愤不已。因为一些出格的文章，曾被省里封杀了一阵子。为此，在学术界留下了一个"思想解放"之名。不过，父亲的学术研究，终究未能跳脱"别车杜"和苏联文艺学的框框，对西方文学理论的隔膜终究使他不能乘"思想解放"之勇而实现学术研究的真正突破，而往往是勇气可嘉，然功力不足，面对新的文艺现象，虽努力以开放包容的心态加以观照，但终究因话语的陈旧而无法做出深度阐释，未能在学术研究中实现观念的突破。回顾自己一生的学术研究，父亲最大的遗憾就是：作为研究戏剧的人，在写完中国现代和当代戏剧史后，应该在有生之年写出一本足够分量的《戏剧理论》，但此一愿望竟未能实现。他坦言，不是不想写，是实在写不出来，理论功力远远不够，直至40岁后方才竭力恶补未曾读过的西方名著，这样哪里能够积淀起足够的理论功力呢？这恐怕也是父亲那辈读书人中普遍的遗憾。记得在父亲快要退休的时候，有一次我回家，看到他坐在书桌前捧着一本厚厚的书读得津津有味。我上前一望，原来是伽达默尔的《真理与方法》。那一刻，我能体会到父亲心里那份焦虑。这是父亲难能可贵之处。

父亲深知自己学术上的尴尬，这种自我反思的能力确是他的一个长处，使他对年轻时代做过的荒唐事始终保持着反省，因而对时代的变化始终保持着清醒的头脑。不过，这也使他常常因时事之不济而徒增烦恼。记得三十五年前的春夏之交，他也同当时念大学二年级的我一道熬过了许多不眠之夜。也正是那个时候，父亲第一次主动递给我一支云烟，在吞云吐雾中开始了父子间的谈话。父子如兄弟，那一刻，我算是体会到了。我与父亲之间没有所谓的代沟，我能够理解他的苦恼和忧虑，那是那一代知识分子在经历过当代中国不寻常的历史波折之后形成的一种内在的责任感。这份责任感当然是可贵的。然而，父亲又同绝大多数那一代知识分子一样，常常又是天真幼稚的，这是无法跳出的固有观念使然。他时常感叹自己缺乏对历史的洞察力。他不止一次地对我说，在他读研的时候，曾与中文系青年教师黄景欣一起赴苏北农村搞社教，那些日子里，经常与黄景欣彻夜长谈。黄景欣的才华和思想的敏锐让他钦佩不已，对现实的认知又让他目瞪口呆、心惊肉跳。后来他感叹说，作为同龄人，黄是珠穆朗玛峰，而他是珠穆朗玛峰下的一棵草。我想，这绝对是父亲的心里话。1965年，年仅30岁的黄景欣因绝望而自尽了。这才有了父亲后来的感叹："南京大学一流学者都死了，苟活下来的都是二流学者。"

虽然在现实生活中，父亲不是一个情趣盎然之人，但其骨子里无疑是一个理想主义者，这应当是他所生长的时代造就的。父亲早年学的俄语，向往苏联，跟那个年代的大多数中国人一样，喜爱苏联文艺，崇拜苏联的情结极为强烈。在我的记忆里，每每听到苏联歌曲，看到苏联电影，那种打心底里来的认同感是极为明显的。可是，父亲又毕竟是一个理性之人，在了解了苏联的历史之后，特别是面对这个帝国突然间轰然倒塌之际，又会自觉地加以反思，尤其是对苏联历史上的种种悲剧，常常会自觉地去思考，于是，在情感与理智之间，常常让自己处于一个尴尬的境地：嘴上猛烈地抨击苏联的历史谬误，感情上又难以割舍那段充满乌托邦色彩的历史。正是带着这种复杂的矛盾心态，1998年，在全国莫名其妙地又掀起一股讨论《钢铁是怎样炼成的》的热潮之际，写了一篇随笔《"保尔热"中的冷思考》，把梁晓声编剧的《钢铁是怎样炼成的》着实调侃了一番，算是反省了自己内心的"苏联情结"。父亲在他的《踱步斋读思录》里收进了一篇随笔《我的"仇父"情结》，虽然回忆的是童年时代他的父亲给他留下的冷酷专横的印象，但其实是想借这个话题表达对专制集权的批判。这是父亲后半生最主要的心结，是他后半辈子教书读书写书最主要的精神动力。于是，在父亲的心里，反对专制集权、弘扬启蒙话语、探寻中国戏剧的现代化道路，就成了一条互相呼应的逻辑线，三个任务相互照应，形成一个闭环的系统。于是，对五四新文化运动的认知，也就顺理成章地停留在了呼唤启蒙、追求民主与自由的话语模式，很难就五四运动复杂多面的特质进行多视角多维度的审视，也就难免会遇上尴尬的情境。记得2009年在北大中文系召开的纪念五四运动90周年的国际学术研讨会上，父亲的发言被来自美国的年轻一代学者张旭东反驳，且难以从学理上予以回应，这正应验了父亲自己所承认的学术上的"夹生饭"：知识结构、观念体系和话语模式的差异导致了对问题的思考几乎不在一个层面上，故难以形成对话。这恐怕也是父亲那一代学者普遍的尴尬。在批判极左思潮、反思历史与审视现实的过程中，这种尴尬体现在观念的自我矛盾性：一方面，基于对历史的反省而痛恨极左思潮，对现实有着强烈的批判意识，但另一方面，极左思潮在他身上留下的烙印又是那样深，以至于会不自觉地以非此即彼、非黑即白的理念面对复杂的历史与现实问题，甚至会出现"以左反左"的简单粗暴的情绪化倾向。这一点，父亲自己也时常意识到了，但却无法克服。这正是他的尴尬之处。知识分子所常有的强烈的使命感和责任感驱使他经常执笔批判当下的诸多丑陋现象。于是，《失魂的大学》等这类呼唤大学精神的回归，批判政治功利主义的杂文随笔常会见诸报端。不过，这种批判的激情当中多半是鲜明的政治理念，立场观念非常强烈，以至于出现了令人啼笑皆非的场面：记得有一年的三八节之夜，父亲主动打电话给北京电影学院的一位女教授致以节日的问候。父亲的问候极为真诚，都是发自肺腑之言。因为父亲确实很敬重这位女教授。她翻译过捷克剧作家哈维尔的文集，同时也是一位信奉女性主义的学者。无疑，父亲因自身的价值观念而敬重她。可是，没过多久，在南京举办的女性主义电影国际研讨会上，父亲关于女性主义的无厘头的搞笑致辞却又惹恼了所有在场的来自世界各地的女性学者，使她们愤怒不已，这场面让那位北京电影学院的女教授着实尴尬不已。的确，父亲无法进入西方女性主义理论的语境，完全是在两个轨道上发声，出现这种尴尬场面也就不难理解了。

父亲终归是名教师，虽因其五大三粗的外形和大嗓门而令学生惧怕三分，但其实父亲始终是打心底里关爱学生的，对学生非常宽容。不过，他也有被学生嘘声伺候的尴尬时候。那是三十五年前的一天。那年，学校把当时的全国劳模曲啸请来给学生作报告。父亲时任文科副校长，主持了这次报告会。在提问环节，有学生给曲啸抛出了几个刁钻的问题，弄得曲啸十分难堪，父亲见状，拿过话筒，在台上呵斥那几位学生不懂礼貌，结果整个礼堂顿时嘘声一片，父亲狼狈不堪。当时我是大二学生，自然也加入了发嘘声的行列。不过待周末回到家，父亲却并不生气，反倒觉得学生们有自己的想法挺可爱的。父亲的这份宽容对我影响很大，算是我从父亲那里得到的最重要的精神财富。

父亲的尴尬还真是无处不在，似乎老天爷就喜欢跟他开这种玩笑。由于母亲喜欢唠叨，且常有胡搅蛮缠之举，故每每到不可理喻之际，父亲总以"按我们山东老家的习惯，这种女人就得打！"这句话完成自我宽慰。但是这句话父亲恶狠狠地说了几十年，却从未碰过我母亲一根手指头，倒是在我高考结束那一天晚上，父亲被我母亲狠狠地扇了一耳光。那是因为母亲收拾书房时，偶然发现了夹在《鲁迅选集》里的一封情意缠绵的信。那是父亲早年在北京俄语学院读书时的初恋对象写来的，想必父亲舍不得销毁，故藏在了《鲁迅选集》里，谁承想就此挨了我母亲一巴掌。父亲的晚年生活也难逃尴尬之境：临近退休之际，踌躇满志，打算潜心阅读未曾读过的那些欧美名著，并准备从陀思妥耶夫斯基开始，想好好体验一下，为什么《卡拉马佐夫兄弟》如此伟大。无奈天不遂人愿，恰逢退休之际患上了眼疾，也就是当年拉美文豪博尔赫斯所患的那种，无法治疗，不可逆转，虽不会失明，但读书写字将成为奢望。陀思妥耶夫斯基的伟大终未能体味到，这不能不说是终生的遗憾。人的一生，怎会没有遗憾呢？

刊于《广东艺术》2024 年第 3 期

失语者

草 白

一

谁也不知道这个短发、红脸庞、大笑时露出粉色牙龈的女人到底多少岁数，是三十八、四十，还是四十五……都有可能。她不仅没有属于自己的年龄，也没有姓名、家族、血统、故乡，连丈夫、子女、房屋、屋里的桌椅板凳、小动物，连她身上穿的衣服都是这个屋里另一个女人留下的。

她只是来历不明者。

唯一确定无疑的是，这是个女人，是生物学意义上拥有女性生理和女性特征的人，拥有子宫、卵巢、输卵管等生殖器官。并且据皮肤、牙齿、眼睛及眼角周边的皱纹推测她还不算老，尚有利用价值。甚至可以说，在这个住着我七十八岁爷爷、六十九岁奶奶的院落里，她还很年轻，常常怒气冲冲，常常把刚下完蛋咯咯乱叫的母鸡一脚踢到天井里。

她不仅是个来路不明者，还是个无法正常说话的人——正因如此，发生在她身上的一切才成了谜。人类的嘴巴除了进食，最大功能大概便是表达和交流，说出想说或不想说的一切。可她嘴里只能发出"啊吧呀哇"之类毫无所指的音节，即使配合着再丰富、再曲折的表情手势也无济于事，人们根本不知她在讲什么，好像她的声带被什么东西扎住了，她的口腔和鼻腔都被无情地堵住了，她的舌头更像一条被冻伤的奄奄一息的鱼，再也不听使唤了。

连她的笑声都有些走样，似乎那不是发声器官协同工作的结果，而是某样器官或组织的单一作用，或许她是用肌肉、牙齿、脸颊、眉弓来发声，不然怎么会那么别扭和奇怪？有一天，我躺在奶奶床上听见那声音，立马坐了起来。为了听得更清楚些，我蹑手蹑脚地来到女人身边，只听见那声音夹杂在鸡鸭鹅的叫声之中，原来她正在给小动物喂食，场面嘈杂而慌乱，女人动用某种奇怪的口令让内讧事件轻而易举地发生——那古怪的笑声正来源于此。

真没想到这个连话也说不利索的外来者居然如此富有心计，她什么时候住到这屋子里，又由谁带了来，这早已不是什么秘密。守林人在雨后的山路上发现她，并将她捡回家，送给自己的儿子做老婆——一年前，他的儿子刚刚成为一名可怜的鳏夫。

问题在于，失语者为何如此渴望发出自己的心声？言语不行，只好出之以各种华丽花哨的表情手势，以期引起关注，不达目的誓不罢休。有一天，她居然和一只鹅发生争执，事情的原委无人知晓，其结果是哑巴的额头被大鹅啄得鲜血直淌，她跑到鹅的主人那里告状——它属于院子里的傻女人。

于是，哑巴、傻女人和鹅之间发生了一场言语不通、主权不明的战争，他们各说各的，沉浸在各自的语言和纷争里。傻女人的语言最接近人类语言，一开始，她尽显语言和心理优势，未想到哑巴口唇张合，辅之以手舞足蹈，尽管只操持少数音节"哦啊吧呀哇啦"，却竭力变化它们的音高、节奏和速度，以形成某种气势，并促使某种力量的诞生。傻女人很快落了下风。哑巴就像毫无阵法的战士，其盔甲和盾牌都是过时的，却凭着一腔孤勇莫名其妙大获全胜，傻女人和鹅都不是她的对手。

一旁观战的我，只觉惊心动魄。

那时的我是一名发音正常、口齿清晰的九岁儿童，可我很少说话。尤其是新学期到了，来到一所有许多陌生人的学校里，同样是学生，我的桌椅板凳却摇晃得厉害，好像随时可能散架。为了对付这些，我不得不在那上面绑满绳子，就像伤员身上缠绕的绷带，还不敢把所有重力都落在椅凳上，生怕一屁股坐在水泥地上引起哄堂大笑。我被穿黑底红花上衣的女人叫到讲台前讲故事，她是我们新来的语文老师，故事时间为五分钟，我沉默地站了五分钟，无论她如何鼓励劝导都无济于事。我想起哑巴也想起那只大鹅，可无论想到什么，那些藏在喉间的声音就是无法冲破气流阻隔自由地来到一个宽敞明亮的空间里，或由此演绎出一段美妙的叙述节奏。

那五分钟里，我究竟在想什么又害怕什么？我怕女教师的黑板擦啪啪打在身上，也怕数学老师的教鞭重重地落于手掌心，他说过总有一天会这么做的 …… 或许是为了这些事，或许并不完全是。总之，我将双唇咬得紧紧的，不留一点罅隙，好像只有如此我才能避免语词的碎片从唇齿的缝隙里飞扬而出，就像避免噩运像春天的柳絮粘到身上。

我无法站在大庭广众前说话。而没有人的时候，我又用不着说话。在学校混着的那几年，最让我害怕的便是忽然被老师从人群里揪出来，要求说上几句，好像他们只是以此来验证那些安静坐着的人是不是哑巴。我当然不是哑巴，可我比哑巴还要拙于言辞。

当这个来历不明的失语者与鹅吵架时，我站在落满鸡粪的石臼边观摩，看得津津有味。从未见过有人如此热衷于"表达"，当嘴巴说不了话时，她会动用眼睛、牙齿、眉毛、胳膊肘子、腿脚、鞋子来说。她说出的话那么丰富、动人，那么富有感染力，尽管我一个字也听不懂。我忍不住想，如果我的谈话对象也是只鹅，我会和它说点什么？互不相通的语言既让我抓耳挠腮，大概也会给我带来无穷乐趣，这乐趣早已超越表达本身，近乎一种随心所欲的自由。

我几乎被哑巴身上焕发出的蓬勃生机给迷住了，一个失语者居然拥有如此能量，将命运赐予的皮球毫不犹豫地踢回去。她手舞足蹈、上蹿下跳，她灵活的身体在发出信号，好似随时可能酝酿出更大的风暴。

二

有一天，哑巴和傻女人之间的战役骤停，好斗的大鹅也被放逐到河埠头那一带啄食水草和螺蛳去了。谁也不知道他们之间签署了怎样的停战协议，又如何保持相安无事。连我那一向沉默寡言的奶奶也在打听，你快去看看呀，哑巴究竟在做什么，怎么就没声音了呢。好像哑巴不仅会说话，还口若悬河，这会儿的沉默和安静倒成了反常和怪异之事。

"她坐在屋里敲核桃吃，用嘴巴去咬核桃壳，用舌头去舔壳里的肉。"

"她在吃杏、李子、青橘。什么都吃。"

"她长胖啦，腰围像水桶那么粗，肚子前面好像顶着一口大锅。"

哑巴的嘴巴一直没闲着，一个劲儿地吃吃吃，光顾着吃和长胖，暂时忘了说话。难怪院子里安安静静的。只听见枣子落地的声音。只听见风刮过树梢的声音。

奶奶却说，不好，这个哑巴八成是怀孕了，要生小哑巴了。

奶奶的话像是平地炸起惊雷，大家都说自己真蠢啊，怎么就没看出来呢。这时，哑巴的婆婆出场了，身穿藏青色对襟上衣、黑色布裤，裹过小脚的老太婆，手持吹火筒从厨房跑出来，对着儿子骂骂咧咧，骂完儿子又骂哑巴，后者一声不吭、含情脉脉地望着她，好像完全能听懂她的话，并流露出一丝难得的羞赧表情。

那段日子，哑巴像是变了个人，不再怒气冲冲地看到什么都想踢上一脚，她表现出温和与顺从的神色，动不动就对自己的婆婆眉开眼笑，去牵她的衣角、握她的手，由于笑容过于夸张导致牙龈暴露过多而显示出几分痴相。哑巴大概在央求婆婆让她生下肚子里的孩子，而那个歪脖子丈夫只在一旁呵呵傻笑着什么反应也没有，他会说话，可此刻比一动不动的雪人还要沉默。

村里有个常年吃斋念佛的老太婆前来说情，理由居然是既然小猪小狗小羊小牛都有自己的崽，哑巴怎么能不如这些猪狗牛羊呢。这个喋喋不休的老太婆被哑巴的婆婆啐了一口痰后悻悻然离开了。说什么都没用，他们绝不允许大哑巴生出小哑巴，这个家里有个来历不明的人就够了，绝不允许出现第二个、第三个。他们要把事态扼杀在萌芽状态。

那段时间，我在为如何完成老师布置的任务而烦躁忧虑。老师要求我们在放学和上学路上多做好事，每个人至少一个星期要做上一件。我想弄虚作假，编造证人和证词，又唯恐被戳穿招来更大的麻烦，因此左右为难。捡到硬币交公、扶老人过马路、帮助迷途的孩子找到回家的路 …… 所有走在路上的时间我都用来寻找这些好事，但一无所获。根本没有硬币等着我去捡，也没有孩子会迷路，更没有老人需要搀扶着过马路 —— 他们中有些人走得比我还快。

那天放学路上，我看见一个包蓝色头巾的女人走在前面，她走得很慢、很慢，好像随时会停下，一屁股坐在地上。我心里一阵高兴，做好事的机会来了。我三步并作两步，小跑着跟了上去，哑巴熟悉而苍白的脸出现在我眼前，前面不远处走着她的丈夫 —— 那个歪脖子男人正推着一辆板车，轮胎像两条被压瘪的蛇在柏油路面上艰涩地行进着，而他本人也是一副龇牙咧嘴的模样，冷不丁露出脏兮兮的大板牙。我惊讶地发现哑巴肚皮上顶着的那口大锅不见了，而她本人就像一棵弱不禁风的小树苗，随时可能向着任何方向倒下。我走到她面前，她也没看我一眼，只冷冷地望着那辆板车出神。顺着她的视线望过去，只见一条布满牡丹花纹的暗红色棉被摊放在那里，就像一摊鲜艳而黏稠的血。

我踌躇着，不敢上前搀扶她，尽管此刻的她可能非常需要他人的帮助。潜意识里，只有年迈无力的老者、蹒跚学步的幼儿才是行善不求回报的对象，而眼前这个女人的遭遇让我惶惑不安。我不知道在她身上发生了什么，很显然她肚子里的孩子被人拿走了，拿走孩子的手术应该很疼吧。她不会说话，自然也不会喊"疼"，但她肯定用属于自己的语言说出了它，只是那些人什么也不会听到。

我放慢脚步跟在哑巴身后，心情骤然变得沉重起来，好像经历倒霉之事的人正是我自己。几天之后，我将这件事以添油加醋的形式处理成"帮助哑巴过马路"，并书写在"好人好事登记簿"上。我已经好久好久没做任何好事了，名字下面一片空白，而别人那里总是写得密密麻麻。

这是我唯一一次虚构一场"好人好事"，因其中的情感和人物都是真实的，我并未感到太多撒谎者的羞愧。大概在潜意识里，我已经帮助哑巴过了马路，顺利回了家。没想到穿黑底红花上衣的女教师径直来到我面前，一脸狐疑地望着我。

"你一定搞错了吧，哑巴只是不能说话，怎么连过马路也需要有人搀扶？"

"她做了手术，很疼。"

"你怎么知道她做了手术？她是哑巴，既不会说话，也不会喊疼……"老师的理由很充分，且不容辩驳。

"她是我的邻居。"我低下头，不得不老老实实，和盘托出。

"帮助自己认识的人，那就不能算是做好事了——"老师生气地划掉我的书写记录，还用红笔在边上写了几个大字：与事实不符。

老师的判断没错。那天，我只是跟在哑巴身后一起回到奶奶家，回到那个昏暗肮脏、污水横流的院落里。哑巴的婆婆，那个缠过小脚的老妪一把将她扶到屋里，并对着自己的儿子破口大骂。

"蠢货，轮胎被扎了，不会找个地方去修啊……"她骂得越凶，我越喜欢听，最后听到的却是一阵呜呜的哭声，但愿哭的人不是哑巴——我还从没有听她哭过。或许，她根本不会哭，就像不会说话一样。

从那之后，我开始为她的命运感到担忧，一个丧失语言、无法说出内心痛苦的人如何在这个世上安然无恙地活下去？

三

那段时间，哑巴家的屋门常处于闭合状态，最多留一道缝隙方便鸡雏和风的出入。谁也不知道她在屋里做什么，那种刹不住的大笑再也没有出现过，沉默重新笼罩着这个蛛网暗结的旧宅院。

唯一的声音来自奶奶，她在念经，即使闭着眼睛也在发出那种声音，类似风吹竹管的嗡嗡声。奶奶告诉我，念经是对另一个世界里的人说话，说一些连自己也听不明白的话，无法跟别人倾诉的话。

学校里，老师也经常让我们说话，课前的"五分钟故事会"便是对我们言说能力的训练。每个人一学期轮到一两次。每次我都精心准备，将要讲述的内容一个字一个字写下来，还不忘在关键处标上神情与手势，但一旦站上高于地面五厘米的讲台，我的发声器官便瞬间钝化，余下的时间只能干瞪着天花板打发时间。可只要回归独处时刻，我的言说能力便如汩汩溪水，源源不断而来。我常常在河边大声朗读课文，听见自己的声音与流水声交织在一起，分不出彼此。我至今也无法用言语说出那种感觉的美妙之处，远去与不断抵达的水声在耳边轮番出现，千言万语尽在此了。

那个下雨天，泥泞的村外道路上停着一辆抛锚的客车，车身很高，窗玻璃也在高处，乘客安静地坐于高高的座椅之上，不发一言。我不知道这些人从哪里来，又去向何方，他们只是路过这里，短暂地驻留于此，往后余生大概再也不可能相见了。内心陡然生起莫名的惆怅，好似车厢里坐着另一个自己，近在眼前却无法相认的人。那一次，连我自己都没有意识到居然对着虚空说了那么多话，那些未出声的句子就像写在明信片或信笺上，向这个世上的另一个自己汇报内心深处的风暴。有一天，当我对着山上的草木也这么做时，居然在树影中发现熟悉的身影。

哑巴既没听见我的说话声，也没看见我 —— 我半蹲在灌木丛中，身体刚好落在它的包围圈里。在我们周遭，秋日的山林馥郁多汁，万物落下的籽粒或茸毛被风吹得到处都是，它们是草木植物的语言，也是它们的信仰 —— 关于物种繁衍以及生命存续的信念。

落在林间空地上的松塔、板栗、野柿子、向日葵被我一一带回家，并反复检阅，以此寻觅植株生长的蛛丝马迹。松塔上的螺旋遵循某种数列秘密。向日葵也是，挤挤挨挨密不透风地生长，居然没留一丝缝隙。它们比人类语言更为鲜明和准确，尽管我并不知道它们究竟想要表达什么。

我看见哑巴也从秋日的山林中取回一些颗粒状的东西，有些乌黑发亮，有些红亮似玛瑙，有些奇形怪状。她原本是来收集松针当燃料的，不想捡了那么多毫不相干的东西 …… 它们的尺寸实在太小了，好像顺着手指缝就能滑出去。

一开始是瓦当、碎瓷盆、缺了一角的碗 …… 它们被哑巴从房屋角落里搜罗出来，填上泥土、鱼骨头、肉汤等物，就此成为种子丰沃的土壤。之后是更大、更深阔的容器。它们被摆放在天井中间有光的地方，人们从那些光里逐渐认出西瓜藤、薄荷叶、野葱、卷心菜等身影，它们长得歪歪扭扭，叶片布满不规则虫洞，根茎留下被噬咬的痕迹，尽显沧桑斑驳的模样，却也一日日接近植物完整的形象。

没有人留意哑巴的举动，反正她不再以变形的声音或夸张的手势来表达内心的不满和愤懑，她身上的不满和愤懑早已烟消云散，即使种下的野葱和卷心菜被傻女人饲养的鹅啃食得不剩片叶，也只是平静地叹息。

她居然学会抽烟。劳作的间隙，她坐在小马扎上吞云吐雾，一开始呛得泪水涟涟，后来逐渐洒脱自如起来。尤其当婆婆过世后，她俨然成了这个家中的女主人，她的丈夫听她的，有人看见哑巴以瞪眼和伸指头与丈夫交流，两人的笑容越来越默契。自从与哑巴生活在一起后，歪脖子男人好似也成了失语国度里的成员，逐渐顺从并依赖那个缄默无声的世界。

但哑巴并没有就此停止表达，那偶然涌荡而出的怪异举止不免让人心酸。

有一次，她居然在村街上追赶一个年轻女人，只因那人手里抱着婴孩，哑巴满脸堆笑，伸出双臂，咿咿呀呀叫个不休，吓得女人脸色惨白，躲之唯恐不及。

哑巴种下的东西比以前更多，拿到什么便种下什么，眼神里充满对收获的狂热，这种狂热以一种隐秘而幼稚的方式呈现。她甚至妄想培育出原本不属于这片土地的东西，比如一棵真正的苹果树，以苹果的果核为种子，以肥沃的腐殖土为土壤，以江南的风云雨雪为背景……不用说这样的实验只能以失败告终。但也有成功的，她的香菜和野葱长势良好，还有深绿的韭菜，它们像一道青色屏障长在日益荒凉的院落里，将她与外界隔绝开来。

也有开花的植物，细碎密集的暖色小花，似阳光撒下的蜜糖，给人无端的温暖与慰藉。当从那个角落走过，我常常觉得世界变亮堂了，我不再需要说那么多话，它们早已被人以另外的方式说出来，人们只需安静地聆听就够了。

四

院落里最后一个老人也离开人间多年，她还住在那里。当她的歪脖子丈夫也挣扎着死去，她还住在那里。岁月遗忘了她，遗忘了她的年龄、身份、出生地。户籍本上，她是不存在的。所有官方记录上都没有这个人。任何针对弱势群体的补助政策都与她无关。反正她不会说话，而能替她说话，或愿意说话给她听的人都已离开这个世界。别的口若悬河者，反正也与她无关。

这个被人遗弃的院落成为她的人间王国。瓜果蔬菜从天井扩展到房前屋后，它们繁衍壮大的速度让人吃惊。青绿皱巴的丝瓜转眼变成经络密布的瓜瓢，兀自在枝上垂挂或坠落。时间在这里呈圆形序列，新生与衰朽轮流出现，无穷无尽。

哑巴有一头山羊，长着白胡子和弯月似的角，从前归她丈夫所有，现在成为她的伴侣。山羊的叫声在春天和秋天格外频密，那是一年中的繁殖季，动物们也在呼唤同类的到来 —— 但这日益凋败的村子里早已没有它的同类。所有叫唤声中，有短促的"咩咩"声和长长的"咩咩"声之别，这同样取决于它所处的心境。哑巴唯一的外出大概便是牵着山羊去附近的坡地上溜达，有时候他们也会出现在后山的乱葬岗上。

那天，我便是在进村的小路上遇见她。在看到她之前，我几乎遗忘了她。离开村庄多年，此地发生的一切渐渐成为湮没于记忆中的一角，总有一天会被我遗忘，但我并没有彻底忘掉她。还是当年的轮廓模样，只是原本漆黑的发色已然花白，不再红润的脸庞上凭空增添了几道慌乱突兀的皱纹，就像小孩的信笔涂鸦。

当她看到我以及我身边的孩童时，忽然发出那种声音 —— 某种不合时宜的狂笑的变体，好似发现什么惊天大秘密。她张开双臂，嘴唇也毫无遮拦地打开，露出暗紫色的牙龈，早已不是从前的肉粉色。她笑得很是夸张，脸上皱纹堆挤到一处，每一道皱褶里似乎都有尘埃弥漫。我猛然意识到这个不会说话、来历不明的女人也在衰老，它们来得缓慢、不动声色，但还是来了。时间到底没有放过任何人。可她的表情在告诉我，她对此一无所知，也毫不在乎。她痴痴地盯着我身边的孩童看，嘴角流出一丝浑浊的口涎，眼睛不停地眨巴着，似乎想要把眼前的一切看得更为清楚些，身体却保持着理智的距离，没有靠得更近。

那天，我们离开时，她还孤零零地站在村口，从前那里有一棵大樟树，樟树被伐后，他们造了一座石砌花坛，里面种着稀稀落落的鸡冠花，水泥桥取代石拱桥站在那里，流水声落到低处，变得很轻。这一回，她没有再使劲眨眼，也没有大笑，只呆呆地站在那里，当我回头，居然看见她朝我举起手，又缓缓放下。她半张着嘴巴，似乎想说什么，自然什么也没说出口。

家人说起哑巴的种种乖张事，为了栽种不知从何处搜集来的花花草草，居然把所有瓶瓶罐罐都找了来摆在天井里，还去没人居住的房子里找，有一次不小心从腐烂的楼梯上栽了下来，在床上躺了好几天。

哑巴的后花园不断扩大，将角角落落都围拢进去。我被家人带去那里参观时，眼前一切正落在春天炫目的光线里，风摇晃着薄荷的叶子，宝石花开出星星似的小白花，迎春花吐出金色火焰，失语者坐在它们中间，好像也成了其中一分子。

下次见她是在一年之后，某网络平台上。

她的儿子托人在网上《快找人》栏目发布寻人启事，很快便得到回应。一个操异乡口音的中年男人来到村口询问，村人见后诧异不已，"真像一个模子里刻出来的"。失语者的亲生儿子找上门来，他不是哑巴，他会讲话，讲了很多很多话——说家人一直在找她，这么多年从未放弃过。说到最后泣不成声。至此，笼罩在哑巴身上的谜团被揭开。当年只因走亲戚时坐错了车，不会说话又没有学过哑语，才流落到雨后的山林里。

居然有二十二年之久，比她在原先的家待得还要久。古代以十二年为一纪，这近乎二纪了。那是她的失语纪，也是她拼命想要倾诉的日子，以各种或极端或热烈或荒诞的方式寻回过去的自己；找到姓名、出生年月、故乡、亲人，找到家门口的酱缸、竹园里的韭菜豆苗，或许还有黄昏家门前栽种的喇叭花。当然，最重要的是找到自己。人群中有多少人落在这样暗无天日的寻找之中，又有多少失语者就此哑然一生，无处诉说。

视频里的她一脸羞涩，再也无须大声疾呼什么。她找到了属于自己的名字——姓张，有一个乡村植物的命名，朴素而温暖。当一个女人大声喊出这个名字时，她诧异、茫然，继而微笑点头。二十二年来，她第一次听到自己的名字被人呼唤而出，而不是"哎、喂""哑巴、拾女"之类潦草而失礼的称呼。那张过度兴奋的脸庞分明显得木讷、恍惚和不适应。

报道还说，她在那个下雨天被人捡到陌生人的家里，如今她也在天空飘着蒙蒙细雨的日子返回失踪前的村庄。这些年，她不仅是个失语者，还是自己村子里的失踪人口、下落不明者，活着时便被注销户籍的人。

我在电脑这端看着自小熟悉的人以如此方式出现在网络上，好像蒙尘的记忆忽然被一道强光照亮。喑哑者的身形于僻静处显现，振聋发聩。

失语者失去的并不仅仅是语言，而是一切。当年，那个穿黑底红花上衣的女教师因与已婚男教师谈恋爱而丢了饭碗。因为她是一名代课老师，他们就可以这么做。后来，我在县城某菜场的鱼肆前看见沉默呆板的她专注于手头生意，举手投足间早没了当年的飞扬、活泼与靓丽。

昔时的课堂上，女教师想尽办法让我开口，我却一言不发 —— 就如此刻鱼肆前的她，神情黯然，生命活力及语言表达的丧失几乎同时发生。如今的我早已不像当年那样拙于言辞，但为了准确而不带隐喻地描述这个世界，我不得不以暂时的沉默来代替对词语的等待。

总有一天，我会像风说出树叶的秘密那样说出一切。

刊于《广西文学》2024年第1期

纽约客（节选）

缪佳欣

奇异果先生杂货店

奇异果先生杂货店与我比邻，但是我从来没有搞清楚奇异果先生是谁。这个名字经常出现在当地的房产出租广告里——位于布鲁克林地铁J线和M线交汇处，奇异果先生七天二十四小时开门。这样的一个简易房商铺加上延展出来的水果摊，就是我家附近的地标了。去世界各地旅行，有时候偶然遇到陌生人，说曾经也在布鲁克林住过——哪个位置啊？哦，就在离奇异果先生不远处！这样就天涯若比邻了。

就像福州人敢在美国任何一个最危险的地方开中餐外卖店，曾经在同样危险的社区里遍布着韩国人的蔬菜水果杂货店。其实福州人不如韩国人胆大，他们的外卖店里安装着防弹玻璃和铁门铁栅栏，但是韩国人的杂货店里却是真皮真肉的交钱交货。曾经有小偷在韩国人的店里嚣张，偷了东西不算还打了老板娘三记霸王拳，老板娘转身拿枪，刑讯式地将她一枪爆头，之后此事变成了一九九二年洛杉矶暴乱的导火线。治安问题从来不是亚洲移民寻求生存的障碍，但是城市绅士化改造，引进大型超市和连锁店是屠杀小本生意，资本自由和垄断的规律。

奇异果先生的幸存不但因为它的促销策略，薄利多销，也因为越来越多的纽约文青开始聚居附近。他们一贯反对垄断资本家，支持小门面生意，他们也经常为了喝酒用完一个礼拜的生活预算，只能去奇异果先生那里买一块钱一大包的水果和蔬菜。在纽约的贫穷就是感觉有些苦，只要有奇异果先生这样的邻居你就不会挨饿。但是进出奇异果先生的门口，都会有一些"苦逼"向你伸手乞讨，文青就是大方，买一块钱的蔬菜，花五毛钱行善。乞讨者有时候太靠近商铺或者进入了商铺，那个韩国大叔就会冲出来怒吼，滚开！就这么一句滚开，文青恻隐转身把兜里剩下的最后五毛钱也捐了出去。

去奇异果先生店里买菜，店员不用计算器，商品上也不贴价钱或者条形码，他们就凭记性靠心算。经常花个十几块钱就拎也拎不动了，所以也从来没有人跟他们计较是不是算错了，其实心里还佩服亚洲人的算术能力。随着亚洲文青也相继迁入，据说只要你用韩文跟他们打个招呼，店员就会自说自话给你打个九折。当我发现那招的时候，为时已晚，他们开始雇用西班牙裔的店员。哎呀呀，用计算器也能算错，这就帮着老板无形中挣钱了呢。

韩国人天不怕地不怕，就怕病毒。当疫情开始，纽约封锁的时候，在奇异果先生那里见不到任何一个韩国店员。亚洲人的保命精神在布鲁克林这样粗枝大叶的地方尤其凸显。但是生意继续，疫情伊始粮食卖断货，奇异果先生也一定没有少挣。之后明尼阿波利斯的白人警察跪杀了黑人乔治·弗洛伊德，引发了全美的"黑命贵"抗议运动，趁火打劫的人们开始打砸抢。奇异果先生没有关门，他们家最值钱的商品就是西瓜了，抢那玩意你能奔多远啊？因为地处高架铁路相交的五角马路口，平时就是事件多发地段，纽约市警察局安排了人马特别保护奇异果先生和周边的商家。那个警察牛高马大，双腿人字站正，手扶腰间随时可以拔枪。他就站在那些西瓜旁边，连口罩也不戴一个。这个年头不怕病毒的人才是真正什么也不怕的人。

布鲁克林城绅士化改造，大疫情打砸抢，这些都没有击垮奇异果先生。可是人在江湖之中，命在天地之间。奇异果先生面对的是美国日趋激烈的政治正确的挑战。亚洲人和亚洲移民多对肤色较敏感，因为在他们国家里的居民大多只有一个种族，或者只有长得差不多的其他种族。每逢黑人顾客进门，他们就会多睁一只眼睛，甚至紧随其后看人家是不是顺手牵羊。尽管后来他们学会掩饰，但是黑人们因为长期受到迫害，凭着基因里对他人的不信任就能嗅察你的偏见。在谷歌差评里，人们怒吼道，种族主义者开的杂货店，千万不要去！在"城绅化"之前，是我们黑人和西裔人供养他们的店，现在受到是非判断的却是他们应该感激的人。奇异果先生里面黑人确实不多了，但是白人文青们足够养活他们。在倡导有机食品、支持小门面生意、反对连锁店和过度"城绅化"这些与种族歧视罪名的对比之下，文青们选择了继续支持奇异果先生。因为理论上放弃有机食品、支持连锁店和"城绅化"会导致更大的种族灾难。况且种族歧视是要有证据的，有证据就要上庭审判。哎，况且我只剩这几块钱了，你让我去哪里买菜啊？以上就是韩国人、黑人和文青各自的心路历程。

世界上大部分的地标会受到保护不会消失，就算消失了，历史也会记上一笔。如果奇异果先生最终在资本主义的丛林规则中倒下，就会像他们隔壁的那个著名的摇滚乐队酒吧"蓝色礼拜一"，口口相传，人群爆满，免费供应白开水，结果死蟹一只。疫情的时候大家都搬走了，新的邻居再搬回来的时候，没有人知道什么是"蓝色礼拜一"。

礼拜一是干枯和黑白的。布鲁克林的故事和你们家楼下的一样，冗长而坚毅。

刘　明

刘明死了。半年前就想写写刘明，当时他还没死，第一句就已经想好了。从活蹦乱跳到瘦骨嶙峋，几乎没有过渡。胰腺癌晚期没有杀死他，他在家摔了一跤，身边没有人。刘明年富力强精力旺盛，跟我们一样，身边的美国人无法猜测亚洲人的年纪。追悼会上，有一个从未谋面的女生默默啜泣，她是刘明遇到我们所有人之前在波士顿的前女友。她突然破涕为笑，告诉我原来刘明这么老了，他还骗她是"八〇后"。我也从来不知道刘明几岁，只是他病倒后突然老了几十岁。每次看到他，就是深刻的提醒，生命这么脆弱，从来没有理所应当。

我并不知道刘明也是中国人，而且还是上海人。我跟他活活讲了一年的英文，发现也被骗了。那是十多年前，我从芝加哥回到纽约的行为表演艺术圈，从羞涩男变成了社交狂，那些年交的所有朋友今天都老了十岁变成了中年人。刘明不搞艺术也不是有钱人，在艺术圈里就近乎神秘。他频繁出没混了个脸熟，可是美国人就是脸盲，他们老是把刘明当成我，多少年了，甚至在追悼会上还有人把我们两个名字叫错，搞不清谁死了。刘明每次就呵呵地告诉他们，他不是那个艺术家，但是他也能聊艺术。其实刘明不但能聊艺术，他能聊所有美国人能聊的东西，上到国家州市区政治选举，下到邻居家的干湿狗粮，东到酷儿变性手术细节，西到一切社交毒品的体验以及魔法魔咒灵魂清洗。这也是我误以为他不是中国人的一个原因。如果社交是一门专业，我觉得我差不多能够小学毕业认字识句，刘明就是博士生导师。他能够记住所有人的名字不算，还有他们的姓氏、他们的专长、他们的偏好和习性、谁跟谁什么交情什么过节，等等。结果他变成了一个策展人，拉帮结群，互联各种艺术山头和圈子，在家里办几百人派对，每个派对都有最前卫的表演活动。他不再神秘。

这些年，刘明的社交本性和本领没有让他少泡妞。我至今还记得有一天他搂着一个金发碧眼的女孩进入一场派对，他们一个拎着一瓶五粮液，另一个举着一瓶威士忌，见人就说来一口。他醉了，女生也醉了。后来他向那个女孩求婚，她叫莎拉。莎拉幼年被犹太家庭领养，结婚仪式那天，刘明就戴着一顶犹太人的小帽子，感人肺腑地向家长保证此生照顾好莎拉。一边是正统的犹太家庭，另一边是刘明的艺术家朋友们，他们奇装异服色彩缤纷，男女难辨喜怒不明。这些都不重要了，犹太人和中国人一拍即合是有传统的，女儿转手，合作愉快。很久之后，我才了解到那些家长在结婚那天如释重负。莎拉的生母是个酒鬼，她在醉酒中出生，成年后一沾酒精如同回到母体，无法自拔。莎拉的酒量有多大只有医生知道。每次送到医院，医生根据她体内的酒精浓度告诉刘明，奇迹啊，恭喜你的妻子还活着。这个不是奇迹，或者奇迹就是莎拉的常态。我后来问刘明，你怎么这么有种跟酒鬼结婚？他说，人生就是一场一场赌博。赌鬼遇到酒鬼。我没有理解他赌的是什么，他也不缺女人。他又说，莎拉是个单纯的女孩，挫折人生，受过蹂躏也做过妓女。刘明心善而且仗义。处理其他事情也是这样，人生大事只是其中一桩。

刘明和莎拉分分合合。他们说分了，我们说，哦。他们复合了，我们说，哦。刘明被诊断癌症晚期的时候，莎拉哭红了眼睛，说要留在刘明身边帮他做饭。而事实却是，她又喝醉了，倒头砸在浴缸里，脑震荡。打电话叫救护车，人送走了还要跪在地上擦屎擦尿。病重的照顾醉酒的，这种日子没法过。刘明知道自己要死了，他眼神空洞地看着前方。他跟我说，如果他死了，莎拉会躺在他的尸体旁边继续喝酒。文学和艺术中有夸张手法，可是这些夸张手法在现实面前相形见绌。我不但相信这个没有发生的事实，而且相信莎拉的单纯。

刘明死后，我和几个朋友相帮处理了一些后事，莎拉也参与进来。有一天莎拉很着急地打电话给我，问我刘明的尸体在哪里。肯定不在医院了，但是停尸房说已经拉走了，殡仪馆说没有去拉过。我不相信美国的系统可以这样阴差阳错，我也不信这个邪，我甚至在想人都没有了，尸体在哪里重要吗？莎拉再也没有给我回电话，我相信尸体是在她的意念中消失了，后来又被找到。又过了好几个星期，我想问刘明的骨灰在哪里，没有人知道。莎拉又进了戒酒所，从来不回短信和电话。我也随便想想，人都没有了，尸体也不见了，骨灰重要吗？后来，骨灰还是出现了，在另一个朋友的家里放了很久，等有需要的人来领。美国人对阴魂没有忌讳，都是住有室友的公寓，就把骨灰放在自己床头，早上起床问个好，再过几天视而不见了。

刘明唯一的亲人是他远在中国的父亲，八十六岁。半年前刘明就把他爸爸的电话号码告诉我，说发生什么事就跟他说一下。我是刘明身边唯一能说中文的朋友。他爸爸一直不知道他生了什么病，那天接到了我的电话，是死讯。老头子坚挺，十多年前死了老婆，三年前刚刚死了大儿子，刘明的哥哥。他刚从感染新冠病毒的发烧中恢复过来，面对唯一亲人的死讯，他的声音颤抖但是仍旧铿锵有力。他无法理解上帝对他的眷顾和惩罚，他也没有能力独自飞来美国处理刘明的后事。他跟我说，把刘明的遗物都扔了吧，他只想保留刘明在哈佛大学法学院的毕业证书。他说那是他养这个儿子的骄傲。

带着他爸爸的嘱咐，我领着一帮我和刘明的美国朋友去他家处理垃圾，心想人多力量大，三下五除二，就可以把他的东西全部扔到街边。那是我人生中奇葩的一天，没有想象中整理遗物的悲伤和遗憾，那天充满了喜剧和欢笑，让我彻底见识了美国式的唯物主义无神论。刘明生病无法负担房租，已经几次搬家，越搬越便宜，搬到了皇后区的一个地下室。他的东西在搬家过程中已经精简。美国人觉得这样扔了有用的东西就是作孽，他们这样也要，那样也要，衣服试一下，鞋帽也试一下，书怎么能扔呢？微波炉还能转的呀。那天不是整理遗物，是一个分赃现场。东西都分完了，大家瞄准了刘明的冰箱，里面还有很多没有吃完的东西呢。于是一个朋友说，你们先忙，我来做点吃的。他一边做饭，一边吃着刘明的零食，还一边埋怨着，这个家伙的冰箱里怎么没有啤酒呢？大家把肚皮填饱后，又把剩下没有吃完的全部打包带回家去。

刘明的爸爸坚信刘明在律师事务所里工作。我很遗憾地告诉他，我连他在上海的高中毕业证书都找到了，但是没有哈佛大学的毕业证书。刘明爸爸拒绝理解什么是自由职业，也拒绝理解刘明的朋友们都是艺术家。他说在美国搞艺术有什么用啊，能吃饭？作为中国人和中国移民，我很熟悉这样的话题，我一秒钟就能理解刘明和他爸爸的巨大代沟。他根本没有从哈佛法学院毕业，他也从来没有在律师事务所里工作过。他爸爸对他一无所知。刘明没有在中文语境里生活，他上世纪九十年代初就来美国了，当时在美国没有多少中国人是搞艺术的，他也没有什么中国朋友。他到死，没有回过一次中国。

但是有一天，我去医院探望刘明，他告诉我，他想把身体养好一点，回中国。我说，你的所有朋友和生活都在这里，回去干什么呀？他说，回去至少有他爸爸。我一直以为人的身外财富，一是金钱，二是社交圈。刘明没钱，社交圈就是他的所有财产。可是在死前，他心灰意冷，视社交为粪土。身体好的时候精力旺盛，组织派对策划展览，他一呼百应，身边聚集各路好友，上天入地。病倒之后没有了盛宴，食客们作鸟兽散，大部分人没有一个电话问候，还怕他借钱。莎拉呢？刘明的遗物中有一棵新买的圣诞树，他觉得这会是他最后一个圣诞节了，他想和莎拉一起过。结果，莎拉没有出现。就在圣诞节过后的几天，刘明摔倒在树前，再也没有起来。

差不多十年前，我和刘明同时出现在纽约的行为表演艺术圈。人们花了很久才搞明白这是一个中国人，还是两个不同的中国人。我和刘明的天壤之别只有我们自己知道。但是和刘明最不相同的是，我的履历表一清二楚地展现在网络上，而二〇一二年之前的刘明至今是一个谜。他到底经历了什么样的移民路途、教育、工作，以及为什么从波士顿转道纽约，是什么让一个不搞艺术又没有钱的中国人在纽约艺术圈里游刃有余？在所有刘明的遗物中，我们发现了他曾经在波士顿监狱里服刑的证件照。

忽然间，刘明生前的得意状和死前的佝偻状在我的眼前交替出现。他说，人生就是一场一场的赌博。而生命就是炎热的夏日，死亡是那个凉爽的夜晚。刘明，安息。

露　西

露西和很多没有合法身份的非法移民一样，踏出了家门就没有再回去过。从纽约去墨西哥城的机票比去迈阿密还便宜，心理距离上就缩短了很多。这几年我去了墨西哥两次，露西很羡慕，说让我带这带那，结果都是说说而已，没有任何必要。露西住得离我家不远，和她开摩托车的丈夫相依为命。他们的大女儿在墨西哥接受教育，已经大学毕业，家里的小女儿莎米拉是最早跟我说话的。那一年夏天，莎米拉刚刚初中毕业，她和露西在我们这条街上的门缝里塞名片。布鲁克林风大，名片飞撒了一地。露西的名片是个丰乳翘臀的卡通清洁工，我就试着打通了她的电话。莎米拉接了电话，说她妈妈不讲英语，业务问题就跟她交流。从那以后，我就每周都见到露西和莎米拉，母女俩成双成对，妈妈扫地，女儿就擦那个马桶，里里外外一百遍，一边擦一边跟她男朋友视频电话。上课都在一起，下了课就想得死去活来。马桶擦得亮，业务也蛮好。有一次我忘记付她妈妈工钱，莎米拉就打我电话直截了当不带寒暄，从此之后我再也不敢欠债。露西把身份证翻拍发给我，那年她四十六岁，已经来美国八年。她总是面带微笑，总是说"对"说"好"，其实她的英文困难，如果她说"不对""不好"，就没有能力去解释为什么不对不好，但是她也从来没有把我说的话搞明白过。我就连手带脚比画，每次跟露西讲话，我觉得自己又回到了刚来美国的那段语言障碍的时光。

转眼三年过去，莎米拉高中毕业了。因为没有合法身份，她无法在美国继续接受免费的教育，露西和丈夫决定让她回墨西哥。那个业务交流员一夜蒸发，她妈妈费了老大的劲跟我解释了一切。那天起，露西的英文水平突飞猛进。她告诉我，莎米拉一定会回来的，因为她的那个美国男朋友想要跟她结婚。那个年轻的黑人小哥像保镖一样跟在露西身后，手里提着露西的塑料袋。到了我家门口，露西就打发他走说要上班了。我正巧回家，小哥彬彬有礼主动介绍自己，说他是露西的女婿。我见过露西大女儿的老公，是个墨西哥白人，怎么换色了呢？露西解释说，他脑子有毛病每天跟在屁股后面。原来莎米拉已经决定和他分手，黑人小哥无法卸下胸口的一块郁闷，只能缠着"丈母娘"。但是他永远不知道真相了，因为莎米拉已经怀孕，孩子当然不是他的。是谁的呢？连莎米拉自己也不知道。她回到了墨西哥，脱离了家长的缰绳成为一匹野马，莎米拉看见了属于自己的未来，第一次为自己的人生做出决定。她辍学打工，再也没有问露西要过一分钱。莎米拉业务好，身怀绝技出手不凡，怀了一对双胞胎。露西把眼睛都哭红了，天主教的上帝顶在头上，也要让莎米拉去打胎。莎米拉是那匹决定自己命运没有缰绳的野马，她说去你的，驾！就再也没有跟露西和她的爸爸说过一句话。那是露西人生堕落的一段时间，她每次都带一杯很贵的鲜榨果汁，似乎她无须再为莎米拉省钱了。但是，她没怎么笑过，一说到莎米拉，眼睛又红了。她说，她才十九岁，怀着两个不知道爸爸是谁的孩子，只有一份超市收银员的工作，她本可以有更好的人生。

莎米拉的人生，让我联想到国际关系和地缘政治学。那就是每个国家都有自己的国情，以美国为首的西方霸权集团的"普世价值"和民主法制自由政策无法在第三世界里顺利开展。莎米拉，一个在墨西哥出生美国长大的孩子，她是谁？她其实就是一个没有美国身份的美国人，或者她是一个会说流利西班牙语的非墨西哥人。莎米拉，一个不谙世事的年轻人，把一身文明世界的绝技在第三世界里施展一下，自由、民主、独立、女权，一切都是那么耀眼。可是啊，没有一个具体的系统去支持这些，她只能倒霉了。一个一年前还在我家陪她妈妈擦马桶，时而偷我家糖吃的小女孩，突然顶着一个巨大的肚皮站在一个墨西哥的超市里收钱，主宰自己的命运。这个画面经常让我肃然起敬。

很多年前，我在长岛的一个仓库里打工，也认识了不少拉丁美洲的小屁孩。和莎米拉不同，他们没有在美国受过教育，却在丛林般的生活实践中学得老练滑头，善于变通，充满了生存智慧。他们很多就是吞了一粒促进便秘的药丸，不吃不喝在密不透光的卡车里震颤了三天，从萨尔瓦多、洪都拉斯一路偷渡寻求新的生活。在主宰自我命运这一步，他们是最年轻的赌徒。他们早上七点就拼车来到仓库，在流动外卖卡车里买最垃圾便宜的早餐，干最辛苦的活，拿最低的薪水，唯一的快乐是一小时的午饭休息，他们买一样的垃圾食品，嘴里还没嚼完已经把仓库的停车场改建成了足球场。他们各个都天赋异禀，随便挑几个估计都可以来参加某国的乙级联赛。我像他们那么大的时候，球也踢工也打，但是更多的是呆子般的诗和远方。我经常问他们，美国除了有钱挣，比你们家乡好吗？年纪大的老同志会说，怎么会有家乡好，我要攒够了钱就去秘鲁开饭店；还说，我要是你，就回去中国，每天都吃最正宗的牛肉西蓝花（美国所有中餐外卖店菜单里的第一行）。年轻的小同志就说，你看我穿的耐克，你看我用的苹果手机，在萨尔瓦多不但买不起，而且不敢穿不敢带，要是被他们看见了，你就光脚走回家吧。中产阶级一般都会随身带两个手机，翻板的那个旧的就捏在手里等待随时的意外。

每天都有无数的拉丁美洲人越过边境线，来到得州的埃尔帕索。然后他们的州长不堪重负，就把这些移民装上大巴士，一车一车地运到民主党的城市，比如纽约，有钱又大度。那个政客市长就是一个假大款，拿着纳税人的钱帮这些移民安排几百块一天的曼哈顿宾馆。几个月后，纽约市不堪重负，强逼政府制定新的移民政策。那个政客总统马上把屁股夹紧，就这么一松一紧，一紧一松，政策就一段一段挤了出来。移民也一拨一拨像新鲜的血液注入美国，无论褒贬，美国历来如此，天不塌，日不落。最后一辆从得州开来的巴士在曼哈顿第八大道港务局车站停靠，移民们已经得知自己的幸运，他们仰着头捂住胸口感谢上帝对他们的恩赐。其实他们应该感谢自己，因为有一天他们也要像所有人一样开始纳税。纽约人行色匆匆，他们，你，还有你的孩子们，就是你的主。

露西知道她和她的家庭也是幸运的。在现实的常识中，当种种不幸找到最幸运的人们，他们不能抱怨。人生患得患失，他们只能用最辛苦的一生去抵偿最幸运的一生。露西丈夫的侄子在墨西哥的一个小城市里被绑架，二十五岁，一个医疗机构的工作人员，普通白领，自己没钱家里人也没钱，绑匪搞的是无差别绑架，无论你们家富贵贫贱，定额索取五万美元，限期一个礼拜。露西和丈夫全家紧急电话会议，焦头烂额。我好莱坞电影看多了，心想是不是他侄子自编自导自演了这一出，这个世界已经文明成这个样子了，哪里还有茹毛饮血的旧社会？第八天，警察让他们去领尸体，他们是这个黑社会利益链中的一员。我突然明白，像我们这样混在中国城和法拉盛的移民，来美国就是为了贪图优越，或者贪图别的，而拉丁美洲、加勒比海、中东的叙利亚和阿富汗的移民只是为了保住性命。

露西的丈夫开摩托车送快递，摔了一跤，手断了。他没有保险，无力负担医院费用，重新办理临时保险需要等待。他活活受了三个月的罪，这期间也丧失了劳动能力。他好几次来我家收拾院子，捡几个塑料瓶，见到我也从不打声招呼，郁郁寡欢，好像生怕我怪他帮着露西偷懒。怎么会？一个劳碌命的人不能忍受自己变成废人。他在长长的队伍里等待领取非营利组织发放的免费食品。他就像一个愤怒的年轻人，头破血流地拿着一块板砖不知道砸向何方。他和露西住在一个与别人合租的出租屋里，大女儿和女婿从墨西哥城来看他们，就再搭一张床，房间里就全部是床了，他们不是躺着就是坐着。他们也谈谈莎米拉。莎米拉也没有和她姐姐再联系过，当然也没问她要过一分钱。

又过了几个月，我在街上遇到露西。她坐在丈夫的摩托车后面兜风，陪他一起送外卖。露西告诉我，莎米拉终于给他们打电话了。孩子出生了，不是双胞胎，因为死了一个。摩托车撩起布鲁克林的风沙，露西泪眼模糊，在此刻的人生里她不知道是上帝还是自己，是埋怨还是赞美，是喜还是悲。"悠悠海风轻轻吹，冷却了野火堆。我看见伤心的你，你叫我怎舍得去，哭态也绝美。"——我们都在向着人生唱一首情歌，去热爱它吧。驾！风，继续吹。

刊于《上海文学》2024年第7期

行　走

夜行车

李　娟

一

夜行车独自飞驰在无尽长夜之中，飞驰在无尽荒原之上。里程碑一一退后。世界的左边，很久之前是日落。世界的右边，很久之后将有日出。夜行车深陷于黑夜，全车的旅客深陷于睡眠。

童年的我和年轻的我交替醒来，扭头看向车窗外。

车窗玻璃上是空旷无物的戈壁滩和一轮孤独圆月，还有自己映在玻璃上的模糊面孔。

我长久凝视那个模糊的面孔。

如同车窗里的我与车窗外的我互相凝视。

如同那时的我与此刻的我互相凝视。

此时此刻我正在做梦，不得安宁。我梦到多年前的情景和几天前的情景交缠不休。还梦见了车祸。梦里的我心想，这肯定是个梦。于是我就在梦里醒来了。

但我却不愿在现实中醒来。于是，梦里的我屏住呼吸，继续坐在自己的汽车座位上，一动不动，生怕惊醒了自己。

但梦里的夜行车仍疾驰不停。

梦里的我又想，既然是梦，那我就能飞翔吧？于是我拉开车窗飞了出去。

满车的乘客仍在熟睡，司机聚精会神注目远方。只有我知道车祸就要到来了。

我紧随夜行车无尽地飞翔在广阔的梦境之中。前方深不见底。我知道自己即将醒来。突然间满脸泪水。

二

多年来我总是沦陷于同一个梦境——坐在飞驰的夜行车上，苦苦忍耐，等待天亮，等待终点，等待寒冷与病痛的结束时刻。除了等待，什么也不能做。那些梦里，总是车厢拥挤，座椅颤动，引擎轰鸣，空气污浊。有时候我长久注视着车窗凝结的厚厚冰霜，有时候旁边的人长久注视着我。还有些时候，梦里的我突然想起来自己身无分文，无法补票。

我讨厌远行，讨厌坐长途车。我嫉妒所有一上车就立刻呼呼大睡的人。他们用睡眠轻松对抗漫漫旅途，对抗一切枯燥和身体的不适。而我，我总是一上车就焦虑又激动，睡不着，怎么也睡不着。不但睡不着还晕车。

我小的时候，有一个邻居，他和他媳妇一个生活在新疆一个生活在内地，结婚十多年总共见过十多次面——就每年过年那几天，他把年假加探亲假一起用掉，千里迢迢坐火车、坐汽车回家乡团聚。团聚完再千里迢迢往回赶。运气好的话，那几天也能怀上孕。于是，十几年过去了，哪怕长期分居，两口子居然也有了三个孩子。

只因男的工作分配在新疆，不愿抛弃铁饭碗回乡。而女的则严重晕车，没法历经长途跋涉去新疆定居。

对于很多人来说，这种事简直不可思议。但我从小就特能理解那个阿姨。

晕车对于一部分人来说只是身体的不舒适而已，但对另一部分人来说，完全就是绝望了。

不只是眩晕、恶心、反酸、头疼，不只是呕吐，也不只是剧烈呕吐后，鼻腔和气管被擦伤的剧痛。

在那个时候，整个身体都是感官的累赘。而感官是痛苦的放大器。

任何针对晕车的药物或土方都没有用。反而可能会加剧晕车的程度。

比如，对于很多人来说，闻闻桔子皮就能缓解晕车症状。但是真正晕车的人，一闻桔子皮，立马啰了。

还有许多热心人向我分享过晕车小妙招。当他们说"你按揉一下内关穴就好了"时，就好像面对一个从万丈高空坠落、躯体支离破碎血肉模糊的人说"你按揉一下内关穴就好了"……

毫无办法。在我晕车最严重的时候，五百米的距离都坚持不到。

就好像失眠的人和从不失眠的人是不同物种，晕车的人和不晕车的人也是不同物种。

其中，轻微晕车的人和严重晕车的人是不同物种，严重晕车的人和特别严重晕车的人又是不同物种。

这个世界上物种真多啊 …… 每当我坐在长途车厢里 —— 之前刚刚吐过，稍微缓过来一点了，眼睛和后脑勺也不是那么疼了 —— 我抬头望向四面的乘客，感到孤独无比。

旁边的乘客已经熟睡。她的胳膊肘紧紧杵着我的肋间。我越退让，她越往这边挤。我座位的三分之一都让给她了。我尚在痛苦之中，感到抵触和厌恶。但是她的胳膊有力而温热。她的平静与健康源源不断地强势地传递过来。我一时又不知是被侵略还是被安抚着。

三

有一次我在夜班车上和一个年轻人坐在一起，那时我也很年轻，我俩聊了起来。虽然我恶心又头疼，但是不愿结束话题。虽然知道这次相遇无果，班车一到目的地就永远失散，但还是觉得此刻无比宝贵。

但是不知道什么心态，我不愿让他知道我的痛苦。胃部酸水一注一注上涌，我强忍呕吐的冲动，微笑着听他说起自己的童年。

他说完了。我也想说点什么，但不敢开口。

他一定以为我心不在焉吧？

我的手指紧抠前座的靠背，支撑自己的平静。他沉默良久，突然说："你的手指真细。"

关于身体的评价，是年轻的生命接收到的最最激烈的暗示。我瞬间被巨大的希望和感激所淹没，却更加不敢开口了。此后一路，我俩彻底沉默。

长途车驶向西方的晚霞，渐渐驶进夜色之中。他睡着了。我却更加激动。

四

还有一次，在夜班车上，我的床位被安排在车厢最后一排的大通铺上。五个人并排躺在那里，挤得满满当当。我睡不着，旁边的男孩也睡不着。光线昏暗，引擎轰鸣，有人打鼾，有人喝酒耍酒疯，还有小孩子不停地哭。这样的环境里，我俩渐渐聊了起来。

那真的是最公平的聊天，未见容貌，互不相识，不知过往，没有任何利益关系，只是通过声音来想象对方，通过表达判断对方的一切。

聊着聊着，我们开始互相试探。但又无比纯洁，我们并排躺在混浊喧嚣的暗处。哪怕是一毫米的越界都没做过，也没想过。

那一次我没有晕车，我轻松又快乐。他也显得很开心。我们聊了两百公里。凌晨，司机把车停在荒野中公路边，这里有茫茫大地中唯一的一家饭店。在这里司机要换班，同时也要加餐，保证精力。为防止行李失窃，这时司机往往会要求全部乘客统统下车。

片刻的混乱后，我们在暗中起身摸索，穿鞋，披外套。在狭窄的车厢过道里排队，缓缓移动。车辆熄火了，之前引擎声轰鸣了一路，突然到来的安静似乎令人突然回到了现实。

我下了车，踩上现实的大地，大地稳稳当当。之前颤动一路的感受仍挥之不去。

我站在车下，看到人们沉默着向这片荒野里唯一的建筑物 —— 那幢简陋的饭店 —— 走去。有一半人尚未从睡梦中清醒过来，还有一半人似乎从未入梦。而我是唯一一个抬头望向满天繁星的人。我看到清晰的银河，我想惊叹，却突然不愿发出任何声音。我随着人流走向夜色中最明亮的所在。在饭店里，我看清了一切，并想起刚才聊了一路的年轻人。我不知道他是眼下人群中的哪一个。他可能也正在默默寻找着我吧。

在暗处，我们依靠声音和对方产生了联系。但到了明亮的场所，又不约而同掐断联系，都选择了沉默。

我忘了那天我们如何返回车厢，忘了剩下的三百公里路程有没有继续聊天。只记得最后天亮了，明亮的光线封印一切暧昧。

目的地的意思就是："到此为止。"

五

那么多的人选择坐夜班车去往远方。不只是夜班车更便宜，还因为夜班车省时间。所有人都说："晚上出门方便，睡一觉就到了。"

—— 是啊，只需睡一觉，天就亮了，目的地到了。一点也不影响白天的日程安排。尤其是只有两三天时间出远门办事的人，要是白天出发的话，晚上才能到，整整一个白天耽搁在路上不说，还花钱多住一宿旅店。于是在一段时间里，在我知道的一些地方，长距离线路车总是夜班车多于白班车。甚至有那么两年，就只剩夜班车而没有白班车了。想出远门的话，别无选择。

最早的夜班车是没有卧铺的，全是座位，乘客得硬生生坐一晚上。后来就有夜班车向火车学习，有了一种半卧铺半硬座的车型。车厢中间一条走廊，一边是硬座，一排三个位置。另一边一溜上下铺，一排睡两个人。

我坐过那样的车，当时买的是硬座。硬座会便宜很多。而且有人告诉我，当时是客运的淡季，无论硬座还是卧铺都坐不满的。等到了晚上，看到有空床位直接过去躺着就是，反正空着也空着嘛，司机不至于赶人。

我持硬座票上车。果然，直到发车为止，旁边的卧铺都没坐满，硬座上的人也寥寥无几。便心感庆幸。

售票的小伙子坐在前排，全程紧紧搂着女朋友。他的女朋友自始至终没有回过头一次。我不知道她的模样，却被她美丽的连衣裙所吸引。年轻的我心想，等以后我有钱了，我也要买这样一条裙子。

年轻而贫穷的我，一个人去往远方，无限地憧憬着爱情和未来生活。一路上，我默默看着前排的恋人亲密呢喃，有时小声争吵。一直看到天黑。心想，等以后，我也会有这样一个男朋友的。

天黑了，前面两人准备休息，他们起身走向卧铺一侧。经过我身边时，我终于鼓起勇气问："那边的空床位可不可以让我睡一会儿?"

女孩恍若未闻，径直往前走。男孩扭头看了我一眼，那眼神是我从未经历过的寒冷。他说："不行。"……

我这一生经历过各种各样的拒绝。我也早就习惯了被拒绝这种事。可之前的拒绝只是令我在小水坑里踉跄了一下而已。这一次，却令我坠入万丈深渊。

我知道他的拒绝并没有什么错。他只是不愿做一次顺水人情而已。他只是冲着一个想占小便宜的家伙小小地表达了一点厌恶而已。

这点小小的厌恶，掷中得如此准确，瞬间将我推置于广场中心，被人山人海的人群所厌恶。

我又晕车了。

车厢空空荡荡，我蜷缩在座位上，面对着整整一个广场的人群的厌恶。第一次感到对未来失望。未来不会有漂亮的裙子了，也不会有温柔的男性陪伴者。我竟然如此脆弱。如此轻易就能被全盘否定。

六

后来的夜班车就全都是卧铺没有硬座了。

才开始的卧铺车，车内只有一条过道，左右两排床位，高低铺。下铺勉强能坐起来，上铺坐着就只能低着头。

每个床位能睡两个人。如果恰好是两个人或四个人一起出门也就罢了，若赶上单数，总得一个人落单，等司机安排。所谓安排，当然是和同性的其他乘客睡一起了。但总有些时候，不赶巧，排到最后，只能和陌生异性躺在一起。

可能考虑到这种设计虽然能多拉几个人，但毕竟不方便，不人性化，也不安全，于是再往后的卧铺车就取消了这种双排双人位的设计。改成了三排单人位，两个过道。装载人数少了三分之一，票价也跟着涨了起来。

在双人位卧铺的时代，至少有两次，我遇到过和陌生异性分到一张床的事。

在那个狭窄的位置里，虽然各盖各的被子，虽然是在四面都睡满人的公共场合，如此紧密的接触还是令我紧张，难堪，又畏惧。

但很快，我发现对方其实也是局促不安的，甚至对方可能比我更尴尬。

天黑透了，他仍不肯躺下，坐在床沿，面朝走廊。他的沉默坚硬如岩石。那个时代一般人都没有手机，车里也不允许抽烟。我不知道他在忍耐什么，会以那么长的时间一动不动。我觉得他可能也晕车吧。又疑心他其实就那样坐着睡着了。

后半夜，我疲惫不堪，渐渐昏沉入睡的时候，他才下定决心一般倒下来。

身边立刻有了扎实的拥堵感。我瞬间清醒，黑暗中浑身戒备。

但他躺下后，就像之前长时间一动不动坐着那样，开始了长时间的一动不动地躺着。

我也一动都不敢动。

我左侧是密封不严、结满厚厚冰霜的窗玻璃，右侧是陌生的异性躯体。两侧都不敢贴靠。僵硬地躺着，感受汽车在地球上飞驰，地球在宇宙中飞驰。而我是宇宙中最细微的寄生物，栖身最狭小的孔隙之中。身不由己，随时都能被抹杀 …… 宇宙真大啊，宇宙真危险啊 …… 渐渐睡去了。

天亮了，车辆终于驶出荒野，进入城市。我看到旁边的人不知何时已经坐了起来。仍然是面朝走廊，仍然是长时间的一动不动，仿佛昨夜他其实从不曾在我身边躺下片刻。

班车走走停停，我感受到了窗外的繁华，便用手指在糊满冰霜的车窗玻璃上抠刮。很快抠开了一小块。我通过这块小小的孔洞看着清晨里的城市，看着无数陌生人行色匆匆。眼下的繁华是与荒蛮宇宙毫无关系的繁华。我无比迷恋这样的人间。我感谢城市，感谢迎面而来的每一个陌生人。

七

对了，那些年，在很多夜班车上，都有一个床位是被封起来的，像个大盒子。私密性最好，位置也最好，看起来也最干净。那是换班的司机休息的地方。每当我路过那个有门有墙壁的床位，就很羡慕。

羡慕什么呢？我可一辈子也干不了这行，一辈子都用不上这种床位的。

想了又想，可能我羡慕的是一份稳定的工作，一种不会被改变的生活吧。

当我走上夜班车，像一棵植物走上夜班车。此行全是忍受。忍受根茎裸露在空气中，忍受叶脉里水分的流失，忍受没有阳光。可是，我还是渴望着远方。

于是一次又一次被连根拔起，投入一场又一场旅途。

对于一棵动荡不堪的植物来说，在流浪途中，哪怕有一只花盆也好啊。于是，那个大巴车上的整洁密封的小小空间，就是我想要的花盆。

有一次赶到客运站时，票已经卖完了，我拖着沉重的行李直接找到即将出发的车辆，找到了司机。我私下给他一些钱，他便将我安排在一上车的台阶上。

我对这个位置还算满意，一抬头就是挡风玻璃，远方迎面奔来，仿佛我和司机一起乘风破浪、并驾齐驱。坐在那里，感到也不是那么晕车了。

同样速度的行进，汽车在白天里是飞驰，到了深夜，就如同摸索。夜的世界充满了压迫感，又似乎在微微蠕动。我们的车辆像是打着远光灯行进在巨人的腹腔里。远光灯照不到的地方全是巨人们的窥探。但是司机很健谈。他兴致勃勃，显得轻松又快乐。他的话语和眼前的深夜形成奇异的反差。我明明醒着，又像是在做梦。

渐入凌晨，我打算就这样在台阶上坐一晚上了。但是司机突然说："旁边的床空着，你去睡吧。"

于是，我终于躺到那个向往已久的小小空间里。拉上门，仿佛登陆孤岛，从此暴风雨和我无关，满车厢睡得横七竖八的身体与我无关。我享受着小小的安宁，心中充满感激和庆幸。

但是，到了后半夜，那个司机和副驾交班后，也拉开门躺了进来。

他没有丝毫迟疑，一言不发，欺身而来，握住我的手腕。

我无法形容那一刻的惊怒与惧意。至今无法形容。

我几乎就在同时坐了起来，用另一只手推开他，并死死抵住。

反抗是本能的，但抑制尖叫出声不是。我浑身僵硬，一言不发，在狭小的空间里与他对峙。薄薄的门板隔着满车乘客，薄薄的车窗玻璃隔着广阔的荒野与黑夜。我一时无措，只知道不能闹出动静，甚至不能发声求救 —— 在真正的威胁到来之前，不能激怒他。他是男性，有压倒性的力量；是司机，是这辆车的主人，有某种特别的权力。无论作为女性还是作为乘客，我都心怀难以克服的弱势心态。

甚至，我还心怀侥幸，对方只是开个玩笑而已。

但那不是玩笑，我的抗拒并不曾减弱他侵犯的力度。他另一只手也过来了。我愈发惊惧，却仍然没有出声，仍然沉默反抗——不只是对处境的权衡，还有莫名的骄傲——越是害怕，越不能让他看出自己的害怕。不愿表现得像一个一无所知的小姑娘。坚决不愿示弱。

二十岁的我，一米五，八十斤，看上去好像很好欺负，其实很有一把蛮劲。我奋力推拒，丝毫不退缩，终于令他感觉到了我的拒绝的坚定。

他的试探很快停止了。他终于开口："没事哈，我就开个玩笑。"

但是，他并没有退出这个空间。这是他的地盘。可能他觉得他不驱赶我离开就算是表达对我的歉意了，他觉得他接下来什么也不做就足以抵消一切。

他捞起另一床被子盖上，转身背朝我躺下。

我仍然不发一声，惊魂未定，兀自坐了一会儿。我想立刻逃离开这张床，但最终没有。不只是无处可去。那时的我仍在害怕，并且仍不想让他看出我的害怕，似乎立刻离开会暴露我的狼狈。我强撑无谓，重新躺下。当然，再也睡不着了。我浑身的刺乍起，在黑暗中一动不动，倍感屈辱。我想哭，也忍住了。最终只能怨恨自己，年轻又卑微的自己。

八

总归是自己做错了什么吧？后来我不断反思——之前那一路的交谈，我都说了什么，让他误会了什么？他又在何处藏有暗示，我未能领会？真的是自己过于轻浮吗？真的是一场误会吗？我深深沮丧。为人和人之间横亘的深沟巨壑。

但是在夜班车上，因为过于拥挤，这种沟壑看上去似乎总是轻易被填平了。

陌生的人们总是一见面就开始热烈交谈，仿佛天生就是最好的朋友。这可能就是为什么那么多的人都迷恋旅途——每一个人出现在陌生人面前，都如同全新的自己。没有庞杂的过去，也没有渺茫的未来。在陌生人面前，每一个人都情不自禁地开始表演。

尤其到了夜里，到了该做梦的时间，陌生人们一个紧挨一个熟睡，仿佛拥有着世上最最亲密的关系。

那样的时候总是只有我一人醒着，孤独四望。长时间注视不远处一簇斑白的头发，被紧紧搂着的挎包，床下东倒西歪的鞋子。车辆身处旷野之中，车厢里也是睡眠的荒凉旷野。

那时，只有我和司机清醒着。但时间久了，又觉得其实司机可能也身处梦境。他长时间一动不动注视前方。而前方什么也没有，远光灯照亮的区域如同深渊。

我总是以为司机是这辆车上最最强大的人，最可依赖的人。但在深夜里，他却显得比乘客还要脆弱而茫然。

九

我常走的那段线路五百多公里。每到中途，也就是凌晨时分，司机就开始换班。据说是强制性规定，防止疲惫驾驶。

在那些年里，换班的地方往往都选择荒野公路边孤零零的小饭店。店门口都有着开阔的停车场，方便大巴车进出。我估计这些小店和班车司机私下都有某种交易。比如司机可以免费吃些好的，以感谢他们把满满一车乘客带到这里消费。

我悄悄偷窥过司机用餐的小包间……唉，确实丰盛。

而乘客这边呢，运气好的话有拌面和汤面片两种选项，运气不好就只有拌面可以点。也是为了出餐效率吧，强迫所有人都点一样的餐。要是大家点得五花八门的话，几十个人的量，那得做到什么时候。

说也奇怪，平时这个点是深睡时刻，没人想过在这种时候吃东西，但到了那会儿，在那些暗夜中的、荒野里的、简陋无比的小店里，几乎每一个人都会点一份餐食。仿佛是旅途中的某种仪式，仿佛多少花点钱才能稍稍安抚自己一路上的辛苦。

好吃是不可能好吃的。于是大家边吃边骂黑店，然后又骂司机。可有什么办法呢？同样别无选择 —— 要不为什么这些饭店都开在荒野腹心，前不着村后不着店的，还孤零零的只此一家。

不管怎么说，夜班车停泊在这些深夜小店的时光仍然是所有赶夜路的旅人们最温暖最安宁的时刻。远离空气污浊的车厢密闭空间，呼吸着新鲜空气，蜷缩了一路的腿脚也终于可以在开阔的空间里活动活动了。还可以上上厕所，还可以洗把脸。这时候再吃点热乎的食物，一切扯平。

十

更早一些时候，没有区间测速，客运站只能记录下客运班车出发和到达的时间，来判断其有没有超速行驶。

怎么可能不超速？ —— 广阔无碍的大地，空旷的公路，单调的视野，激动的车载音乐，满车熟睡的乘客。不知不觉间，油门就越踩越紧。

于是，到了中途换班的路边小店，一停就是两个钟头。

还有很多时候，就算在吃饭的地方耗了两小时，仍耗不完规定的时间。于是，离城市还有百十公里时，司机便下了公路路基，停在荒野之中等待。

于是那样的时候，总会有人突然被安静所惊醒。他起身，看到窗外漆黑，懵然道："怎么熄火了？这是哪里了？"没人理他。

而我整夜未睡，我感觉到他的醒来令车厢里的安静越发坚硬。很久后我回答了一句："不知道。"

又过了一会儿，有呼噜声响起，并且越来越大。

安静惊醒了一部分人，剩下一部分就是被呼噜声吵醒的。车厢里陆续响起各种翻身和咳嗽声，但一切显得更安静了。我又躺了一会儿，再次望向窗外，看到地平线开始发白。

我们的车辆绝对静止，仿佛正在此地生根。

而乘客们正在发芽。我感觉到"清醒"这种状态在车厢里快速蔓延。有人起身穿衣，有人互相商量白天的行动安排，还有人抱怨旅途的艰辛。

东方地平线渐渐转红。我期待着日出。

但我没有等到。我以为随着天光渐亮，车厢里会越来越热闹。但恰恰相反，越来越安静。

一扭头，我看到所有人又重新躺倒睡去。

我在曙光中，在绝对不可动摇的安静之中，也渐渐睡去了。

就在所有人都睡着的时候，太阳出升了。我在梦境中看到阳光横扫过旷野，把夜班车照耀得闪闪发光，仿佛盛开。

十一

更早些时候，二十多年前，限速要求还不太严格，夜班车司机玩命似的轰油门，往往半夜就到目的地了，便早早地就驶入黑暗中的客运站停车场。一部分旅客家在本地，他们摸黑爬到车顶，吵吵嚷嚷翻找行李，归心似箭。而剩下的人在车体震动和喧哗声中翻个身继续睡。陌生城市的凌晨时分，最早一班公交车都没发车，这会儿下了车能去哪儿呢？在车上好歹还有个落脚的地方。

而那时的我是无论如何也睡不着的。

我惯常投宿的小店就在客运站附近，几百米就到了。但是那段黑暗无人的路让我畏惧。我多次在那里被偷盗甚至抢劫。好在白天还算安全，人多了会更安全。于是我耐心等待。

那是真正意义上的等待。没有手机和杂志消磨时间，没人聊天，也再没什么可胡思乱想的了。我长久凝视车窗玻璃上的裂痕，回想之前的夜行时分。一万遍想起天地漆黑，公路笔直，世界一分为二，想起夜行车坚定地行驶在世界正中央，想起车灯射程中出现的一块块里程碑，想起那时，我心里的多米诺骨牌一枚一枚缓缓倒落……无边无际，没完没了。然而如此有催眠意义的遐想也无法带来丝毫睡意。

直到外面传来"唰唰"声，清洁工开始打扫卫生。直到客运站附近早点铺开始支摊，卷帘门哗啦啦升起。我沸腾一夜的思绪终于在人间的喧嚣中沉静下来。我终于筋疲力尽，朦朦胧胧快要入睡……这时，车厢突然剧烈晃动，司机跳到车顶行李架上，大力拆拽遮盖行李的篷布。一边厉声催促："下车了下车了！各拿各的行李，不要拿错了！"

无论睡得再香的人，这会儿也得挣扎着起身，边扣外套扣子，边趔趄着冲下车，抬头望向车顶，生怕自己的行李被偷走。还有人大喊："别扔别扔！怕摔的怕摔的！"

我也穿好衣服，尾随所有人下车，等待自己的行李。

那是二十多年前的客运站的最最普通的清晨，那一天的各种到达和各种出发刚刚拉开序幕。客运站旁的早点铺里人头攒动，等不到位置的人直接端着碗蹲在马路牙子边吃了起来。乞丐们也出摊了，维吾尔族乞丐弹着乐器庄重高歌，回族乞丐衣衫整洁垂目静坐，汉族乞丐浑身是血满地打滚。三轮车车主挤在停车场出口处骂架一般吆喝着接客。小偷双手插兜，坐在路边花池上观察每一个手持大件行李的路人。

仿佛清晨的客运站是长年漂泊的人们的家乡，而正午的客运站不是，晚上的客运站也不是。唯有早上，当历经漫漫长夜的人们走下班车，一脚踩在坚实的停车场地坪上，踩进光明之中，他就回到了故乡。这是一个全世界他最熟悉、最渴望抵达的地方。从此，他需要忍耐的东西只剩下生活。

十二

为什么那么多人都怀念九十年代？我一点儿也不喜欢九十年代。作为一个普通人，关于九十年代的记忆总是充满了恐惧与伤心。

比如说坐车这件事。在很长一段时间里，尤其在四川我生活过的那个小县城里，我几乎没有一次坐班车出门不遭遇偷盗和抢劫的。甚至有一次，短短一小时的车程，就经历了四拨人拦车，上来明目张胆搜刮乘客行李。

那时，每到坐车出门时，大人总会叮嘱我，多准备点零钱放在外面的口袋，大头的钱要藏在贴身衣物里。要是遇到坏人，就把零钱掏出来，说就这么多了。坏人看你小，可能就放过你了。

那时候还有带暗袋的内裤出售。和杯子牙刷毛巾一样，是人们出远门的标配。

那时，满大街都贴着"打击车匪路霸"的标语。

除了车匪路霸，那时的普通乘客面临的危险还有一种是来自司机。

当时对运营车的管理极不规范。旅客出了火车站或汽车站，路边直接就有长途大巴司机举着牌子招客，见人就拉。嘶声大喊："差一个！还差一个就走！"直到车都超载了，还在那儿喊："差一个！最后一个！"

等车上挤都挤不动了，总算才出发了。可那仍不是真正的出发。等车出了城，开了几十公里，停到一个叫天天不应叫地地不灵的地方。所有乘客被驱逐下车，强行塞进已经在那里等待很久的另一辆车——更破，更小，并且里面已经坐满人了。两个司机像人口贩子一样一手交钱，一手交货——哦不，交人。

这种事，当时有个行业暗语，叫作"打批发"。

总之，后面那辆不知超载了多少倍的破车总算是批发够本了，摇晃着出发。而批发一空的车掉头回车站，继续拉客抢客。

无人反抗。遇到这种事，所有人也只是叹息一句："又被'打批发'了……"只是自认倒霉而已。

我记得有一次，在乌鲁木齐火车站被"打批发"。是一辆夜班的卧铺车，我交了一个床位的钱，但是最后，却被迫和五个人挤在一张床的上铺……

那时车已经行至荒野深处。有人抱怨了几句，司机调头大骂："爱坐坐，不坐滚！"

他一脚刹车，将车门大开，敞向空无一物的旷野。

车里一片寂静。再无人抗议。

那一夜根本没法躺下。我们这一排的所有人悬空坐在高处的床沿，全程弓着腰，头都抬不起来。如同上了一夜酷刑。

床位和床位之间的狭窄过道的地板上也坐满了人。

旁边的人指着上方，告诉我，还有几个民工躺在车顶行李架上。

那会儿是冬天，温度在零下，又是高速行驶的车辆，又是敞着的车顶……我震惊："那不冻死了?！不怕摔下来?"

那人说："没事，司机给盖了几床被子，还给蒙了一块篷布。"又说："谁叫他们穷呢，他们给的钱太少了……"

周围乘客们便一起唏嘘。大家一个个继续塌着脖子，佝偻着腰，双脚悬空，脑袋紧紧抵着车顶。但有了对比，好像就都不觉得自己正在遭什么大罪了。

如果人们惯常被当成物品对待，惯常被肆意蔑视，渐渐地，就不需要尊严这个东西了吧?

总之我庆幸九十年代的消失，庆幸到了今天，最普通的人的最微渺的命运，也能被纳入文明的秩序之中。

十三

在客运高峰期，实在买不到夜班车票的人，还有一种选择，就是搭卡车司机的便车。费用不高，再管司机一顿饭就可以了。

在北疆大地，在交通越来越便利、物流渐渐开始繁荣的时候，别说县和市这样行政级别较高的地区，就连荒野腹心的阿克哈拉小村，都有好几个头脑灵活的村民买了二手的农用小货车，频繁来回乌鲁木齐，捣腾物资。

从此，村民们盖新房，都能买到既便宜又看起来很时髦的门窗和家具，以及各种电器了。虽然都是二手的，是大城市的人们拆迁或翻新旧居淘汰下来的。

村庄的这些货车司机，无论去多少次乌鲁木齐都未必熟悉那个城市，但他们无比熟悉那里所有的旧货市场。

我坐过这样的车。在车辆踏上归途之前，我也跟着司机奔波在乌鲁木齐的各个旧货市场，陪他们在成山成海的破旧物品中认真筛选。直到后车厢装得满满的再也堆不下为止。

临行时，刚把车发动起来，司机突然想起来："智别克说要一个漂亮的洗手池，差点给忘了！"于是重新熄火。我们又下车，重新投入那堆城市的垃圾，一顿翻找。

仍然是为了节省一天的住宿费用，这些乡村司机总是选择连夜往返。

车离开乌鲁木齐城区，离开无数红绿灯和斑马线后，司机显得越来越快乐了。后来他干脆欢呼了一声，猛然把车载音乐音量调至最大。像是终于卸下一身重荷；像是离开乌鲁木齐这件事，比回到家乡更令他开心。

那时候，即使是普通公路也会收取费用。还是为了省钱，这些司机很少走国道线，整夜穿行在乡村公路上。这些路路面总是曲折狭窄，破破烂烂，没法提速。但是没关系，司机的二手破车正好也跑不了太快。

二手车拉着满满的二手物品，穿行在无边黑夜中，穿过一个一个黑暗的村庄、没有尽头的林荫道。震天响的音乐像是抛撒向黑夜的礼花。司机像是世上最幸福的人那样大声歌唱。他所有的财富紧随在他身后。满满一车厢旧物因为他被重新赋予了价值，智别克因为他被满足了期待已久的一个愿望。他像是一个世界上最了不起的人。他骄傲地踩着油门，飞翔一般冲向夜的最深处。

十四

我还曾在深夜坐过完全陌生的人的顺风车。

那一次实在是急着回家，又实在是买不到车票了。台阶票都买不到。只好在客运站四处打听黑车。但黑车的价格令我迟疑。这时，有人看出了我的窘迫。他给了我一个电话，说，正好这两个小伙子的车要去富蕴县，你去找他们吧。他们的车便宜。

我不认识那个人，更没法了解他所说的那两个小伙子。但还是打出了电话。对方是维吾尔族，汉话说得不太清楚，我们好容易才完成沟通。他让我某时去某处等他。我答应了。

但挂了电话又后悔了。

实在不敢。那时我还年轻，单独一个人，女性，又是深夜的出行，几百公里的路程，怀揣现金。这种情况下无论谁都没法相信陌生的人吧。

但是到了约定的时间，对方打来了电话，问我为什么还没到。又说他等不了我太久，那个地方不让停大车了。

不知为什么，这通电话让我选择了信任。我赶了过去。

真的是完全的陌生 —— 陌生人介绍的陌生人，走的路也完全是陌生的，在我印象里从来没走过。

天色越来越暗，道路越来越偏僻。荒郊野岭的，我越来越不安。无数次想问旁边两个人："为什么要走这条路？为什么不走大路？"但都拼命忍住了。因为我知道他的问答。他必然会说，这条路不收费。

不能让他们看出我的怀疑和不安。如果什么事也不会发生，这种怀疑就是对别人的伤害。如果真发生了什么事，这种怀疑屁用也没有。

—— 把一切捅开了闹大了之后我还能怎样呢？难不成跳车吗？

此外还有一个原因让我选择继续信任 —— 他俩和所有年轻的少数民族货车司机一样，也拧开最大音量播放着本民族流行音乐。这让我有了一种奇异的安心，觉得他俩真的就只是普通的年轻人。

我也不知道自己为什么是这样的性情 …… 明明难以信任别人，又总是在替别人的合理性寻找依据。遇到可能存在的危险时，往往不是逃避，而是不断说服自己不用逃避。感到害怕时，又努力伪装成不害怕。

我心怀惧意，高度清醒，异常疲惫。我不知道那两人是否感受到了我的情绪。他们始终在激烈的音乐声中平静地交谈，似乎从来不在意我的存在和我的感受。

虽然是深夜，我也明显感觉到了车辆的行驶方向不对。确实不对。我们应该笔直往北走，可他们一直往东开。开了好几个小时也没拐弯。

终于，在凌晨两点，我忍不住了，装作刚睡醒的样子，问出自己的疑惑："我们现在去哪里？"

司机说："先去另一个地方办点事。"却再没有别的解释了。口吻依然那么平静，神态看上去好像也没觉得我这个问题有什么突兀的。

我接着问："哪个地方？"

他说出一个我从来没听说过的名字。

我一路以来的怀疑和恐惧终于达到了顶点。

但是，在这辆奔驰的夜行车上，在无尽的黑夜中，无边的荒野上，面对两个年轻的男人 …… 如果真有什么事情发生，我丝毫无从抵抗，无法自保。

于是我还是咬牙选择相信，强迫自己继续相信。

总不能跳车吧?

果然,半小时后车辆驶入了一个黑乎乎的村庄。没有路灯也没有月亮,车在村子里七拐八拐,最后在一家人的院门前停下来,熄火。

两人招呼我一起下车,然后大力拍打院门,呼喊主人。

我毫无办法,别无选择,和他们一起站在黑暗中。逃都没处逃,这个陌生的地方,哪边有墙哪边有路都搞不清楚。恐惧感和坚决要求信任这一切的意念在身体里激烈对撞。我想要更理智一些,但最终发现,什么也不说,什么也不做,可能是最理智的。

不久男主人过来开了门。他手持手电筒,披着外套,看得出刚刚从床上爬起。三个男人在门口寒暄了几句,然后招呼我一起走进去。

这是一个再普通不过的农民家庭。女主人一边系外套扣子一边从内室走出。她向两人烦琐地问好,用了全套的问候的礼仪。最后又看向我,多问了几句。

我不懂维吾尔语,但是关于我的这几句话恰好都听懂了。因为和哈萨克语很像。

女主人问:"她是谁?"

司机说:"搭车的。"

"她去哪里?"

"哦丹。"

"哦丹"就是富蕴县。

至此,像是终于得到了最大的保证,我终于松了一口气。

虽然已是深夜,但女主人还是架锅烧水揉面,给我们准备起食物来。三个男人坐在旁边的床榻上商议事情。我如同梦游一般,帮着女主人添柴烧火。在这个不知何时的深夜里,不知何处的小村庄深处,毫不相识的一个家庭,毫无关系的四个人 —— 想想都觉得神奇。

直到那会儿才终于感到疲惫。并且终于感到了平静。

大家在昏暗的光线里吃完一顿简单的餐食。男人们又往车上装了些大件的东西后和主人告别。

这回车辆调头笔直向北。仍然是音乐声震天，仍然是长夜漫漫。我靠着座位，终于渐渐有了睡意。

十五

对了，还有火车。

所有长途夜行的记忆里，火车是最具安全感的。可能因为火车最为庞大，最富于力量吧。火车的同行者最多，火车的车厢秩序管理最规范。而且火车之行，几乎不会有任何变数。轨道是固定的，发车时间是准确的。甚至一百年前的火车和一百年后的火车都区别不大。

在我长年生活的地方，火车是后来才有的事物。其实也就仅仅是几年前的事。但记忆中却像是十几年前二十多年前的事。关于火车的记忆，竟无比陈旧。

想来想去，可能是因为，在那条崭新的线路上，运营的却全是最最陈旧的绿皮火车。

旧得车窗玻璃都没法密封。在隆冬时节，几乎所有窗户边缘都凝结着一指厚的冰霜。车门更是开出一百公里后就给冻得结结实实。

在火车上，我总是喜欢买上铺，那是最最清静的角落。可无论再清静，仍然总是一夜无眠。

有时候我坐火车也会晕车。好在我有一个本事，要呕吐的时候，我能强忍着从床上爬起来，穿好衣服，忍着从上铺爬到中铺，从中铺爬到下铺，忍着在下铺找到鞋子穿上，再冲向卫生间，还不忘反锁卫生间。然后再吐。

不只是不想恶心到身边的人，更不想恶心到自己。更更不想，让陌生人看到我呕吐时的狼狈样儿。

吐完，当我摇晃着从卫生间回来，已经没有力量再往上爬了。靠着走廊休息时，旁边的人怜悯地看着我，他们不约而同停止了之前的交谈。

后来一个下铺的人对我说："姑娘，我和你换下床位吧。"

我非常感激，却拒绝了。他又笑着说："那你可别半夜吐我头上啊。"

所有人大笑。我也笑了。痛苦轻易地结束了。

偶尔也会买到下铺。众所周知，下铺等同于公用位置。我不太乐意和人挤一起。于是每到那时，我一上车就早早躺到铺位上，尽量往床沿边上靠，还把身子拉得长长的，尽量把床全占满。

尽管我的用意已经很明显了，到最后，我的床上总是会坐满人。

他们一边坐下，还一边用屁股拱我，说："往里靠靠，我要坐这。"

没有一个会看人脸色的。

于是，几乎我每次躺在下铺，都会被一大排屁股怼着。屁股还有大有小，把我怼成"S"形，贴在墙壁上一动不能动。

奇怪的是，明明对面的下铺空很多，却没人往那边坐。

可能对面下铺的乘客总是不如我看起来好说话吧。

上铺清静，但上铺有时也会被骚扰。有一次睡到半夜，对面床上的哥们儿把手伸过来给我掖被子……

"掖被子"——这是他的解释。

可他没想到凌晨两点我还没睡。我躲开他的手，迅速坐了起来，反而把他吓了一跳。

那会儿的我已经不是易于惊慌的小姑娘了。我浑身的抗拒和谴责，一声不吭看着他。他一边讪讪解释，一边把手缩回去。

可能又觉得挺没面子的，很快那只手重新伸过来，还真帮我掖了一下被子——把我垂落一角的被子拎起来往床上塞了塞……

我一时不知该气还是该笑。

十六

相比夜班车，我还是更喜欢夜行火车。火车上明明人更多，铁轮撞击轨道的噪音更喧嚣，但火车带给旅人的感觉却是最为平静的。

北疆隆冬的深夜，每当火车停靠一个小站，到站的旅客手持行李，已经在车厢相连处等待良久。乘务员手持大号的斧头，沉默着穿过车厢，分开人群。所有人沉默着看他挥起利斧，用力砍砸被冰雪封冻的车门。整节车厢哐哐震动。终于，冰层碎裂，门被砸开了，白茫茫的寒气猛地席卷进来。寒气中旅客们沉默着上下车。

我坐在靠窗的走廊边，长时间凝望窗外的黑暗。前端是终点，后面是起点。轨道笔直地连接着两者。在火车上，除了等待，我什么都不用做。一次又一次地，我从渐渐天黑一直等到渐渐天亮。我所有的心平气和，所有的耐心基本上都给了火车。

而童年时代不是这样的。童年的自己更脆弱，更容易被漫长的旅途所伤害。当然也更富希望与热情，无论遭遇怎样的伤害都能轻易愈合。

小时候，在新疆和四川之间，在三天四夜的火车硬座车厢里，小小的植物，无数次脱水枯萎，又无数次自个儿悄悄缓了过来。但大人一无所知。深夜，大人兀自趴在小桌板上熟睡，四面八方也全是熟睡的身体，过道上也有人席地而卧。小小的植物四面张望，不停呼救，哭了又哭，但没人听见。

小有小的好处。小人免票，不用花钱也能蹭火车。但免票的话就没座位了。好在还是小有小的好处，火车上再拥挤，随便往哪儿一塞都能塞得下。

很小的时候，晚上我总是被塞在座位底下睡觉。再长大一点，我就被塞在行李架上睡觉。

躺行李架上的时候，每当列车员经过，周围的人都很有默契地绝不抬头往上看，免得上方的我被发现。

无论座位底下还是行李架上，这棵小小的植物，都很满意。

要么很低很低，好像根系被埋在土中。我躺在座椅下，头顶是过道，不时有人走来走去。餐车经过时，大人在上方无比遥远的地方抱怨价格，挑挑拣拣，我在下面伸出手去抠餐车的车轮。旁边是大人们垂落的双脚。我长时间观察他们的鞋子。当有人脱了鞋子用脚后跟蹭另一只脚的脚背，我就忍不住笑出声来。然后听到我妈的声音从高处传来："这孩子就这样，整天一个人傻乐。"

要么很高很高，整个车厢，没人比我更高，好像藤蔓缠绕半空，没人看得比我更远。还看到了之前从没看到过的东西：大人们脑袋上的旋儿。我趴在行李架上数旋儿，偶尔弄出一点动静，我妈就抬头厉声警告："不许动！掉下来我揍你！"我才不理她呢。我高高在上，自由自在。

很多年后，我才知道，这种满足心态指对的概念其实就是——"独立空间"。那几乎是我大半生的缺失。

十七

不管汽车还是火车，所有彻夜赶路的行程，大致都是分三步完成的。

最后一步是抵达。车辆停稳，司机拉起手刹，打开车门——短短几秒钟内完成的事情，却是整个行程中最具分量的部分。每次抵达的一瞬间，每位旅客秤砣落地。每个手持行李走出车厢的人，天秤指针居中回正。抵达同时也是抵消吧？是对之前所有痛苦的否定。抵达同时也是抵挡吧？是在为旅行的意义强行定性。

第二步是忍耐。这是整个行程最漫长的部分。尤其它对应的还是整个长夜……我不想再说了。

第一步则是离别。

所有夜行车发车之前，所有登车而去的人，之前都会先经历一场离别：恋人长久地相拥；父母对孩子万千叮嘱；晚辈为长辈寻找座位，安置行李……

　　而独自上路的人，目睹着这一切。她看上去孤零零的，其实她心中也有一场盛大的离别。她怀念着某个人，憧憬着下次再会。

　　可能每个旅人都意识不到吧，被离别所影响的心情，悄悄贯穿了之后的整个旅途以及往下的全部人生。

　　我无数次地认真履行这三个步骤，看似完整地历经了一个又一个颠簸的长夜。其实在我这里，除这三步之外，还有一步。那就是回想。那些旅途中的煎熬，分明当时已经一分一秒硬生生挨完了，可它们还是不愿结束，过后还要蛮横地占据记忆，迫使人回想了一遍又一遍。似乎只有不断地回想，发生在过去的痛苦才会消解，过去的怨恨才能平息。于是记忆里的夜行车就变得越来越沉重了。它历经我的重重回想，渐入迷途。它经过了火星，经过了月球，终于抵达地球。满车的旅客和往事无处卸载，它越走越慢，终于抛锚，在月光下停了下来。

刊于《花城》2024年第4期

雪山高速公路

雷平阳

一

计划中有一次从丽江阿喜渡口前往中甸高原的徒步旅行。过虎跳峡，翻越宝山十二栏杆，如果不遇上虎警之类的意外，时间大体是一个礼拜。

在清人杜昌丁的《藏行纪程》、民国政府女密使刘曼卿的《康藏轺征续记》和国立艺专李霖灿先生的《黔滇道上》等著作中，以及在洛克等数位传教士或探险家的文字里，这条路、这条路的岔路以及这条路的某一截，或说这一段旅程的存在，均是依赖于语言和时间的回响。他们的亲身行走作为一种有生命感的行动本身，已然因为尘土上扬、雪冰崩塌和杂草封锁而遗存在漫漫人世的下面。枝条状的路线也未必还是以前那些马腿骨搭成的图案，在风刀雪光里闪烁——白雾一直在凝结成不可描述的染料，时间的斜坡上什么样的滑坡和牺牲都不稀罕也从未停止，所谓路线无论是在人的脚掌下还是人的头顶上，断然没有一寸是属于清朝的和民国的，而且"变化"不是基于销毁而是基于无视。"无论选择哪一条路，我们都将被迫沿刚刚穿过的村庄中大桥附近的最后几间房子前进，以找到攀登朝圣大路的那条羊肠小道。"法国人亚历山德莉娅·大卫-妮尔在澜沧江岸边的乱山烈水间如此写道。可即便是她认定的"朝圣大路"——通往梅里雪山的某一条或通往拉萨的另一条——路面也只是因为有着人迹而有别于悬崖，两边漆黑的荆棘丛中有野兽在游荡。山体运动或暴雨雪崩之后，所有的朝圣大路都得重新开辟。杜昌丁的《藏行纪程》中多次提到"有虎警"，比如在他们过十二栏杆的前夜，以及前夜的前夜。在离开阿喜渡口的五天行程中，有两天晚上他们遇到了老虎出巡，啸吼着寻找可以嚼食的朝圣者和远行客。不是幻听，他们没有把虎跳峡洪流的轰吼当成虎吼，是现在动物园里那些老虎自由而饥饿的祖先在横断山脉中看见了他们，闻到了他们满身血气的身体散发的气味。

先前有，如今没有，以后将再有的老虎，它们有的灭亡了，有的还在，有的还没有来到。围绕我的徒步计划，它们前腿曲蹲，昂首，鼓着双目，脊背拉直，摇晃着尾巴，身边的松树和腹部下的岩石像舞台上的布景一样有着人格化的令人窒息的表情。"济此涉中甸，君心怀矫捷。清清阿喜水，白白玉龙雪。"这是乾隆元年，丽江知府管学宣在阿喜渡口上留下的诗句。那时候，从丽江各地前往中甸的路不知有多少条，由阿喜渡江而上的这条明显是国道或省道。在此公与万咸燕纂修的《丽江府志略·艺文略》中，有一则说道，这地方有人卧之于磐石上面，须臾之间就可以化身为老虎。这些"过时"的文字，令我身在蒙喜山下却又觉得背负巨石，很难向前迈出半步。

二

朝圣者的路是从圣地事先铺展而来的，探险家或梦想家的路则是由已知向着未知慢慢延伸出去。这两条路，前者是法定的，后者因为具有试探性质而合乎魔鬼的心意 —— 本质上是不会有终点的。而人世间由此及彼的路，起点与终点均是以人作为主体并由人自主设定，它们完全带有神的意志但又深得"隐藏"的奥妙，犹如一首首"使徒们"高声吟哦的下山诗篇。所以，在香（香格里拉）丽（丽江）高速公路开工建设的日子早期，我听说 —— 那些被安排在虎跳峡标段的不少施工人员，他们坐在未来高速公路必将经过的巨石或悬崖上，偏头看看玉龙雪山，偏头又看看哈巴雪山，低头看看金沙江，掉头又看看冲江河，在数千米的巨大落差之间转换目光，同时又暗中接受伟大的自然之神的逼视，他们无一是气定神闲的——尽管科技的能量和现实的使命给了他们此路必然建成的信心与勇力。

高速公路还是蓝图上的影子，而且这影子可能是由从天空路过的鹰投射下来的。工地上于是出现了关于玉龙雪山、哈巴雪山和金沙江的不同的民间故事版本，有单纯只把玉龙雪山和哈巴雪山说成勇斗恶魔的孪生兄弟的，也有把两座雪山外加三条江说成外逃与值守的五兄妹的——核心都是：它们是人，不是神灵或神灵的象征。民间故事的起势不一定是人神之战硝烟骤起时人们公开的示弱，有意将山水人格化继而减少自己内心的恐慌，但这种现象也是不多见的，至少它传达出这样的信号——施工人员在潜意识中并不想将在雪山之间修筑一条高速公路这场浩大战役的"战场"，当成神山争战的特别场所，而且谁也无意成为让神山让路的特别之人。

在2015年10月至2021年9月这个漫长的六年施工期内，设计路线与竣工路线的汇合，我们通常会用"想象与现实严丝合缝的重叠"这样的句子来进行描述，说它是汉彝文化与藏族文化实现高速交流的现代性走廊。从道路的一端抵达道路的另一端，路线不断攀升、上扬了1289米，而且路线的绝大部分处在海拔2200米以上区域。如果我们的想象力足以剥离路线周边的山体和流水，想象世界中只剩下这条道路，那我们所看见的一定是从丽江白汉场伸向香格里拉县城的一座140公里长的巨型天梯。徐霞客被丽江木氏土司派人送回江阴老家之前，曾经手握大理喜洲粑粑，坐在黑惠江与澜沧江交汇处的小镇上望月、望远，目光就落在了作为黑惠江源头的白汉场。李霖灿先生说，从丽江前往中甸，他是替徐霞客完成"未了的心愿"，在本属于伟大旅行家的旅程上行走，心中不觉地说："呵，这才是山！"徐霞客到达丽江时已经油尽灯枯，幻想受制于命运，雪山的风吹到脸上，马上就是一个喷嚏，空茫的瞳孔中浮现出来的也许就是现在这道天梯，越江走山的雄心全都隔世托付给了李霖灿，以及搭建天梯的众人。

一位全程参加了高速公路建设的人士曾经私下与我聊过，从受命奔赴雪山的第一天始，他就把郭净先生所著的《雪山之书》带在身上，有空就读，六年时间，不知读了多少遍。雪山为什么神圣，1991年梅里雪山山难的警示、信仰之源、神界与圣境及其家园的律法，诸多的问题和知识他都是从这本书里获取并以此规范自己的言行。他认为，徐霞客宿命式地缺席的天路历程和17名中日登山队员罹难的高地，没有人可以毫无敬畏之心地"自由上下"，雪原之上，无处不是卡瓦格博。在他的讲述中，为了把天梯树立起来，有一位工友把患上抑郁症的妻子接到工地上一起生活，有人重新组建了马帮行进在仰坡角度超过六十度的绝壁上，有不少人甚至觉得自己的故乡就是这新出现的天梯 —— 六年时间的雪山洗礼，谁都可能由一个建造天梯的人变成一个攀登天梯的人，或成为一边建造天梯一边向上攀登的人。但在我们的聊天行将结束之际，他又背诵了一首马骅写在明永冰川下的短诗：

上个月那块鱼鳞云从雪山的背面

回来了，带来桃花需要的粉红、青稞需要的绿，

却没带来我需要的爱情，只有吵闹的学生跟着。

十二张黑红的脸，熟悉得就像今后的日子：

有点鲜艳，有点脏。

三

摄影师孟涛涛一直在中甸高原上拍摄他的《相信》系列作品。他找到了一个1970年代初曾经参与把214国道中甸至丽江段修通的老工程师，希望能通过老工程师的口述还原道路修筑时的一些非凡场景。但从他找到老工程师的那一天始，老工程师一直住在医院的重症监护室，始终没有见面。而且，老工程师

的儿女在医院过道上郑重地告诉他：即使他们的父亲某一天苏醒过来，自己走出了医院，也不允许他前去访问。其实，参加过这条道路乃至整条滇藏路修筑的老人还有很多，可孟涛涛说，有着集体性记忆的人的确还能找到一些，每个人的口述史大同小异，意义不大，"能把道路放在雪山之巅来阐释的人却很难找到了"。他相信这个弥留之际的老工程师，因为他听人说，老工程师在筑路时写下了近十本个体性质的笔记。

我第一次从丽江前往中甸走的就是214国道。1990年代初，世界的每一个神奇角落正在被"发现"，横空出世，兴致勃勃地向人们敞开，理想主义者自由地出现在一条条平坦或逼仄的通往"远方"的道路上。那是春天，鸟叫的季节，叶姓的师傅开着一辆昆明产的"捷安"牌汽车，拉着我和另外三个建筑公司的员工去中甸猎奇：做赛马节观众、参观笼罩着神秘面纱的松赞林寺、骑马进碧塔海、远征白水台。汽车逶迤向上，一会儿就开了锅，一会儿干脆因为"缺氧"而熄火，断断续续，磨蹭了差不多整整一个白天才开进独克宗古城。热血沸腾的几个理想主义者就像骑着病马进入横断山腹地，焦灼之心远胜于徒步的杜昌丁和李霖灿。在早已遗失的一首长诗中，我写下过"道路在血管中寻找出口"这样的句子，个体久困于身体之内，内心无数来历不明的东西不仅仅组成了道路，也可能组建了一支哑默的部队，需要一个个出口进行溢洪、喷涌、化瀑，继而与世间万物组建千差万别的良性或恶性关系。记忆中，那首长诗不厌其烦地记录了在松赞林寺旁边一座山丘上我与一位老喇嘛邂逅、交流的所有细节。落日，青稞架，暮色中的寺庙，老喇嘛席地而坐，讲着流利的汉语，问我什么，回答我什么，那张绛黄色僧袍映衬下的笑脸都堪与落日媲美。也正是在他的笑脸与言辞中，我"发现"了久困之躯必去的去处和此行对我来说所具有的奥义——那一座从烟囱里往上爬、从松树往上爬方能抵达的天国，换一个陌生之所，从笑脸上，从一个字里，也能抵达。老喇嘛跟我讲了什么，其实我已经全部忘记了，但从"老我"之中分明出现了一个"新我"，而且这个"新我"一如赛马节上那些舞蹈中的卓玛、央今、雍措，她们在席卷天地的群舞之中又仿佛是在一个人为天地独舞，四下什么都没有又什么都向她举着鲜活的脑袋，她和她们，他们，它们，祂们之间，既隔着一道彩虹又共用着这道彩虹，既隔着一道空谷又将这空谷视为光的道路。赛马节上，我还看见了一位不调焦距、不选角度、拿着一个相机疯狂拍摄的中年摄影师，多年后，我才知道，他名叫吴家林。他镜头下的云南和云南人，是他另建的一个小于或大于世界的国度。

那时，孟涛涛还没有出现在我的视野中，214国道香丽段两边的坡地或草地上，万物静谧如万物的梦境 —— 甚至看不出重症室里病卧的老工程师及其工友们筑路的痕迹。路就像是天生的，从来就存在着，它不是为了取代杜昌丁、刘曼卿和李霖灿等无数人所走的晏当古道而出现，人们选择晏当古道，乃是因为它被成群的老虎所覆盖，被热衷于行走的巨石压住，被雪花和草丛捂在了腹底，被人的眼睛所遗漏。问过一次孟涛涛："口述史也能把一条荒废的道路送回高速公路的路基下面？"他茫然地望着我，说他只是想找到那些"路边上的遗迹"。当时，我正在根据陈流的画作创写一组诗歌，把《浮生如梦之五》随手抄送了给他：

> 暮春，我只对一件事情
> 感兴趣：半夜起床，不点灯
> 坐在黑暗中吃樱桃
> —— 绿丝绸的风吹拂着白丝绸、红丝绸
> 黑丝绸。像一条条绿色大蟒
> 拱动着脊背在浮世翻找它们细如枪管时蜕下的皮
> 顺势抽掉了我故乡的屋梁。乡愁变成使命
> 返乡就是立场 —— 但我困倦如那座不被认可的
> 童年游戏中的灯塔，不灭之灯已灭，徒然站在
> 船毁人亡的航线上。什么样的火焰也不能
> 再将我点燃。什么样的光也不能

再赋予我新的意义和乐趣

此刻，没有人住在灯塔里替我说话

风压弯了樱桃树的枝条，我只想提着一筐樱桃

前往梦境。半夜起床

不点灯，坐在黑暗中吃樱桃

一边吃，一边听我的哭声从另外的地方传来

他用他的大理方言读了一遍，一声冷笑，说我神思恍惚，改变了话题的方向。

四

三条路没有形成抵销与覆盖关系。它们在各自的时间宫殿中均是通向王座的阶梯，同时又是从王座通向人世的台阶。徒步计划中的我、守在医院走道上无比执着的孟涛涛、抱着《雪山之书》筑路的匿名者，三者其实都是道路外侧虚无之路上的妄想症患者。虎跳峡中流传着一个古老的寓言：一个由老虎在巨石上变成的部族，他们看见一束光从雪山的方向投射过来，他们的使命就是从黑夜中把这些光找出来；他们听见雷声，他们的使命就是从所有的声音中把雷声找到；他们跟着江水朝着低洼的地方行进，他们的使命就是前往大海，把雪冰化成的江水找回来。而我们更像是变成了老虎的人，却以人的思维生活在老虎的时代：虚弱、多虑、敏感，在梦境中修筑着一条由古道、国道和高速公路混合而成的道路，元朝的骑兵军在上面飞行，磕长头的人在路中央垒起一座座玛尼堆，困倦的卡车司机疯一样地鸣号只是为了让自己从梦境中惊醒。去年冬天，第一次坐车从高速公路前往中甸，与身边的一位画家聊天时，我们不约而同地迷上了"哈巴雪山一闪而过"这句话，继而说，什么一闪而过，什么又一

闪而过，什么再一闪而过，什么跟着一闪而过，速度带来的裹挟力，让一只只四脚死抓着磐石的老虎摇晃不止，甚至被牵引到高速公路的上空，状如一只只老虎风筝。能让我们沉默下来的，只有一件事：高速公路上没有磕长头的人，他们依然在古道或国道上，缓缓地向着雪山或拉萨匍匐而行。

刊于《钟山》2024年第1期

曲山关内外

——"新北川记"之二

刘大先

> 罢兵吧罢兵吧！
>
> 从此山梁无阻，
>
> 界桩枯朽了；
>
> 从此江水长流，
>
> 界桩枯朽了；
>
> 从此大田丰美，
>
> 界桩枯朽了；
>
> 从此房顶安乐，
>
> 界桩枯朽了。
>
> ——羌族英雄史诗《泽基格布》

澳门的一位朋友到北川来看我，我带他沿着安昌河向南散步时，在河堤上看着东岸的山脉，忽然意识到，不同于原来的老北川县城曲山镇处于群山之中，是山间之城，新北川县城坐落在安昌河畔，是一座山边之城。县城的整个东南面都是一片平畴，这个整体性空间的调整，让北川的核心地理格局发生了根本性的转移。

新县城并非自然形成的城镇，修建在原属安县的安昌镇和黄土镇交接的河畔平地之上，可以说无中生有。重建之初，新县城就有明确的规划，在自然山水的基础上，羌族碉楼和现代楼房交错，夹杂绿地、公园、广场与河流，植被和沟渠都整饬得井然有序。新北川县城中心地带是羌城旅游区，东北方向的羌族民俗博物馆与西南方向的禹王桥构成一条西北向的斜线，中间是新生广场、禹王广场和巴拿恰（羌语中意为"做买卖的地方"）商业步行街，规划谨严，条理清晰，很容易辨识，这块区域也就形成了一个人造的5A级景区，为外来者必游之处。

群山与河流的限制，让平地弥足珍贵，新城在有限空间里无法像平原上那样做到方圆板正，只能因地制宜。初来乍到的人，尤其是习惯了正北正南走向的北方人，很容易被"关内"和"关外"两个名词搞糊涂，我刚到北川的时候也一样。北方或者中原地带说到关外，往往是指偏僻辽远之地，比如山海关外、嘉峪关外；在北川，"关外"反而指的是人口较为密集繁荣的新县城和永安、擂鼓等几个平地多一点的乡镇，"关内"指的是原县城曲山镇西北部分，基本上都是高丘茂陵与河谷岩地。

县政府里没有会议或者其他工作安排的时候，我一般都会下乡调研——熟悉民生民情本来就是我工作的组成部分。除了新县城所在地永昌镇周边的几个乡镇，一般下乡尤其是深入西北方向，都要经过七个连续相接十公里左右的隧道，它们分别是唐家山、马鞍山、漩坪、黄皮沟、十里碑、大马桩、小马桩，穿越从曲山镇、漩坪乡到禹里镇的重重山峦。这些地方是北川的腹地，早先牢笼于崇山峻岭，与外界仅靠崎岖山路联结，进出都不是易事，民风民俗也更为素朴原生。

曲山镇位于湔江右岸，民间传说二郎神捉拿孽龙时，孽龙原本欲西出大山，但闻狮子山上有人擂鼓呐喊，遂掉头向邓家渡方向而去，江水也随之急转向东。曲山因此又称回龙，就是老县城的所在地。

老县城北面的山梁是从绵阳到茂县的绵茂古道的必经之地，山上有一个隘口，唐代叫作松岭关，明代设有军堡，清代始废弃。这个山梁于是便被后人称为旧关岭，也就是曲山关。所谓"关内""关外"的"关"指的就是这个曲山关。新中国成立后的1950年代，人们凿穿旧关岭的山麓悬崖，建成了沿着湔江前行的公路，人们就不需要绕行很久翻越关梁了。尽管关堡废弃，这个沿袭已久的地名却留了下来。

以曲山关为界，关内指的是偏西北的漩坪、白坭、禹里、开坪、小坝、桃龙、片口、坝底、马槽、白什和青片等11个乡镇，关外指的是偏东南的永昌、永安、曲山、擂鼓、通泉、陈家坝、桂溪、都贯等8个乡镇。其中，永昌和永安是2008年地震后从安县划归到北川的，而通泉则由此前的通口和香泉两个乡合并，都贯乡由贯岭和都坝两个乡合并。之所以合并，有多方面考量，最主要的是人口流出和经济指标的因素，这都是晚近几年的事。普遍来说，关外的经济情况要好于关内，关内受限于嵯峨群山，几乎没有什么工业。

如果站在曲山的角度来看，如今的关内、关外的说法弄颠倒了。按照本地文化精英赵兴武的解释，这是由于北川县城的变迁造成的。从魏晋南北朝时设县开始，北川管辖的主要是青片河流域，唐高宗年间，北川并入石泉县，一直到有清一代，石泉县管辖的区域都只限于如今的关内地方。

雍正三年（1725年），擂鼓及曲山到陈家坝一带，才由平武县划归到石泉县，它们同此前的辖区共同构成了如今北川县的主体范围。那个时候，石泉县的县城设立在禹里镇，站在禹里的角度来看，曲山关西北是"内"，东南是"外"。1952年，县城从禹里搬到了曲山，但人们口头上习惯的说法却没有随着行政沿革而改变。这个由来存在着一个由历史沿革所造成的错位，不过却也显示出一个意味深长的视角问题："关内"显然是原居民从主位角度的说法，这意味着，禹里为县城的古石泉县域是以羌民和白马藏人为主要居民的区域。

原以为北川只有曲山关，后来才知道在《明史》中记载，石泉县境内还有石板关、奠边关、大方关和上雄关数处，它们大多兴建于有明一代，透露出中央王朝此际已是对此地进行军事开辟与文化开拓的重要历史时期。但凡涉及关隘军堡，可以想见山势之险峻和帝国势力所及的范围，它们显然是地方族群与中央政府之间势力交冲的地带。

作为一个关键性的地方节点，"关"一方面意味着隔绝、险阻与防御，另一方面也是通道、中介和联结。进山七个隧道中的第一个就是312省道上的唐家山隧道，从老县城背后穿唐家山堰塞湖垮塌体而过，大致位置就是旧曲山关所在之地。这个隧道很长，有三千五百多米，开工于2009年，2012年贯通，是松潘、茂县和北川数十万人的生命线。

山体在震后变得松软，又因经常受到暴雨和泥石流影响，隧道的状况并不太好，我在北川的一年里，它好像一直都在检修中，雨水多的夏季隧道里的路上更加泥泞，头上悬着的山石穹壁不时有水滴落在车顶上，砸得咚咚响，每次经过都会让人感到很压抑。2022年夏天，隧道口发生了一次泥石流，很长一段时间隧道只能半边通行，另一半则在修复渗水造成的路面坑洼。

从入隧道前的筲箕湾大桥上，可以看到幽深陡峭的沟壑，如果没有这个隧道，翻山越岭可能需要一天的时间。这个时候，你会深刻体会到李白一千三百多年前的诗句不是浪漫主义的夸张，而是现实主义的素描：地崩山摧壮士死，然后天梯石栈相钩连。上有六龙回日之高标，下有冲波逆折之回川。黄鹤之飞尚不得过，猿猱欲度愁攀援。青泥何盘盘，百步九折萦岩峦。

北川的关内关外虽然说不上是两重天，但物候的差异确实随着崎岖险道的深入而逐渐增大。逐渐深入关内的过程，就是从成都平原边缘向青藏高原地带前行的过程，关内所在的龙门山就是平原与高原之间的山峦丘陵。关内基本上是由青片河和白草河两块（条）流域构成，海拔较关外高，在一千到两千米之间，相应的气温则要低很多，寻常七八月间，市里与县城已经溽热如蒸笼，一进到山里就自然清凉起来。

七月初那几天特别热，我正好去各乡镇现场办公，白天灼热的阳光一会儿就把人烤得汗流浃背，晚上住在开坪乡一处叫作西羌幽谷的民宿，吊桥与流水一下子让人清爽起来。开坪乡同隔壁的平武县相接，生态极佳，共同拥有一片大熊猫保护基地，河谷幽深处，四周密林修竹，晚上居然凉到要盖被子。

关内的道路也比关外要难走，道路基本上隔一年就会被水毁一次，很多地方碎石嶙峋，普通的汽车底盘太低，无法前行，需要换成越野车。记忆比较深的一次是，从与阿坝州白羊乡接壤的青片乡最远处返回，由于沿着青片河的道路正在修缮，我们只得从山梁翻过。一路上尽是窄到仅通一辆车的乡道，因为通行之人很少，乡镇上财力有限，无法面面俱到，部分道路的硬化部分被山洪和滑坡毁坏没有及时修复。山路九曲回肠，有时候是"之"字形的转折，坡度最高甚至能达到30度，如果稍不留神翻下山去，就会粉身碎骨。常走此路的本地司机驾轻就熟，一点没减慢速度，看上去险象环生，换一个外地司机肯定不敢这么嚣张——注意力一旦不集中，我们滋溜一下滚下去，几千米的陡坡，那就是九死一生了。

从磨基沟到鹰嘴岩和上寨子这段最为艰难，感觉在云端上前行。山上种了大量笔直而光秃秃尚未发荣的厚朴，也有一些叫不出来名字的杂木，初春之中地气变暖，虽然大片的山呈现出苍灰的色调，却也夹杂着翠绿。漫长的山路令人身心俱疲，偶尔车子下到山谷，道路转弯间忽然看到沟对面的坡上几点嫩黄，是油菜花，会让人心中一阵欣喜。

苍茫莽野之中倾泻出来的生意，是满目绝壁巉岩里的安慰，隐含着不屈的生命意志。关内的乡镇多是这样，桃龙是夹在两条河之间的藏族乡，本无多少特别之处。我在妇女节那天赶到桃龙场镇参加活动。场镇虽然不大，却很精致，房屋与建筑都规整簇新。后来乡长告诉我，2020年的暴雨灾情非常严重，泥石流已经淹到乡政府的一楼。当时还有一个办公人员困守在楼内，好在泥石流没有进一步往前推进，否则后果不堪设想。灾情过后，乡政府立即组织人员清理淤泥，修缮损毁建筑，一年之后又是一番新鲜生动的模样。他们说到这些的时候，语气温和而从容。大山深处的农民坦然接受生活中的一切遭际，宠辱不惊，乐天知命，就像那些经冬不凋的草木，在冰雪中孕育着再次蓬勃舒展的萌芽。

"关内"内部还有一个"关"，也就是小坝镇的走马岭，按照本地人的说法，是西迁羌和白草羌之间的分界。白草羌在犬戎入侵、周平王东迁时候就迁徙过来了，西迁羌则是秦以后的事。白草羌跟白马藏人一样，同氐人之间的关系比较密切，而羌族史诗《羌戈大战》中的戈基人可能是原先迁徙过来的古羌人的遗脉（或也可能已经同氐人混血，目前学术界尚无定论），较早接受农耕文明，而西迁羌人则更多是游牧文明为主。两个族群经过激烈的争夺厮杀，最终血乳融合，和平共处。这些民间说法未必学理严谨，倒是反映出朴素的记忆与认知。

《羌戈大战》可以视为羌人在流动中建立家园的微缩历史，罗世泽先生在1980年代初曾搜集整理翻译过。2008年出版了四川省少数民族古籍整理办公室主编的《羌族释比经典》，较前内容略有参差与丰富。参考前者，根据后者，史诗吟唱中，羌人最初居住在西北的旷野戈壁、莽莽草原，后迁徙到岷山的草原地带，牛羊兴旺，羌寨欢歌，羌笛声声，口弦委婉。但是北方的魔兵气势汹汹而来，烧杀抢掠，打破了太平祥和的生活，羌人被迫西行寻找新的家园。羌人部落被冲散，分为九支各奔一处。其中，阿巴白构率领的一支迁徙到如今川青两省交界处的蒲格山（有的版本称补尕山）下，暂时安营扎寨，获得喘息之机。阿巴白构拜天界的锡拉始祖为师，被授以写在白桦皮上的经书和金竹根做的神箭，能预知三日的天上事和三年的人间事，这让行军迁徙变得顺利了许多。某天在林荫间休息，阿巴白构在读经书时疲劳缠身而睡去，经书落在地上，被风吹散页，白山羊偷偷将经书吃了。阿巴白构模模糊糊记不全经书，从此天事和人事都变得茫然了。他怒杀白山羊，将它的皮扒下来做成鼓，敲着鼓还能断断续续背几段人事，天事就完全记不起来了。这个情节解释了释比和羊皮鼓的缘起。

失去了经书的阿巴白构变得忧心忡忡，"过去的事难回忆，往后的事难预见，只有勇往抗顽敌，不辞艰辛把兵练"。在日嘎岭上驻扎的时候，魔兵鼓噪围攻而来，阿巴白构带领族众血战三天三夜突围，人马损失过半。敌兵追赶甚急，幸遇天神木比塔丢下三块白石，变为三座雪山，阻挡住敌兵，羌人方才得喘息之机，砍木为船，杀牛造筏，渡过了急流，迁至松潘草原。

热兹的坝上草原，林密草嫩泉水甜，土地肥沃牧场广，山花野果遍山野，是天神祝福之所，重建家园的好地方。"九沟建了九座寨，寨寨之间碉楼修。碉楼顶上烽火堆，对敌来时能望见。九坝中央修羌城，好把百事来掌管。阿巴白构住中间，羌兵羌将守四面。"经过多年发展，族群逐渐壮大，牲畜蕃盛，安居乐业。

好日子持续了一些年，寨中忽然陆续有牛羊丢失的情况。后来查明是戈基人抢掠造成的，他们甚至还想抢占寨子。双方交战于日补坝（羌语中的茂汶县），戈基人凶猛善战，两边相持不下。羌人祈祷天神阿巴木比塔。恰巧木比塔的长子基波放牧的神牛经常丢失，经过明察暗访，发现是戈基人所为。木比塔又亲自去探访，看到对比羌人的虔诚，戈基人却不敬神，心中震怒。于是，决定帮助羌人。

当两个族群集中在日补坝交战时，木比塔授羌人以木棒，给戈基人以麻秆，戈基人被揍得鬼哭狼嚎，而羌人毫发无损。天神又把双方引到阿如山上的坪坝继续开战，给羌人白石头，给戈基人白雪块，结果自然又是羌人胜利。然后，天神再把羌戈带到乐依山的悬崖峭壁边上，对他们说岩下面是幸福的乐园，谁先到达岩脚下，天下的牛羊就归谁管。羌人预先做好准备，扎了许多草人穿上衣服扮作真人。木比塔到崖上把草人一个个掀下去，探头问岩下的生活怎么样。事先藏在山下的羌人欢腾雀跃地说好。戈基人一看，生怕羌人占了先，争先恐后地往下跳，大多都摔死了，剩下的人四处溃散。众山从此重获宁静，牛羊再无丢失。

天神又让羌戈比谁先上天庭，谁先下河坝，谁劈柴力气大，戈基人又都输了。最后，天神降下洪水，乘船的羌人得以幸免，戈基人又遭受重创。羌人在茂汶重建家园，得以兴旺发达，白构将其九子以及十八首领分别派驻各地，形成了现今的羌人区域。

史诗中唱道:

> 格溜地方真是好
>
> 绿水青山近眼前
>
> 四面环山水草茂
>
> 气候温暖宜居住
>
> 格溜地方三条河
>
> 沿河尽是大平地
>
> 大河上头九条沟
>
> 沟沟翠绿山果甜

格溜在如今的阿坝州茂县境内,在羌戈大战后成为羌族的家园,而戈基人与羌人在战后也逐渐融为一体,就像炎黄大战后的交融一样。羌戈之间的你来我往和迁徙流动,是人与人、人与空间之间的相互适应与磨合。族群与地方之间的联合并不是固定不变的,羌人历时千年不断播迁,与原先的土著争夺生存空间,也不断地彼此吸纳对方。在茂汶一带立足后,羌人到宋代以后逐渐稳固起来,成为带有较为鲜明特征的族群。

元代的族群治理比较宽松,明之后对羌人进行了几次征伐,开坪乡的永平堡等地就是当时留下的历史印迹,而走马岭则是当初生羌的防线。

1547年(明嘉靖二十六年),走马岭曾发生一场大战。起因是白草羌不服中央政府,时常侵扰龙州(也就是今天的平武县)。1543年,白草羌酋长自称皇帝,并封李保将军、黑煞总兵等职,发动了更大规模的骚乱。1545年,白草羌趁官军防御松懈之机,聚集数千人发动突然袭击,攻陷了今开坪乡大鱼口的平番堡,数百官军被俘,继而将其活动范围扩大到石泉县直接管辖的白坭等地,阻断官军的粮草运输线。

骚乱发生后,松潘副总兵高冈凤应对无方,被撤销了官职。四川巡抚张时彻等接连上奏朝廷，请求派调驻防卢沟桥的原松潘总兵何卿回川主持平羌大局。1546年，何卿受嘉靖皇帝之命与张时彻一道平定"白草番乱"，大约于这年春季从京城回到四川。返任后立即谋划计策，平定北川一带的骚乱，并修建了永平堡。

走马岭的古战场位于峻岭山头之上，汽车开不过去，我顺着山路边的斜径往上走。道路雨迹未干，我挺后悔没有穿登山鞋，好在路面铺了一些碎石，脚不至于陷入湿滑的泥土里。小坝镇的贾书记介绍说，明代走马岭大战后，山顶上都不怎么长草木。这个说法有些夸张，我看草木倒是有一些，之所以稀薄估计是因为海拔较高、气温较低、雨水不足。

走马岭上荒草萋萋，据贾书记的说法，战役过后，明军拆除了羌人的碉楼与防御设施。如今四五百年过去，烟消云散，毫无任何痕迹留下，就像一片从未被开发过的荒山野岭。但是，伫立山头，俯瞰山下的河流场镇，依然感觉气派非凡，的确是易守难攻的天险关隘。走马岭对面白云缭绕的大山是野猪窝，《万历武功录·白草风村野猪窝诸羌列传》中说诸羌剽悍，善战勇武，估计跟羌人行猎野猪是有关系的。打猎本身既是生计，狩猎过程中也锻炼了武力和组织协调能力。眺望下方由于雨水而变得浑浊的白草河，南是禹里，西是桃龙与青片，北面是松潘与片口，东南是开坪，五百年前的生熟羌界岭已经不在，而河谷之中丛丛簇簇的楼房则显示出新的气象。

从走马岭驱车到不远处的团结村，道路多是陡转弯的爬坡，路边是厚朴、水杉和红豆杉。到得地方，视野豁然开朗，山下白草河细如丝带，场镇则只有火柴盒般大小。路边是大片的百合和重楼，还有阳荷，这种阳荷其实是姜的一种，我此前吃过，一直以为是一种灌木或者树的花苞，没想到是叶子如同阔竹叶的草本植物。

团结村有三株八百年的老柏树，树立在二郎庙里面。那个庙很有年头，据说当年红军曾经在此驻扎。庙的构造简单到称得上简陋，就是一个木制披厦屋，里面供奉的是三眼二郎神。

现在再回头看这场战争，不免让我想起古希腊神话中七雄攻打忒拜城，以及安提戈涅的悲剧。安提戈涅的两个哥哥波吕尼克斯与厄忒俄克勒斯争夺王位，波吕尼克斯出走他乡带兵返回来攻打忒拜城邦，第一次战斗后，为了避免更多人的伤亡，两兄弟决定彼此对决，胜者为王，结果两人同归于尽，他们的叔父克瑞翁成为城邦的僭主。克瑞翁厚葬保卫城邦的厄忒俄克勒斯，却不允许人们安葬背叛城邦的波吕尼克斯。索福克勒斯的经典悲剧《安提戈涅》就是讲述安提戈涅不顾克瑞翁的禁令，执意安葬哥哥，因而被下令处死的故事。

这个悲剧之所以成为古希腊第一悲剧，被后世从黑格尔到拉康到德里达都一再讨论，是因为它涉及天道自然与家庭伦理、自然法与法律实证主义之间的冲突，悲剧的双方都有其合理性和正当性，但是在不同的立场上无法调和。今日回望历史，明军同羌人之间的矛盾也是这样，是非对错恐怕难以黑白分明，而最终李保将军以自己的牺牲，换来了此后的和平。明人和羌人是兄弟阋墙，说到底还是一家人。

我跑下二郎庙简陋的前门楼下，仰拍庙的全景。贾书记问我有没有注意到，门口的几株柏树有什么特别的地方。我不明所以。他说，这几株树都是断头树。我说，是雷劈的吧？他说，是，但是周边也有很多高树，唯独庙里这几棵被劈了，也很奇怪。这种带有神迹的巧合，被当地百姓认为跟李保将军的砍头有关系。

从二郎庙出来，走了一段山路，到了聚宝村的宝华寺。这是一幢三间的大屋，没有围墙，旁边就是玉米地。房屋中间供奉的是李保将军夫妇，座前有四员神将；两侧则是西方三圣、文昌帝君、王母娘娘，以及日光娘娘、月光娘娘这些不知道源出何处的散仙；正厅两边的厢房塑了一个牵马戴帽的敞胸汉子，不知为何人，他两边则是一头黑牛、一头黑猪。所有这些雕像的工艺都非常拙劣，显见出于乡村普通匠人之手，有种敷衍了事的态度，主神和配神也都莫名其妙地糊弄着搭配在一起，显示出对于偶像本身无所谓的态度。这种情形在民间信仰里倒是常态——它们并非某种制度性宗教，而是弥散性的信仰，民众在其中更在意的是自己内心的想法，至于观念的寄托物，是只要有个东西在那支应着就行的意思。至于那个东西是一块石头、一条蛇，或者一棵树、一个人，主要看诉求是什么。

　　记得某一次去都贯乡的皇帝庙村，看有一千七百年树龄的红豆杉。伏羌堡就在不远处，也是明代留下的军事遗迹——这一片地带在明代是汉羌之间的关隘要冲。如今伏羌堡只剩下后来重建的两个门墙，还有点兵台的残垣，衰草寒鸦。点兵台下有一块在山间难得的开阔平地，应该就是官兵的营房所在地。早先山间坡地还有很大的跑马场，后来都种上树了，加上灾后道路修建，早就看不出五百年前的规制。历史在时间之河中慢慢风蚀，大地重回原初的样貌。

　　由伏羌堡出来，在与白坭乡交界处的绝番墩，有个非常有意思的发现。这里曾经是龙州（平武）的西部边界，再往西过了山沟就是石泉（北川）地界。旧时绝番墩是北川关内羌人东入龙州的必经之地，2008年地震后新修的都（贯）开（坪）公路由此通过。1547年走马岭之战中，从龙州出发的官军经过桂溪、贯岭、都坝抵达开坪北部之马头岭，而后直驱小坝，基本上是与羌人此前的活动路线逆向而行。现在绝番墩修了一个可以眺望四野的碉楼，眼前山峦重叠绵延，呈现出不同的青灰色调。山风吹来，9月初的天气都让人陡然感觉到有点冷，此处海拔大约一千六百米，比山下要凉得多，秋意逐渐将山林染成了红褐黄绿交织的叠彩景色。

　　此地生长着很多箭竹，清乾隆年间的地图上，将其标注为"箭竹垭"。但同样是清乾隆年间编纂的《石泉县志》，在记录明代军事设施时，却采用了另一种说法："绝番墩，地名箭和垭。"按照赵兴武的说法，"箭竹垭"和"箭和垭"，虽然仅有一字之差，命名意图却迥然不同：前者明确表明了其地的代表性物象，单看名字就知道这是一个生长着箭竹的山口；后者与所在地没有什么关系，却与一个关于民族迁徙的传说产生了关联。

　　据说北川和江油交界的地方有个漫坡渡，原本叫蛮婆渡，古代是汉族和少数民族聚居区的分界线。一千八百多年前，蜀汉丞相诸葛亮为了确保成都平原地区的安全，便与羌人协商，希望羌人能够让出一箭之地。羌人见这个要求不高，便应允了。不料诸葛亮却事先派人将箭预置在遥远的松潘草地。羌人信守诺言，顺着诸葛亮射箭的方向一直退让到松潘，于是都贯一带也就由羌地变成了汉区。

我后来读到一个"孔明一箭让石泉"的传说《界碑》，与此说法大同小异。都贯乡旧属平武县管辖，1956年才划归北川。早在三国之前的公元前201年，刘邦刚建立的西汉王朝就在今平武设置了刚氐道，管辖范围大致包括平武县境域以及北川关外部分地方。"道"，是汉代在少数民族地区设置的县级行政建制。因为辖区内的少数民族主要是氐人，而这些氐人性情刚直，故名刚氐道。司马迁《史记·西南夷列传》中记汶山郡东北（即刚氐道辖区）："君长以十数，白马最大，皆氐类也。"言此地最大的部落为白马，是"氐类"，也即今天的白马藏族。古代文献中氐、羌不分，旧志在追溯北川羌族的来历时，往往称其"其先曰氐羌"。直到宋以后，此处的氐羌部落才由羁縻自治状态发生改变，明代为土司辖制的番民，嘉靖年间的大战后成为受地方政府直接管理的编户齐民。

现在回头再看永平堡、伏羌堡、绝番墩，还有平武的镇羌楼这些地名，无一例外都有中央王朝的强势威压意味在里面，它们同平凉、永靖、威远、镇远、绥远、抚顺等地名类似，背后隐藏着军事平定和文化收容的双重含义，印证了中华民族悠久历史进程中的版图扩展、民族交融中的艰难。空间的盈缩消长，同时意味着心理和文化认同的移形换位。

经过几千年的交锋与交流，内外联结合一，不再有生熟之分，熔铸为一个来之不易的中华民族共同体。曲山关内外就是一个具体而微、见微知著的缩影。如今那些地名作为历史的见证存留下来，淡去了争斗与龃龉，历史的债务转为文化的遗产，成了一种认知与开发的资源。

刊于《长江文艺》2024年第2期

2023年，肖斯塔科维奇在波士顿

王　璞

肖斯塔科维奇和波士顿的渊源

德米特里·肖斯塔科维奇（1906 — 1975），苏联最伟大也最难解的作曲家，曾访问过美国名城波士顿。那是1959年，苏联文化的"解冻"期，美苏两大阵营的"和平竞赛"阶段。肖斯塔科维奇随苏联音乐代表团巡游美国七大都市，最后一站是波士顿。在波士顿交响乐团 —— 美国"五大"乐团中历史第二悠久者 —— 的档案中，仍保留着肖斯塔科维奇和乐团俄裔小提琴手维克托·马努塞维奇在波士顿交响乐厅谈笑的照片。

如美国的肖氏专家劳芮·费伊在传记中所提示的，肖斯塔科维奇这回在美国所得到的礼遇和推崇，与他十年前首次访美所遭受的，判然有别。1949年，肖斯塔科维奇不仅在世界上代表着俄罗斯音乐的最新发展，而且还曾作为卫国战争中列宁格勒的公民英雄登上了美国《时代》周刊封面，更是为庆祝新成立的联合国而创作的《联合国歌》的作曲者，但他在随团出席世界和平大会后，被美国国务院蛮横地要求离境，未能参加任何音乐文化活动。其时，冷战已然开始，铁幕在美苏之间降下。而在苏联国内，肖斯塔科维奇当时处境也相当不妙。1948年，肖斯塔科维奇在苏联作曲家协会上自我批评，主动提出为《青年近卫军》作曲，不过另一方面他也做出了另一种回应：1948年他完成了《犹太民间诗歌》（作品79号）。在声乐套曲当时的"公共"意义上，这一作品突出了"人民性"和旋律感，但根据他晚年口述、经人整理的《见证》，它又是一种"私密"的抗议，用犹太素材来抵制苏联的反犹倾向。

也因此，1959年肖斯塔科维奇再次访美时，美国同行和媒体都在询问他在国内的情况。但时过境迁，斯大林已去世，苏联文艺也开启了新阶段，肖斯塔科维奇在国内的地位也得到了极大巩固。值得一提的是，肖斯塔科维奇的访美，实际上是伯恩斯坦在同一年早先时候率纽约爱乐乐团访问苏联的回访。美国音乐奇才伯恩斯坦的文化交流努力，是冷战期间以音乐的民间外交来为两大阵营融冰的最早尝试之一。从现存影像资料中可以看到，伯恩斯坦指挥演奏了肖斯塔科维奇的作品后，不断向台下致意，肖斯塔科维奇腼腆地隐藏在听众中，最后在如潮掌声中很不好意思地走到台边和伯恩斯坦握手。而大诗人帕斯捷尔纳克就落落大方得多了，他风度翩翩地来到后台，和伯恩斯坦及其他美国艺术家热情而自在地交谈着。

另一个美国文化界关心的问题是，肖斯塔科维奇等苏联作曲家如何看待"十二音阶制"；如果仍然坚持传统调性，那便是苏联音乐缺少"创作自由"的又一种证据了。其实，早在访美之前，肖斯塔科维奇就对西欧的新音乐做出了评价，认为"十二音阶制"并未获得公众认可，证明了"资产阶级文化的危机"。费伊提醒道，这并非仅仅是肖斯塔科维奇在小心翼翼地遵循文艺路线，而恰恰反映了肖斯塔科维奇充分了解西方现代派音乐后所切实形成的音乐观点。当然，它装配了一套"进步文化"/资产阶级危机的意识形态话语。归国后不久，苏联正式成立了俄罗斯加盟共和国的作曲家协会，肖斯塔科维奇当选为首任主席。音乐成就连带着官方职位。

就在肖斯塔科维奇在文化界的地位达到新高度之时，他的作品也开始成为波士顿交响乐团不断上演的曲目。1975年8月10日，波士顿交响乐团的传奇指挥小泽征尔和俄罗斯大提琴家姆斯蒂斯拉夫·罗斯特罗波维奇上演了肖斯塔科维奇最新杰作《第二大提琴协奏曲》（作品126号），就在那前一天，这位作曲家辞世于莫斯科。

尼尔森斯执棒的两个序列

1975年，小泽征尔指挥《第二大提琴协奏曲》，是在波士顿交响乐团的夏季营地 —— 唐格尔伍德。我第一次听到波士顿交响乐团演奏肖斯塔科维奇作品，也不是在城里，而是唐格尔伍德，它在马萨诸塞州内地，已成为音乐发烧友消夏的圣地。2022年，我终于来到了这里。草坪之上，星空之下，肖斯塔科维奇的华尔兹和爵士风作品飘荡开来，多么轻柔的八月之夜啊。然而我心中又有一些沉重的思绪。俄乌战争爆发以来，美国文化界时不时传来和俄罗斯文化遗产决裂的消息，波士顿交响乐团仍然倾注于这样一位苏俄作曲大师，实属难得。而更深的问题在于：在二十一世纪俄乌陷入战争的时代，人们究竟该如何 —— 甚至说，我们究竟还有没有能力 —— 排演和享受，聆听并辨听肖斯塔科维奇这样的艺术家的包含着二十世纪俄罗斯历史文化复杂性的重要作品呢？

波士顿交响乐团对肖斯塔科维奇作品的深长致意和全面阐释，和新一代指挥大家安德里斯·尼尔森斯担任音乐总监关系莫大。尼尔森斯是拉脱维亚人，1978年出生时，他的祖国还是苏联的一部分，也就是说，他是在苏维埃大国的斜阳之中长大并完成自己的音乐教养的。他后来在访谈中说，自己来自音乐家庭，从小肖斯塔科维奇的作品就是他生活的一部分："我六岁接触到肖斯塔科维奇的音乐。"指挥家的童年充满了矛盾，一面是苏联的教育，一面是父母的基督教信仰；一面钟情于俄罗斯文艺，一面又心向德意志传统 —— 而包括拉脱维亚在内的波罗的海三国又是在苏联改革过程中最早退出联盟的。

那么，如此成长起来的指挥家，又如何理解肖斯塔科维奇和苏维埃革命的关系呢？"肖斯塔科维奇相信苏维埃政权，你可以在他事业开端的音乐中听出来。我们每个人都曾相信苏维埃！"尼尔森斯如是说。但是，在他看来，随后便出现了一个转折点，那就是1936年《真理报》上对肖斯塔科维奇的批判文章，痛批其"不和谐的纷乱"。2013年，尼尔森斯执掌乐团，开启了演奏肖斯塔科维奇的第一个序列。

它包括了从第五到第十交响曲，共六部。虽然《第十交响曲》写作时斯大林已去世，但仍然可以感到肖斯塔科维奇和斯大林的紧张关系。这六部作品于是成为一组，其中心主题在尼尔森斯看来就是两个人之间的"竞争"："他是一个爱国的苏维埃公民……但事情发展不同于他所设想，他感到失望，他很不幸……"

随着波士顿交响乐团对这六部交响乐的演出和录音的出版，尼尔森斯阐释肖斯塔科维奇已经完成了这一整个序列。那大体是在俄乌开战之前。但他和他的乐团并没有停止，而是转入肖斯塔科维奇的后期作品，这可以说是尼尔森斯指挥的又一个序列。

在唐格尔伍德，我们意识到已经错过了第一个肖斯塔科维奇序列，回来后，我的妻子感到不能再错过，就预约了2023年的"波士顿交响乐团2023演出季"，其中有三场肖斯塔科维奇曲目的演出，我们有幸，正赶上第二个序列的盛大展开：波士顿交响乐团完成一位苏俄作曲大师的后期作品，在又一个多事的年份。

2023年1月到10月：协奏、民歌、诗篇、死亡

1月，波士顿交响乐厅：波士顿交响乐团对肖斯塔科维奇后期作品的倾力阐释，以《第二小提琴协奏曲》（作品129号，1967年）为起始。1967年，肖斯塔科维奇的健康状态已日益恶化。老年的沉郁，生命中的追悔，更具探索性的音乐语言，更内向的智性风格，都是他晚期的标识。但他要为小提琴手大卫·奥伊斯特拉赫再谱一部协奏曲，更稳健，更抒情，更具歌唱性，较少"不和谐"，让奥伊斯特拉赫发挥让琴声如泣如诉的非凡本领。2023年，尼尔森斯为波士顿交响乐团请来的小提琴手则是贝芭·丝凯德，她和指挥家自己一样，是拉脱维亚人，也出生在苏联解体之前。这合作本身就耐人寻味，而在他们合

作演出时，苏联加盟国中最大的两个之间的军事冲突，马上就要满一年了。

奥伊斯特拉赫认为这一协奏曲的确在独奏技巧上提出看似"不可克服"的挑战，但一旦掌握，则极具表演性，让小提琴独奏家乐在其中，更显出肖斯塔科维奇不仅"从不重复自己"，而且"对弦乐乐器了熟于心"。丝凯德在台上的表现似乎证明了这一点。妻子买到了靠前座位，我们可以清楚看到她的琴弓在强烈的高难度运动中，弓毛一丝丝断裂，在空中飘逸，甚至尼尔森斯都在用眼神询问，这是否有碍，但独奏者却微微一笑，只是顺手将断毛扯掉。更有意思的或许是，在第二乐章的一系列华彩段之前，人们会听到敖德萨著名的犹太小贩叫卖歌《来买我的贝果饼》，而这一犹太民歌在第三乐章结尾时又一次短暂出现。这首歌如今也是犹太歌曲中翻唱不衰的经典，我却是通过肖斯塔科维奇的作品才知道。不过，2023年的敖德萨，还有这样的叫卖歌声吗？

5月：《第十三交响曲》（作品113号），它更为人熟悉的名字是《娘子谷交响曲》，也是"解冻"文学在音乐中的特殊绽放，完成于1962年。在听波士顿交响乐团的演出之前，我正好在重读北京大学中文系洪子诚教授关于叶夫图申科诗作《娘子谷》和肖斯塔科维奇《见证》的系列文章。二战期间，在乌克兰的娘子谷，纳粹德国侵略者进行了骇人听闻的屠杀，几小时内，上万犹太人失去生命。然而，卫国战争胜利后，收复失地，却也遗忘了娘子谷这一暴行之所在、浩劫之地点，没有安魂曲，没有纪念碑。"解冻"时期，新一代诗人也即第四代登上历史舞台，叶夫图申科作《娘子谷》，谴责遗忘和反犹倾向，呼唤俄罗斯人道主义："痛恨所有的反犹分子，/如同一名犹太人，/因为啊——/我是一名真正的俄罗斯人。"后来，叶夫图申科接到一通电话，没想到电话那头就是当时最重要的作曲家肖斯塔科维奇，说要在音乐作品中使用"解冻诗歌"。叶夫图申科受宠若惊："您当然可以使用我的作品。"更没想到的是肖斯塔科维奇接下来的话："太好了，来听听吧，已经写好了。"于是便有了《第十三交响曲》，这部最不像交响曲的交响曲。正如洪子诚在《读作品记》所说，它"不是通常的奏鸣曲式，而是声乐和管乐的回旋、变奏"。声乐部分是男声独唱和合唱，音乐学者认为，这一只有男声的设置，"把十三交响曲和俄罗斯民歌、宗教唱诗和歌剧音乐的传统联系起来"，甚至有向穆索尔斯基致敬之感，其效果则是"可怖的黑暗、深度、现实主义和烈度"（哈罗·罗宾逊语）。

但《娘子谷交响曲》并不仅仅是《娘子谷》。原本，肖斯塔科维奇只想把《娘子谷》一诗谱曲，成为"交响诗"，但最终引入了五首叶夫图申科诗作：《幽默》在嘲讽幽默的缺失，《在商店中》显然指向经济中缺少消费品供应的生活场景，《恐惧》写出了对时代高压的心有余悸，《职业》则辛辣嘲讽了官僚作品。如果说《娘子谷》涉及大屠杀的历史记忆，当代美国听众或有所感，那么，作曲家采用的其他几首叶夫图申科诗作，批评当时的官僚主义和不良现象，即便配上节目单上的介绍，对今天的听者、读者，也已显得陌生乃至隔阂。坐在波士顿交响乐厅里，我不禁想，这样的诗歌和音乐，今天如何安放？

10月：这绝对算是波士顿交响乐团为2023年准备的压轴大戏，当今最受公众追捧、"最具商业价值"的大提琴演奏家马友友和尼尔森斯联手，在同一晚连演肖斯塔科维奇的《第一大提琴协奏曲》（作品107号）和《第二大提琴协奏曲》。交响乐厅里的气氛可想而知地热烈，但这一盛事又突然有了一层沉重的背景。2023年10月7日，世界关注的目光很快卷入到巴以冲突之中，以色列没多久便发动了新世纪以来对巴勒斯坦人最严厉暴烈的战争。长期亲以的美国社会一开始体现出对以色列的一边倒支持，但反战和抗议之声又一点点在年轻人中蔓延，在大学校园发酵。演出现场，尼尔森斯代表波士顿交响乐团宣读了谴责恐怖袭击、哀悼死难者的声明。而当马友友登上演奏台，竟也发表了一番讲话。他不愧是全媒体时代的公众人物。和尼尔森斯略显笨拙、口音浓厚的照本宣科人为不同，马友友拿起麦克风来感召力极强，也更懂得如何同此时此刻共鸣，并引导公众意见。他首先把二十世纪概括为暴力的世纪；然后提出肖斯塔科维奇的作品就是世纪的见证，两大大提琴协奏曲是对暴力的体验、记忆和反思；而最后，他说，很不幸，暴力仍在延续。他希望自己的演奏体现一种拒绝遗忘的姿态，回应新的历史暴力。

马友友的表达，作为他表演的"副文本"，或许的确和音乐一样拨动心弦，但却存在着至少两重简化：第一，将高度复杂、声部众多、充满反转的二十世纪从一部悲剧性的交响曲概括为同一种"暴力"，这本身不能不说是对肖斯塔科维奇及其时代的单一化；第二，马友友又拿肖斯塔科维奇作品中的历史，为今所用，来回应当今世界在2023年所陷入的新暴力，这种典型的美国主流精英历史话语操演，是否实为一种省略、跳脱？我的妻子当场小声对我说，这不是音乐解读，而几近一种媒体运作的表演。

马友友和尼尔森斯上半场先演出了《第二大提琴协奏曲》，肖斯塔科维奇1966年作，也是他对自己六十大寿的另一种纪念。越是大师，越到晚年，在作品处理上却也越"审慎"。比如，1967年，作曲家的儿子马克西姆很想指挥前面提到的《第二小提琴协奏曲》的首演，但肖斯塔科维奇却认为儿子尚不能驾驭如此难度的作品，又不愿让儿子伤心，只好反复暗示小提琴师去说破。至于1966年的《第二大提琴协奏曲》，肖斯塔科维奇和大提琴家罗斯特罗波维奇等人所期待的著名指挥家穆拉文斯基，却在最后时刻借故退出。这大约是因为他不愿再重复当年为《娘子谷交响曲》执棒所引来的麻烦。根据肖斯塔科维奇研究专家伊丽莎白·韦尔森的记述，穆拉文斯基从《第五交响曲》起成为肖斯塔科维奇交响乐的"权威"阐释者；洪子诚则强调，这两位音乐家"友谊破裂"，始于《娘子谷交响曲》。而这部新大提琴协奏曲，如韦尔森所论，的确"更阴郁，更内省"。另一种说法是，罗斯特罗波维奇具有掌控新作品的非凡能力，而穆拉文斯基却往往在准备上过于认真，需要极长时间，于是便以来不及为由辞演。在1966年列宁格勒为肖斯塔科维奇祝寿的关键场合，只能为《第二大提琴协奏曲》另换一位指挥，而同台还演奏了《第一交响曲》，指挥正是作曲家的儿子。从心脏病中康复的肖斯塔科维奇出现在表演现场，受到欢呼，他还收到了生日礼物——"社会主义劳动英雄"称号。

2023年10月，马友友和尼尔森斯却把《第一大提琴协奏曲》放在最后，作为整场音乐会的终曲。这样的安排，也可以说是波士顿交响乐团的肖斯塔科维奇新序列的一次华彩尾声，形成了一个完美的回环：也就是在肖斯塔科维奇最初访问波士顿的1959年，他完成了《第一大提琴协奏曲》。这同样是他为罗斯特罗波维奇而作，而同一年访美期间，罗斯特罗波维奇就为美国听众演奏过它，换言之，这是一部直接和美国结缘的肖斯塔科维奇作品。

罗斯特罗波维奇的确是世所罕见的演奏奇才，1959年夏天，他很快就背下了整部协奏曲并完全掌握，这让肖斯塔科维奇大喜过望，立刻开了一瓶伏特加，以酒为"燃料"，让他再演奏一遍。在这作品中，还隐藏着格鲁吉亚民歌《苏丽珂》的极小变形片段，而这首民歌是斯大林的最爱。罗斯特罗波维奇都没有注意到《苏丽珂》的踪迹，直到作曲家开心地揭晓这一秘密。

多么悠扬，多么婉转，又多么忧伤的民间情歌啊，据说"苏丽珂"的含义是"灵魂"——浓缩变形，出现在这里又是多么反讽，近乎黑色狂喜。马友友是否注意到了那极为短暂的《苏丽珂》呢？到了极具戏剧性的协奏曲结尾，意外的一幕发生了，马友友突然一边抱琴拉，一边挪步，和乐团大提琴首席紧急换琴，然后又回到自己的位置拉出了那突然的尾音。大约是他的琴出了什么状况？可惜我在现场没法听广播直播中的专家点评。

在盛大的掌声和"安可"的喊声中，马友友和尼尔森斯一再谢幕，波士顿交响乐团2023年的肖斯塔科维奇作品再阐释画上了句点。加演的余兴曲目之后，我和妻子出来。走在波士顿的粗疏的夜色中，吸一口有些凉意又有些浑浊的秋气，我感到心中和耳中的困惑反而在加剧：肖斯塔科维奇在当今变得更为难解。

和肖斯塔科维奇同时代？

尼尔森斯曾表示，肖斯塔科维奇的作品来自二十世纪的苏联，但又超越于时代。而马友友的表态却把肖斯塔科维奇归入二十一世纪的美国主流政治叙事。新的阐释带来新的时空错位，勾起了我自己关于肖斯塔科维奇的记忆。2000年大学一年级的暑假，我刚上完洪子诚老师的课，受到提示，在图书馆阅读肖斯塔科维奇的回忆录《见证》，那时还不知道"《见证》真伪"的争议。很快，又在洪子诚老师另一门课上，我读到欧阳江河的名诗《肖斯塔科维奇：等待枪杀》。来美国留学，专门带了盗版的鲍罗丁四重奏团的肖斯塔科维奇作品演奏集，作为初阶的室内乐爱好者，我根本不能真正进入肖斯塔科维奇的四重奏，但却固执认为，必须听俄罗斯演奏者阐释的肖斯塔科维奇。2015年末，在北京大学开会间隙，听闻叶夫图申科正好访华来到了校园，我去听了他本人的朗诵——那和肖斯塔科维奇的音乐风格相去甚远。而今，我终于听完了手头上所有的肖斯塔科维奇作品CD，又在俄乌战争的时代和二十一世纪新的暴力征象之中，经历了波士顿交响乐团又一个肖斯塔科维奇序列的展开。

作曲家的作品当然可以超出时代，也不妨跳转到新的时代境遇之中，另有所用，成就别的主义。但我还是不愿接受，将肖斯塔科维奇笼统概括到当代对暴力的惯常反思之中，而实际上，这种反思正在我们自身的现实中，显出它越来越严重的无效性。当我们面对新的暴力，置身于新世纪的失效之中，与其让肖斯塔科维奇和我们"同时代"，不如试图去和肖斯塔科维奇同时代。或者，在波士顿交响乐团的最新演绎中，需要思考的是：这种同时代还可能吗？在肖斯塔科维奇的音乐动机中，有哪些历史的因素，今天还能解读而出？他从二十世纪的深处，发出怎样的音响？死亡和叫卖，协奏和民歌，"不和谐的乱流"和旋律的新源，内心最隐晦的冲突和死亡。是的，尼尔森斯说，肖斯塔科维奇的后期作品关乎"死亡和其他主题"。死亡是最普世的主题，却又必然有着具体的历史关联。正是死亡与"其他主题"之间的真实关系以及精神丝缕，作为二十世纪的音变回旋，需要近乎不可能的辨听，让我们今天难以成为肖斯塔科维奇的"同时代"吧。

刊于《天涯》2024年第5期

北京二十四年感官印象记

陈　思

命中注定要植根北京。

自小生活在福建厦门鼓浪屿，方言闽南语磕磕绊绊，母语却是普通话。每晚7点跟着《新闻联播》学说话，发言前还要加上"中央电视台，中央电视台"。曾经斩获鼓浪屿日光幼儿园连续三届普通话比赛冠军，以为掌握了一项多么不普通的才艺。家乡的同学对我满口"北京话"颇以为异。路旁商家伺机提价，顺便问出一句让人得意的话："你是北方人吧?"

对北方的向往最初是模糊的。十六七岁时读大仲马《三个火枪手》，知道是真汉子就要闯巴黎。再读莫泊桑《俊友》，外省青年杜瓦洛混得风生水起。我的巴黎在哪里?

1998 — 1999赛季的德甲联赛充满了北京声音。解说员张璐"嘿嘿"坏笑，从北京国安转会到法兰克福队的前锋杨晨一骑绝尘，跨越了中德之间6451公里的距离，打入对勒沃库森队的一记进球，引发全场核弹爆炸声般的欢呼。恍然大悟：北京!北京意味着冒险、磨砺、英雄主义和抵达更远方的可能。

如今我已如愿以偿。来京二十四年。超过半辈子浸没于此，被它咀嚼、消化、重塑，再难找到一个置身事外的位置。下面就以身体领会这座城，搜罗眼前的感官印象，以求呈现对这一空间/人间的经历–观察–思考。

一

首先是视觉。北京代表了一种特殊的大。这种大，诞生了眩晕感。街道灰黄的底色，建筑物刺眼的反光。红白配色的113路缓缓抵达，公交站庞大的人群向着车门蠕动，靠近车门处人们衣着或黑或灰，艳黄色外套的志愿者如黑潮里剧烈起伏的救生艇。

小学有课文《北京的立交桥》，才发现这桥竟是灰扑扑的。不像南国的立交桥，覆满绿色的藤萝。站在桥下仰望，可以分辨桥上的出租车，每公里1块2的红色夏利和1块6的捷达嗖嗖而过，跟在后面的是蓝黄灰三色的300路，臃肿着喘气爬这灰坡。

空间的扩大，加剧了你的渺小感。2001年刚到北京，骑车过牡丹园十字路口，一眼望不到边的宽阔马路。我莽撞地闯了半条马路，谁知前后大小引擎愤怒地启动，瘦削的南方青年瞬间淹没于车流。在这里，你会变得健谈聒噪，仿佛要用语音来填塞令人心慌的空间。

大是奢侈，是主权的宣告。家乡鼓浪屿的街巷窄窄，七扭八歪，像活泼泼的毛细血管。北京的大道横平竖直，一派官府阵仗。建筑又横向发展，如一团团盘踞礁石的巨兽。逛博物馆是一种享受，走路却是折磨。国博展品丰富令人赞叹，其内部的空旷寥廓同样令人印象深刻。人走在里面，展厅之间的距离叹为观止，等到雄心偃旗息鼓，腿肚子早已打转。

这样的空间宜放远眺望，天生适合诞生梦想。2001年—2008年我一直在北师大，从本科到进入文艺学王一川老师门下。活动范围十分有限，从牡丹园、北太平庄、铁狮子坟、小西天，最多南到西单。东门盛世情书店木头招牌下是窄窄的门洞，戴眼镜的老板在地下室高谈阔论。麦当劳尚未到来，天桥上好伦哥自助餐厅的墨绿色招牌焕然一新。公共澡堂白雾弥漫，人影绰绰。西操黄土场铺上绿茵茵的人工草皮，研究生楼拔地而起，乐群餐厅正变成一堆白色瓦砾。宿舍里，唯一一盏铁灰电扇缓慢摇头。学四食堂里，提着宝剑的老头外号"小草无罪"，正在训斥一位没有放好碗筷的女生。宿醉过后的安静上午，瘫软在宿舍楼下长椅上，一只肥得夸张的灰喜鹊从压弯的树枝上弹起。

2005年这一年我短暂租住在人定湖西里。位于黄寺大街南侧的人定湖公园，1958年发动群众挖湖造林而成，现竟是欧式园林公园。看不见白鹅、野鸭，只有一群抽烟的初中生和我们混拨儿踢球。人定湖西里是几栋1982年的老楼。自行车锁在楼梯还老是丢掉。没有电梯。次卧是没有窗户的隔间，我独自坐在里面，台灯下是康德的《判断力批判》。当时已是凌晨五点，室友酣睡的轮廓微微起伏，天地间第一只鸟儿开始鸣叫。墨绿色封皮上的康德头像逐渐清晰，背后的门口渗进一丝一丝的光亮，渐渐地光明将我环绕。

二

什么是北京味？很长一段时间，我认为是土味。

飞机落地在北京首都国际机场，你深吸一口气，淡淡的土味。凛冽的空气进入肺部，没有南国郁热的潮湿的气息，没有林木叶子的清新与腐烂，没有浓得蜜一样的花粉味道，你的过敏性鼻炎全好了。

2008年考入北大曹文轩老师门下读博。活动范围变成了北大周边，北四环、万泉河路、成府路、五道口。在冬天，假如拥有《香水》中格雷诺耶的鼻子，你会在教室里闻到人体闷久了的气味，那是肺部的浊气、羽绒服吸饱的饭味、臂弯沁出的汗水、牙缝的残渣混合的气息，宛如浓稠的粥。一过每年的十一月十五日，因为供暖，空气中遍布煤烟的气味。后巷的排风扇转动，喷出宫保鸡丁、鱼香肉丝盖饭的气味。康博思的炸鸡腿飘出辣椒粉的油香，北大西门外的竹楼、老丁烤翅人潮汹涌，畅春新园门口水果摊歪瓜裂枣、满是黑斑的台农芒，麻辣烫里翻滚的牛丸、鸽肚、鸭血。那是一种踏实的能量。

空间是容纳，也是对主体和种种联系的生产。人造足球场的塑胶味让人心跳加速。每周五晚上，跟北大博足在一体约战新东方队。当然还有北大杯与社会学系的大乱战。发烫橡胶颗粒，绿色塑料草丝，劣质球衣的汗水，浑身馊馊黏黏，刚哥（徐刚）在万军丛中所向披靡。中文系五院绿意弥漫，静园草坪在割草机的作用下散发出青草气息。在贺桂梅老师课上，我做了一次关于福柯《知识考古学》的报告，那是宿醉后带着酒渍的演讲。每周二邵燕君老师主持的北大评刊，在李云雷、徐则臣等前辈毕业后，丛治辰、闫作雷、刘纯、陈新榜、胡妍妍、何不言等再接再厉。在小房间里激烈讨论，念稿子接受大家"围攻"，草船借箭。不知为何这段记忆里总有烟味，北大的快节奏让人紧张而又安心。

十二月末的某天，空气中突然多了一种潮潮的铁锈味，那就意味着冬天的第一场雪即将到来。伴随下雪的气味，是北大西门北华涮肉里炭炉的气息。姜片、红枣、大葱、海米、干香菇，在铜锅的清水里翻滚。我和室友郝朝帅相对而坐，刚打开的白瓶二锅头，刺鼻甜腻的香气。半年后我即将离开北大，前往哈佛东亚系求学。

一年访学结束，再回燕园，室友已换成物理系的"90后"小哥。常去的还是百讲地下的泊星地，因为冰美式只要9元一杯。空调冷风简直搬来了南极，我对着书本哆哆嗦嗦，背后门帘掀动，一只猫鬼鬼祟祟进出。屋外太热，屋里太冷。思忖再三，那猫竟自来熟地钻进我书包。等我觉察过来，已见书包镶着一颗猫头，随遇而安地微微打呼。那放肆和松弛使人一愣。现在想起这段，那猫头面目模糊，记忆底只剩下9元一杯的冰美式那干苦的芬芳。

北大的气味相比其他地方多了一层温润。可能是未名湖的缘故。未名湖是海洋，诗人都藏在水底。临毕业之际，通宵之后沿湖边回宿舍，经过晨曦中的博雅塔、斯诺墓，忽然涌起一股情绪，打开手机发短信。每个字都蘸着露水，晶莹闪烁，像瞌睡的眼，像一个即将呼出的期待。

三

什么时候开始注意身边的声音?

社科院宿舍分在西南五环外的房山良乡校区。我在办公室弱问一句:"良乡在哪?"舍管大哥慨然回头指向北京地图,结果他墙上的地图只到四环。于是尴尬咳嗽一声,遥指地图之外左下方的白墙 —— 大概就在这个位置。从建国门出发要坐一个半小时的地铁。我坐着一号线,转到九号线,再转房山线。地铁轰隆轰隆,如灰色魔龙从地下洞窟升到了地面,我看到了阔别的原野、森林、乡间公路与不知名的小河。以至于入职三个月,我不断梦见坐着绿皮火车旅行,满耳都是火车的轰鸣。

2013—2014年,我都住在良乡,活动范围就从中国社科院良乡校区向周边辐射,沿着拱辰大街,经华冠购物中心到良乡南关,向北则是长阳公园、首创奥特莱斯。平时地广人稀,周六日连十字路口的红绿灯都不开。地铁站外停满了揽客的黑车。校方体贴地安排了专门的摆渡大巴,用于接送本校学生,就此抢了黑车的生意。传闻有黑车司机往校车必经之路上撒钉子,导致我们的大巴每每路上蛇形机动。吱!一声长鸣!刺耳尖锐的刹车声响起,全车脑袋齐刷刷向一侧晃去。那真是另一片天地。

接下来一年,远赴甘肃敦煌挂职。梦一般的场景:鸣沙山的金沙、月牙泉的绿水、莫高窟瑰丽的壁画,雅丹的风孤傲地穿过巷谷。一路经历阳关和小方盘城的夯土城墙、肃北的雪山、阿克塞的赛马节、金塔的胡杨林、瓜州的蜜瓜、玉门的风,在梦柯冰川正午洪水到来前仓皇逃窜。住在镇上的办公室,浮光掠影的还有征地拆迁、招商引资、鼠疫防控、抗洪抢险、保险保障、计划生育,等等。让西部的阳光把灵魂晒透,再回到北京,就搬家到马甸桥西北角长住了。

再回北京,姿态变得不同,音景也发生变化。我的手机里至今存着负责搬家的左师傅的电话。身高一米六出头的河北汉子，初识的时候四十左右。用一条背带、一台小面包把我三十六箱书搬到良乡宿舍。清晰记得那沉重但稳健的脚步，一个小小的身躯背着巨大的西门子三门冰箱，稳稳放下，再去背上滚筒式洗衣机。从后看去，他仿佛在《圣斗士星矢》里搬运着一个又一个圣衣箱子。胳膊上的肌肉如钢筋般鼓起，一滴滴汗珠悬而不落。从北大到良乡，从良乡、菜市口到金澳国际，从金澳国际到冠城南园。三次搬家都是他。第三次搬家，他邀请我坐在副驾，交换彼此这几年的生活变化。当年跟他搬家的儿子在北京上了中学，但老家的女儿进入叛逆期。他气得半死，但小面包换成了大金杯，生活总算还在往前。老左干瘦依旧，但背已肉眼可见地驼了，蹲下去背上原来的那台冰箱，哼哧好久站不起来。听着他明显沙哑的声音，好像背着整座城市。

随后就是疫情，以及经济的回落期。往返于建国门参加"北京·当代中国史"读书会，偶尔打网约车，司机多为四十岁左右、两鬓沧桑的中年男子。大家都在失意地栖居。油车引擎曾发出让人心潮澎湃的时代召唤之声。新能源车则不然，光怪陆离的电磁噪声让人捉摸不透。我们随意聊起来。"怎么做上这行？"包山种树赔钱、批发水果遇到疫情破产、跟政府做项目被拖欠工程款，卖房还债、公司关了，自己一人开车全家不饿。"创业？这年头创业就是失业。"在人造感十足的引擎声中，我与萍水相逢的同龄人互道珍重，他们反过来安慰我："干吧！日子总要过！"

2021年搬进北三环马甸桥的新居，其时已北漂二十年。那天，儿子尚未到来，新世界大门尚未打开。从床上醒来，楼道里不知谁家叮叮当当敲着暖气管，再仔细听，邻居的防盗门锁拧动，老爷子招呼小狗莫娜。嘎嗒嘎嗒狗爪子挠动，急匆匆要下楼。更远处，从打开的窗户里传来隐约的小电驴鸣笛，快递车的喇叭叫着"倒车，请注意！倒车，请注意！"。更远处小区喷泉缓缓流淌，马甸公园秋千被风微微吹动，周六日上午老年管弦乐队懒洋洋等待指挥的手势。在这些美好的背景里，我吁出一口沉重的长气。

北京是"大"。大到需要一种鸟瞰的视点，方能提供一种浏览全景的纯粹宽阔感。这里的大，不只是空间，还有时间。每个角落，不仅存在着当下，也存在着一层一层的历史与过往。谁能说明白北京，让人觉得清楚又分明（clear and distinct）？鸟瞰就意味着权力，一种概括的权力。我对此表示怀疑。于是采用一种身在城中的平视－内视的视角，表达个别性的主体对于过往每个当下所感的拥抱。

好像写完了北京，又好像没有写完。如老舍《有了小孩以后》所说："小孩使世界扩大，使隐藏着的东西都显露出来。"有了小孩，世界就像发现了美洲。商超的意义不在品牌，变成了儿童用品店和游乐区。餐厅的意义不在米其林，而在宝宝椅和宝宝餐。景点的意义不在于星级，而在是否有婴儿车推行的步道。街市还是那样，但与"我"有关的东西正在天翻地覆。外面天已大亮，北京在新生命的注视下，向未来发出有情的色彩。

刊于公众号"北京文艺观察"2024年7月26日

徐湘蘋与拙政园

朱　婧

距拙政园七百多米，齐门下塘的小邾弄，是我在入小学前和奶奶一起生活时居住的地方。出小邾弄，经齐门下塘，由西北街入东北街，经苏州博物馆，抵至拙政园。从大的方位来说，苏博和拙政园形成的片区与我幼时所居之地一水之隔。时隔三十余年，唯记得由奶奶牵着手走出南弄，沿河岸走去幼儿园，口中常含着酸甜山楂片。那条沿河道路，在我的短篇小说《猫选中的人》中，作为"插地藏香"（苏州人烧"久思香"）的地点出现过，也源自童年记忆仅存的朦胧片段。

儿时每年夏天，父亲的同胞兄妹会聚在苏州，几家的孩子也常有留影，十岁左右的一张照片里，拙政园的"入胜"门洞旁，我与堂妹各踞一侧，身体倚着洞门弧线，穿着样貌皆相似。后来我从苏州回到扬州随父母生活，这两个城市都以园林之胜闻名。按父亲的说法，园林之妙，是要居住其中的人历四时才能体会。

诚然，我们今日所谓的名园，多数由私家园林起，经变迁而成为城市公共景观的一部分。置身园林的空间，也是置身一种生活的方式。理解园林，是理解规划设计、花木风景、建筑山水，是理解"虽由人作，宛自天开""妙造自然"的理念与审美；理解园林，也是理解园林主人尤其是文人园林主人的趣味、追求和人生观，它常常构成我们的文明重要的部分，厚重且轻逸，隐微且具体。

拙政园对我来说的具体，是奶奶家附近的历史文化遗留，是父母探望我时会去观览的地方。奶奶家的旧宅，是齐门下塘一带最普通的民居，圆拱门进去的杂院，四五间白墙黑瓦的平房，墙角苔迹，石灰斑驳，也是奶奶直至生命最后的住所。春起生病，秋季离去。发病时，我陪她入院，离开时，我握住她的手。交替出现的希望和恐惧，随着她衰弱的鼻息渐至一种安详，我一直摩挲她的手，直到被拉开，留下无法连续的回忆。

最早关注到徐灿[①]，是因关注明清时期女性诗人的结社，想借此观察一种女性文学谱系和传统的形成，徐灿作为"蕉园五子"[②]其中一位进入视野。而引起我的额外留意，是因她与拙政园的因缘。徐灿现存最重要的作品《拙政园诗馀》由其夫弘文院大学士陈之遴[③]编撰并作序，词集以"拙政"名，是因当时拙政园为陈之遴所有。《拙政园诗馀》序作于"顺治庚寅"，即顺治七年（1650年），陈之遴购园时间应为此前。序中，陈之遴写道，徐灿的祖姑小淑（徐媛[④]）跟随丈夫明万历副史范长倩（允临）宦游，后卜居苏州天平山，夫妇常相唱和，享园亭诗酒之乐。之遴语中多有歆羡。徐家为吴地望族，家学渊远深厚。徐媛是明代享誉吴中的才女，其父太仆寺少卿徐泰时也是苏州另一名园明徐氏东园（今留园）的主人。序文中陈之遴感慨人世沧桑，流离坎坷，购置拙政园，也可以说是想晚年归隐后，与徐灿坐拥山水，极唱随之乐。陈维崧《拙政园连理山茶歌》对此尝作想象："花时丞相小车来"，是位极人臣的陈之遴花时得至拙政园，"双栖双宿何时已，从此花枝亦连理"，是对这一双终其一生矢志相随的夫妇的美好愿许。

《拙政园诗馀》付梓于顺治十年，此前一年，陈之遴授弘文院大学士。《拙政园诗馀》编撰正值陈之遴仕途顺达，在序中却常作伤怀语。"自通籍去国，迨

---

①　字明霞，号湘蘋，晚号紫管，吴县（今江苏苏州）人。
②　关于"蕉园五子"，有孙说、陈说，此处引陈说。陈文述《西泠闺咏》提出："蕉园五子者，徐灿、柴静仪、朱柔则、林以宁及女云仪也。"
③　字彦升，号素庵，浙江海宁人。
④　钱谦益《列朝诗集小传》称徐媛"多读书，好吟咏"，时与隐居寒山的赵宦光夫人陆卿子并称"吴门二大家"。

再入春明，不及一纪，而人事变易，赋咏零落若此，能不悲哉。""通籍去国"是陈之遴于崇祯十年（1637年）进士及第，授翰林院编修，夫妇一同赴京。"再入春明"是经历家难国亡，顺治二年陈之遴以明旧臣身份再仕新朝。

陈之遴在新朝正走向权势的顶峰，物禁大盛的不安，贰臣心境的复杂，经由此篇为妻子所作的序多少流露。陈之遴与徐灿是情深意笃的夫妇，陈之遴北上投清，前路杳渺，他写给妻子"无边梦，啼痕笑靥，着枕便逢君"；待到他仕清，徐灿追随他再赴帝京，他写给妻子"同心长结莫轻开，从此愿为罗带"。这一篇序言中，感伤、悲切、惶恐，难掩的羞惭，粉饰的幻念，很难说没有诚与真。

徐灿的诗《初夏怀旧》写过未嫁时的生活，"金阊西去旧山庄，初夏浓阴覆画堂"，苏州阊门西去的山庄为其父光禄丞徐子懋所有，"长忆撷花诸女伴，共摇纨扇小窗凉"，她在此度过了美好的少女生活。此处距拙政园，不过两公里余。《海宁陈氏宗谱》（陈之遴侄陈元龙撰）称徐灿"幼颖悟，通书史，识大体，为父光禄丞子懋公所钟爱""有贵征，遂许婚焉"。所谓贵征，施淑仪《清代闺阁诗人征略》中载："少保素庵相国未第时，以丧偶故，薄游苏台，遇骤雨，入徐氏园中避之，凭栏观鱼，久而假寐。园主徐翁夜梦一龙卧栏上，见之，惊与梦合，询知为中丞之子，且孝廉也，遂以女字之。"其时陈之遴妻子去世，又屡试不中，心情郁结，在苏州游玩散心，偶入徐家园中睡着。徐子懋梦见有龙卧于园中，见陈之遴，应和梦境，便将女儿徐灿嫁给他。婚后不久，陈之遴即进士及第。徐灿随夫入京，两人有过一段和美安宁的岁月，陈之遴在《拙政园诗馀》序文中描述：

> 丁丑通籍后，侨居都城西隅，书室数楹，颇轩敞。前有古槐，垂阴如车盖，后庭广数十步，中作小亭，亭前合欢树一株，青翠扶疏，叶叶相对，夜则交敛，侵晨乃舒，夏月吐华如朱丝。余与湘蘋觞咏其下，再历寒暑，闲登亭右小丘，望西山云物，朝夕殊态。

崇祯十年进士及第后，陈之遴到京师为官，两人在京城的西城侨居，住所有宽敞的书室数间，前庭有古槐树荫如车盖，后庭疏阔，院中有亭，亭前有一株合欢树，青翠茂盛，对生的叶片夜晚合拢，清晨打开，花开如朱丝一般轻盈飘逸。年轻的夫妇在此吟诗题词，度过寒暑，闲暇时登上亭边的山丘，远望西山风景，朝夕各有不同。

仅仅一年后，崇祯十一年陈之遴的父亲陈祖苞因事入狱，后在狱中饮毒酒自尽。陈之遴受牵连被革职，永不叙用。不久，李自成军入北京，崇祯帝自缢，明朝覆灭。清朝入关，顺治二年，陈之遴投诚，授秘书院侍读学士。顺治五年，迁礼部右侍郎。此后连连擢升，顺治八年，至礼部尚书。因与陈名夏结党被弹劾，顺治帝却免议并加授太子太保。顺治十年再遭郑亲王奏劾，顺治帝责其自新，调任户部尚书。顺治十二年二月，复授弘文院大学士，加少保兼太子太保。顺治十三年，陈之遴再因结党被弹劾受谕责，以原官发配盛京，同年十月被召回朝，入旗籍。顺治十五年终因贿结内监吴良辅，革职流徙，籍没家产。顺治五年至顺治十五年十年间，陈之遴历经宦海浮沉。从数度擢升入阁拜相到几经弹劾但得保全，从短暂贬谪旋而召回，到鞫讯得实最终入罪，顺治帝诏谕称"不忍终弃"，于陈之遴诚然存有君臣之恩遇。再回看，陈之遴当年那个至关重要的决定如何发生。崇祯十一年因父罪失官，崇祯十二年扶柩回乡，崇祯十七年明覆灭，清入关，清兵南下，江南陷入战乱。顺治二年，北上降清。蛰伏七年间的心路，陈之遴北上求宦时填词寄妻或有袒露，词曰："叹须眉七尺，潦倒羞论。……归来也，屠苏满引，醉抚石麒麟。"七尺男儿怎甘潦倒居于人下，待归来愿成为麒麟阁中的卓绝人物。

《拙政园诗馀》序又曰：

> 毋论海滨故第，化为荒烟断草，诸所游历，皆沧桑不可问矣。襄西城书室亭榭，苍然平楚，合欢树已供乌菟，独湘蘋游览诸诗在耳。

家乡故地经战乱化为荒烟断草，再回京，从前居住的"都城西隅"的书室亭榭已化作平地，合欢当作柴烧。唯有徐灿所作的诗词留下来。

故去皆不可追，以旧臣身份决意"再入春明"，想当年也曾为旧君主"簪灯话，丝纶世掌，何以答尧天"，如今却歌颂着"兵革渐偃""日以清宴"再事新君。陈之遴降清的顺治二年，江南正发生扬州十日的惨状，明遗民尚在血泪中抵抗。选择降清，成为儒学名士眼中的贰臣，是他终其一生不能抹去的污点。据《贰臣传》，顺治十三年，给事中王祯劾奏："之遴系前朝被革词臣，来投阙下，不数年超擢尚书，旋登政府。不图报效，市权豪纵。"袁行云《清人诗集叙录》则称陈之遴"其才名早著，人品则不足道也"。背旧君事新君，贰臣之耻常提，诗作不论，人品每遭质疑，这富贵何如？陈之遴自编诗词集《浮云集》，康熙五年（1666年）自序，集名"浮云"，语出《论语》："不义而富且贵，于我如浮云"，或是给自己的结语。

徐灿以才名见载于各处，称"光禄寺丞徐子懋女，海宁陈之遴继妻"。《礼记》"三从"，"妇人从人者也，幼从父兄，嫁从夫，夫死从子"。"三从"一方面意味着女性的不同阶段全面依附于男性家长，另一方面从属关系也使得女性的社会属性由男性家长的地位决定，造成无可逾越的阶层差异。徐灿生为士家女，出嫁后夫贵妻荣被封诰命，无论得之父家的诗书教育，或者出嫁后与丈夫的诗文唱和，丈夫为之编撰文集，都助她有可能通过文字表达心志，参与到女性写作的历史。明末清初士大夫家庭的女性获得的有限权力和社会自由，使她们有可能通过日常生活实践中的自我构建，创造个体之文学，也重塑时代之女性文学。她们既遵从儒家传统所规定的社会规则和道德准则生活，同时寻找和开辟出一个有意义的文学空间。通过她们的写作，可以观察到她们的性灵之美，更为重要的是她们的智性、抱负和尊严。

陈之遴选择"再入春明"，徐灿其实无可选择，不平不满却无法直言相抗，谨慎谦恭成为温柔敦厚之一种，为其夫其子在她的词集的序与跋中赞颂。她的诗词或留下她的真实心意，依然能寻踪觅迹。

清入关南下江南，干戈满地，陈徐两家也经流离患难，徐灿曾作《青云案·吊古》，名句"伤心误到芜城路"正出于此。"携血泪，无挥处"，暗指扬州屠城十日。名为吊古，实为伤今，悲怆苍凉。另有《少年游·有感》"衰杨霜遍灞陵桥，何物似前朝"，《踏莎行·初春》"故国茫茫。扁舟何许？夕阳一片江流去。碧云犹叠旧山河，月痕休到深深处"，《唐多令·感怀》"梦里江声和泪咽，何不向，故园流"，皆发兴亡之感。谭献在《箧中词》评《踏莎行·初春》云："兴亡之感，相国愧之"，夫妇二人内心境界已不可同日而语。

陈之遴重入帝京为官，徐灿赴京与之相聚。在陈之遴，是"梦里君来千遍，这回真个君来。羊肠虎吻几惊猜。且喜余生犹在"，将徐灿置于自己的生命愿景，立下誓愿："旧卷灯前同展，新词花底争裁。同心长结莫轻开。从此愿为罗带。"林逋作《相思令》，后被谱作南音名曲，词曰："吴山青，越山青，两岸青山相对迎。争忍有离情？君泪盈，妾泪盈，罗带同心结未成。江边潮已平。"陈之遴与徐灿曾在西湖居住，取此曲寄情，可谓巧心。陈之遴入新朝，重开仕途，焕然新生。而徐灿一路北上，却心事深重。《满江红·将至京寄素庵》里写到的是"东风偏恶"，是"人未起，旅愁先到"，是"满眼河山牵旧恨"，空叹"今非昨"，并没有将与丈夫团聚的喜悦之情。另一首《永遇乐·舟中感旧》，也写在这一时期。"前度刘郎，重来江令，往事何堪说"，借刘禹锡、江总经政局之变再仕暗指陈之遴之出仕新朝。"逝水残阳，龙归剑杳，多少英雄泪血！千古恨、河山如许，豪华一瞬抛撇。"徐灿初嫁时，陈父祖苞擢升，陈之遴中进士，仅隔一年陈父自杀狱中，陈之遴受牵连断绝仕进之途，是为一瞬；北京城破，崇祯自缢，南明倾覆，也是一瞬。徐灿感身世之悲，家国之痛，感喟"世事流云，人生飞絮"。陈之遴言有云"明吾仇也，大清与明亦仇也"，有如《李陵答苏武书》中李陵所云"陵虽孤恩，汉亦负德"，陈之遴入新朝为贰臣有其不平不甘、渴慕功业的复杂心理。而对于徐灿，既心系故国，又与陈之遴伉俪情深，自然陷于矛盾痛苦的困局，夫妇二人所见所思已然径庭。陈之遴与徐灿婚后，于崇祯十年始在北京生活，陈之遴仕清，徐灿随之再入京约是顺治三年。"早已十经秋"，是国破家亡的十年，再入帝京，再见西山，此处是陈之遴《拙政园诗馀》序中恋恋不忘之地，在徐灿已发出"西山在，愁容惨黛，如共人凄切"的沉痛悲咽。陈之遴序中反复提及院中合欢，徐灿也曾作《出都留别合欢花》"自是朱丝能绾恨，非关长袖泪痕深"，《代合欢感别》"欲吐红丝萦玉珮，秋风一夕送归人"，两首七绝中离愁别恨直指《唐多令·感旧》中"记合欢、树底逡巡。曾折红丝围宝髻，携娇女，坐斜曛"所描述的那段如诗似画的生活。《水龙吟·次素庵韵感旧》再述"合欢花下留连"，却叹"悲欢转眼，花还如梦，那能长好"，而"台空花尽，乱烟荒草"正是再入帝京再近旧邸之所见，"把酒微吟，譬如旧侣"只能"梦中重到"。至于"悔煞双飞新翼，误到瀛洲"（《风流子·同素庵感旧》），更是感叹比翼双飞，最终殊途。陈之遴的"误到瀛洲"，在新朝入阁拜相，位极人臣，在徐灿是"悔煞"，是无限恨。

顺治十五年，陈之遴流徙尚阳堡，全家随之徙辽左，用流人法。康熙四年子容永（直方）卒，康熙五年之遴卒，康熙六年子堪永卒。康熙十年，灿得康熙帝恩准扶夫榇返乡。此事见载于《清史稿·陈之遴妻徐传》。

> 陈之遴妻徐，名灿……徐通书史，之遴得罪，再遣戍，徐从出塞。之遴死戍所，诸子亦皆殁。康熙十年，圣祖东巡，徐跪道旁自陈。上问："宁有冤乎？"徐曰："先臣惟知思过，岂敢言冤。伏惟圣上覆载之仁，许先臣归骨。"上即命还葬。

同谪冰天，独归寒鹄，至此，徐灿已在戍地历经十二载，子遴殁，数子陨殁，唯余一女相依为命，归去时，"万种伤心君不见，强依弱女一栖迟"。

陈从周编著《园综》收入文征明《王氏拙政园记》，编者在文前简述拙政园历史，讲到此园"清初为海宁陈之遴所得，然官兴方浓，未身享林泉之乐。后得罪充军"。吴梅村《咏拙政园山茶花》小引说拙政园内的宝珠山茶巨丽鲜妍，然而"相国自买此园，在政地十年不归，再经谴谪辽海，此花从未寓目"①。无论文字载录或从陈之遴与徐灿的诗词创作中推演，他们虽经久为拙政园的主人，却始终没有能够居住其中。徐灿《拙政园诗馀》集前有陈之遴所作序，集后有四子所作跋。云：

> 家慈习文史，工词翰，于诗馀研思独精，匠心独至。又经历患难，故感慨独深，度越宋人而超轶近代。温柔敦厚，宗乎三百篇，播诸声歌，岂有逊美哉。

跋写于癸巳孟冬，即顺治十年冬，跋之署名有"男坚永、容永、奋永、堪永"四子，至康熙十年徐灿自塞外南归，已失其中三子。②

刊于《青年文学》2024年第4期

---

① 吴梅村与陈之遴为姻亲。《吴梅村集》卷三十五《亡女权厝志》云，"相国初在翰林，与余同官，其生子女也又同岁"，因此结为姻亲。《亡女权厝志》又云，"二女甥四五岁，颇慧黠，长者教之礼佛祈直方（陈之遴四子容永）早归"。吴梅村女容永妻"积忧劳病咯血卒"，卒于庚子年，即顺治十七年。这一年四月，以病废得留的容永亦被谴戍辽左，康熙四年卒于戍所。
② 关于徐灿五子奋永卒年。"奋永，字执谦，号寄斋，浙江海宁人，之遴子也。"（柯愈春《名山集》）。《清史稿·陈之遴妻徐传》所记"诸子亦皆殁"应该是泛指。《拙政园诗馀》跋中署名四子，据《嘉兴明清望族疏证》，坚永为陈之遴弟陈之迈之后，卒于康熙元年，容永康熙四年卒于戍所，堪永康熙六年卒于戍所，奋永卒于康熙三十年。按此，到徐灿南归的康熙十年，奋永仍在世。以下列出两处奋永活动的记载。第一处：《陈之遴诸子考》中引陈玉璂《寄斋吟序》，载有"序寄斋者，吾宗兄某所著诗也。宗兄者，故相国（之遴）子也……自出关以后，不欲以名闻于人，故但曰寄斋也。寄者，寄慨也……寄斋去故乡万余里，全家窜处。前年兄孝廉（即直方）死，去年相国死，今年季弟又死，独寄斋者奉其母夫人（徐灿）茕茕一身，屡滨于死而未死"。第二处：诗人查慎行《中秋凤晨堂宴集》诗中有个小注，说"庚申春，吾邑陈寄斋来作社集"。康熙庚申年是康熙十九年。可见此时，奋永仍存于世。

自　然

小毛桃

周晓枫

第一天

门口一直喂着的流浪猫和我之间产生了裂痕。严格地说，是二橘对我产生了信任危机。它认为，遭到了我的抢劫。

二橘是经过绝育之后放归的，在经历了疼痛和绝望之后，它对人类充满警惕，是猫群里最为谨慎的那只。开始，无论怎么样的罐头和猫条诱惑，二橘对我都刻意保持距离。是在连续数年的投喂，二橘看到其他猫伴对我撒娇卖萌，看到它们被摸头揉肚却毫发无损，二橘才终于靠近到离我很近却维持一臂之外的距离。二橘将信将疑，对我逐渐走向信赖，尚未丧失提防。二橘开始像其他猫一样，向我夹眼或喵叫来表示问候；在它刚睡醒，或者我放置食物的动作比较大的情况下，二橘还向我象征性地哈气，来表示敌意。

直到这个早晨，二橘怀疑我长期的伪善，瞬间暴露破绽。当事情发生时，它难以置信地死盯着我，犹豫之后，它几乎带着烦躁和恼恨，离家出走般，从我的小花园一跃而出。

我很少起这么早，晚夏的清晨带着些许凉意。我是被几只猫争执吵闹的叫声唤醒的。这些猫生活在我家附近，分为几个小小的派系，之间的关系时好时坏。住得离我最近的女邻居是爱猫人士，家中已经收养了多达两位数的流浪猫，因此美名远播，常常就有人把幼猫、病猫和弃猫送上门来。她无力应收尽收，就把送到医院做了绝育和治病痊愈的猫放归。这些猫咪并不远离，它们就在附近活动，相当于散养的家猫。

我出差频繁，在家又玩物丧志——几次经历都证明，我并不适合养宠。我溺爱，且毫无节制和理性，整日与动物玩耍，几乎丧失写作习惯。一旦某个小可爱离开，我又被击垮，元气大伤，甚至短时间内生无可恋。我养不好宠物，无论在食物和药物上怎么注意和努力，就连五光十色的金鱼到我手里，没几天就气息奄奄，抢救无效。对这些近在咫尺的流浪猫，我一视同仁，不敢收养其中任何一只。我喜欢小动物，也愿意分担邻居的经济压力，每天早晚我都放好猫粮和饮用水。如果说，邻居约等于养母，我就相当于远亲。每天都有猫孩子在我家附近，等着就餐。

流浪猫就像它们脚底肉垫那样，行动无声。偶尔因为打斗，发出狞厉的啸叫；但这个早晨，它们骚动得异常，和平日的动静不一样。奇怪，我得去查看一下。

二橘频繁探出前爪，拨弄着什么。另外一只猫蹲伏，专注旁观。在它们的前方，一个很小很小的跳动影子，正试图隐入草丛。二橘的注意力集中在猎物身上，所以它被突然从天而降的我吓了一跳。二橘不习惯离我如此迫近，它迟疑之后，被迫放弃自己的猎物，仓促离开。那团扑闪的影子，在草叶间穿行不远，就被我捉住了。

一只小麻雀。

它的羽毛勉强覆盖，略感潦草，但它有精神气儿，甚至是一种近乎骨气的东西，眼睛晶亮，闪烁光芒。我想当场放飞，又觉得麻雀太小了，只能扑腾几下，似乎还在试羽阶段。我想把它送到医生那里看看，它有没有什么外伤；假如有了外伤，也许我喂食两天，它就能生活自理，回归自然了？

我曾有过成功案例，大学养过一只灰喜鹊的幼雏。喂养数天之后，它振翅从窗台上飞走，回到对面接应的亲鸟之中。可我也有过失败……也是路遇一只掉落的小麻雀。那是午餐时间，校园里稠密的脚步来往穿梭。小麻雀置身险境，缺乏起飞的能力。当时鸟类保护常识并未普及，不过我也知道，尽量不去碰触幼雏为好，鸟妈妈也许就在附近徘徊。张望一番，亲鸟并未近在咫尺；如果它在，是否有拼死一搏的勇气，从人群中救护自己的孩子？同学们好奇地围拢过来，也许绝无歹意，可是出于热爱的玩耍，也会减少幼鸟成功返巢的机会。我决定暂时把小家伙捡起来带离，等用餐高峰过后，趁着午休人少或夜深人静，再放归树下，等待亲鸟的认领。

刚进宿舍，一没留神，小麻雀找机会钻入床底。那里杂物多，我们找了好久，都没有发现它藏匿的身影。下午还有课，我把床底封挡起来，等老师点名之后的课间，再跑回来营救它。哪想到，等我返回宿舍，仅仅隔了一个多小时，小麻雀已僵死在墙角。

是不是自己挪动物品时无意碰伤了它？还是以它的幼龄，上午的掉落和下午的幽闭，这么长时间的禁食足以毙命？我内疚，留下阴影，我始终记得小麻雀裹着灰尘团块的尸体。

时隔三十多年，又遇到类似情形。

这只从猫口救下的小麻雀，我希望一切对它来说，不过虚惊一场，从此劫后余生，重返自由。经过宠物医生检查，只要它并无大碍，我就尽快放飞。深知麻雀不像其他小兽，甚至不像其他小鸟，如果不是从光裸的幼雏开始养起，它很难在人类的豢养下成活。天下的麻雀，在人类眼里看起来都一样；可能它看人类也一样，甚至看猎食者也一样。从猫爪到我的手里，也许在它看来，就是从一个小妖怪转移到一个大妖怪的手里。我语气轻柔地对它说："小家伙，别怕，你不必认识我，你以后和自己的同类好好相处就行啦。"把麻雀装在牛奶盒子里，轻若无物，走路时轻微晃动，我都感觉不到它的存在。

因为前车之鉴，我希望它在我这里停留的时间越短越好，所以几乎立即带它前往动物医院。路上，我有了主意，给它起名叫"猫逃"。虽然加了儿化音，"猫逃儿"叫起来特别顺耳，就像天生属于它的名字 —— 可名字里既有天敌，又有亡命天涯的感觉，我又觉得不吉利。嗯，改成谐音"毛桃"。毛桃，是我童话里的角色，而且是一只猫的名字 —— 用到小麻雀身上，正好以毒攻毒。有了这个名字，我再看它，小毛桃给我一种似曾相识的错觉。

可惜来得太早，宠物医院两个小时以后才开门。徘徊得无趣，我决定先去看望父母。

医生出身的妈妈一直强烈反对我接触动物，听说牛奶箱里装的是麻雀，她紧蹙眉头。我合拢掌心，轻握着小毛桃，让它出来见见面。妈妈说："你这么攥着，它不热吗？"是啊，夏天，加上它的一身羽毛，还有我的体温。刚刚略为松动手指，小毛桃就趁机挣脱我的控制，展现了它的飞行魔法……短途而速降，然后在几秒钟之内它就消失在空气里。

我们小心翼翼搬动沙发和按摩椅，也犯愁地看着阳台的花盆和杂物，小麻雀到底在哪儿啊？这一幕似曾相识，我心头一紧，往事的阴影涌现，我怕重蹈覆辙。

妈妈用手机找到麻雀的鸣音，播放出来，希望小毛桃听到同类的呼唤能有所回应。长时间停顿，没有反馈。妈妈因方法失效而遗憾，她疑惑地问："这只小鸟会不会听力有问题，会不会耳聋？"我为小毛桃辩护：人家还小，还没学会说话呢。再说，谁知道手机里麻雀叫的是什么内容？也许在聊家长里短，也许是相互争夺地盘的挑衅，抑或是儿童不宜的热烈求偶？总之小毛桃不感兴趣，所以才始终没有露面。我一边说，一边为它的无声无息而不安。

家里几个人一起找，终于从暖气片下发现小毛桃的身影。被发现之后，它试图逃脱，但被我用毛巾裹住。为了避免再次的意外，我立即从网上查询附近评分高的动物医院，祈求小毛桃没有大碍。它可以尽快自由，我也可以尽快摆脱自己的压力和责任。

赶到医院，这家主治猫狗。虽然麻雀平凡，但属于异宠，他们不管诊治。说是异宠也不为过，因为少有谁拿麻雀当宠物。没有鹦鹉那样艳丽的色泽，以及鹩哥那样出色的语言天赋，也没有文鸟那样娇羞温柔的好脾气 —— 麻雀是离人类生活最近的鸟，却是最不好亲近的。除非从裸雏开始养，否则难以驯服。

成年麻雀的性子刚烈，被俘宁愿绝食赴死。鲸鱼是会自杀的动物，我们因此猜测，鲸具有极其丰富的情感世界。如果以此为标准，麻雀也不那么简单，它在人类面前抱有一种莫名却格外坚定的气节。

这家求医被拒，我再度返回早晨尚未开门的医院，那里有我熟悉并信任的异宠医生。徐医生接诊，先给小毛桃称重。太小了，它刚刚11克，比人类灵魂稍重一点。小毛桃缩着翅膀站在那儿，似乎没有外伤，但仔细检查，徐医生发现它右腿根部，受损的皮下气肿明显，像是泡泡糖刚刚吹起的囊泡。这种内伤可能重，也可能轻，不能判断出来，也无法预测能否自行愈合，徐医生说只能静养观察。

我追问："那像这样的小鸟，需要恢复多久才能放归？"

徐医生回答："一个月。"

那么长时间！小毛桃开始可以扑腾了，我以为养两天就可以呢。问题是，我二十多天以后就要出差，难以找到可以接替照顾的人。犯愁，也不收住院。徐医生只给开了一小袋营养粉，这让我心怀隐忧……好像医生隐约判断，它活不到吃满一袋营养粉的时候。徐医生说，最好它主动进食；如果不行，就用注射器辅助喂食。

小毛桃的喙，看起来小巧而光洁，前端半透明，就像指甲刀剪下来的一小片。它不吃不喝，紧闭嘴巴。我们无法沟通，小毛桃拒绝开口。细小的喙未曾褪尽残黄，除了偶尔叫几声，小毛桃没有任何表达。它的叫声明显无关食物和水源，和我更没有任何关系。我不知道这是它在呼唤同类，是对自然的怀念，还是庆幸自己从杀戮里逃亡；它是给自己打气加油，还是叹息于莫测的未来。

我有个漂亮的宠物外带箱，浅蓝色的胶囊型，亚克力材质布满透气孔。一侧可以整体开合，另一侧有着非常大的弧形圆窗。小毛桃蹲在那里，向外看，就像进入太空的宇航员 —— 大概很少有麻雀来到这么远、这么陌生、这么奇怪的地方。人类的卧室，对于麻雀来说，不就是外太空吗？

临睡前，我看到令人喜悦的场景：小毛桃开始梳理自己，有条不紊——只要顾及自我形象和尊严，大概象征某种活下去的希望。小毛桃晚安，愿你在宇航员的舱室入梦，让它载着你完成夜晚中的继续飞行。

第二天

天亮了，请宇航员小毛桃出舱。

白天，我把小毛桃换到鸟笼里。严格地说，这个铁丝笼子不是鸟笼，是我逝去的黑尾土拨鼠宝宝左左和右右用过的。我怕太空舱亚克力材质的光滑表面，使小毛桃不能锻炼爪子的握力，才把它移出有透明盖子的宠物箱。我想，宠物的"宠"字，是宝盖下面一个龙——这意味着，哪怕是条龙，被盖住都减弱功力，变成被征服之物；何况，一只小小的麻雀。还是让小毛桃到没有顶盖的笼子里吧，至少通风，像在自由的空气里。

由于并非专用鸟笼，我事先进行了小小改造：掰开一次性筷子，给小毛桃做了两根栖木。搬家时，我怕小毛桃害怕，把它轻轻蜷握在掌心，遮住外界光线，以一个成人的体温包裹一只雏鸟的体温。与体量相比，小毛桃的心跳未免太明显了，我的无名指肚感觉到持续的脉冲。

小毛桃轻盈，但站上去筷子不稳，变成了袖珍滚木，它容易跌落。我用几根橡皮筋捆绑，筷子才得以固定。我又用口罩加工成一张小小吊床，上下边线捏合一下，就对观察者的视线形成阻挡，小毛桃在其中可以小憩。在微型栖木和袖珍鸟巢之间，或动或静，让小毛桃能够有所选择。

小毛桃喜欢躲在口罩里，那里有哪怕是伪造的安全感。疫情防控期间，囤积的口罩有了新用途，我把许多彩色口罩，变成小毛桃的彩虹小屋。数个小时就要更换口罩，这是小毛桃需要的使用频率，因为这位小朋友的失禁是常事。我对家务毫无兴趣，自己的屋子乱七八糟，偏偏对小毛桃的口罩小屋有突然的洁癖。我希望它能在干燥又干净的环境里，好好养伤。

但小毛桃自己，一点都不脏。因为它绝食，我试图用指尖力量撬开它的嘴强行喂饭，不小心把食物蹭到它的颊腮。我去取湿纸巾，回来时，它脸上已经没有糊状物，我不知道它是怎么把自己收拾干净的。真是一只自爱又争气的小鸟。我闻了闻，小毛桃身上有种刚刚过期的面包的香味儿。

愁人的是，小毛桃对各种食物都视若无睹，对我的劝说，也置若罔闻。我忍不住叹气："小毛桃，你为什么不吃东西啊？你的仇人是猫，又不是我。"

说曹操，曹操到。

小毛桃的仇人二橘回来了，它若无其事地躺在外墙的窄边上，袒腹小眠。它好像全然忘记昨天早晨自己的猎物遭到抢劫的事情。二橘的状态，反而比平时更松弛。我赶紧跑出去，拿着猫咪们普遍热衷的猫条，作为道歉。

二橘从不争抢。流浪猫为了美食向我靠拢示好，这种事，二橘不参与——不知是出于谦让的美德，还是胆怯的习惯，或者是二橘对人类加工的食物没有夸张的热情。但这次，二橘近到抵达我的指端位置而没有撤离，而且埋头猛吃，甚至没有在意我的表情和动作。

这时，另外两只少年猫也靠上来。其中一只奶牛猫原本温和，后来失踪一个多月的期间不知经历了什么，再回来性情暴烈，领地意识极强。这只奶牛猫拿自己当猫王，吃饭必拔头筹。奇怪，这回二橘见到奶牛猫也不退让，似乎二橘明白，猫条就是专门针对它的物质赔偿，只有它享用起来理所应当，别的猫根本不应染指。奶牛猫趴伏在旁边，二橘毫不避让，这种突然的理直气壮让奶牛猫蒙了，两者之间没有引发往常那样的争端。倒是剩下那只少年猫，以为自己能够分得一杯羹，刚刚靠近，二橘一阵表示愤怒的哈气，还抬起意欲动武的前爪，当场逼退对方。二橘一定知道，这份美餐，是我在弥补盗窃猎物的罪过；也许它全部收下，才能代表对我的原谅。

无视周围三三两两的流浪猫盘踞，吃干抹净的二橘眯起眼睛，舔舔爪子准备睡了……猎手的懒惰，近乎美德。

我返回去照顾小毛桃。在高度有限的笼子里，它像钢琴上起伏的手指那样，在木条上小幅地起起落落。我拿着各种食物试探，感觉它对黄瓜丝犹豫了一下，我立即备受鼓舞。长时间拿着一根黄瓜细丝，极细的丝，宽度像剪指甲剪掉的那个宽度。可小毛桃刻意回避，小小的喙朝向各个方向，精确躲开黄瓜丝形成的隐形半径。我的右臂因长时间僵持，连累得倾斜的右腿都有些疼，但小毛桃虽闪避，却并未跳离横杆，这让我抱存一丝希望。

我把黄瓜、苹果等果蔬卡在铁丝上，自己藏在衣帽间偷窥。我默数，看小毛桃在数到100之前，会不会趁着没人偷偷啄上一口。

小毛桃飞动的频率明显提高，和刚才那种练习式的飞翔不同，这像是那种有什么心事的飞：比惊飞慢，比试飞快。它在各个角落起降，像是果蔬会发射电波在干扰着它。有几次，小毛桃在黄瓜和苹果前面有所停顿。我预感激动人心的时刻即将到来，它若能自己采食，我将如释重负。我猜它在食欲和气节之间进行挣扎，我甚至猜它气恼我会提供这样的选择与考验。成功的时刻近在咫尺，我在满怀期待地倒数……

然而，数字过了100，它没有。我只是听到频繁扑翅的声音，中间，它叫了一声，然后一如既往。一定是我数得太快了。不算，我重来。我放慢到儿童学习数学的程度，一步一个脚印地慢慢计数。一只小小麻雀，它耗不过我的。

对峙，到了终点的200次，它没有妥协。

因为失败，我增加到第三个100，情不自禁地加快语速，心想：事不过三，心诚则灵。

可惜就成功率而言，多是事与愿违。我数过了300下，它起落不到100次……黄瓜在缓慢地失去水分，苹果在不动声色地氧化。小毛桃依然扑腾着翅膀，上下徘徊，但并未触碰食物。它回避着，像暗恋者回避与意中人对视那样。小毛桃像出气般，执拗地啄着笼子上的铁丝，像是恼恨于自己受到的食物诱惑，以及此时陷入的困境；它的恼怒，不仅是被囚那么简单，像还包含未来威胁到它的屈从。哎呀，我怎么才能让小毛桃明白，这不是它的妥协和屈从，只是请它接受一份来自人类的善意 …… 并且，这更像是对我的安慰和鼓励呢。

把它抱在手里按摩的时候，开始我分不出它是欢迎、紧张还是反感——我的指端轻抚它略微凹陷的脑门，小毛桃紧闭双眼。我后来判断出，它渐趁享受，因为它的翅膀一点都不扑闪，甚至没有利用我预留给它扑闪的空间。

徐医生说要静养，不去干扰，可我还是急于想和它建立信任。这种忍不住的喜爱，有时和我缺乏耐心、易于焦虑的性格有关。我这一整天都无法集中注意力，心思全在小毛桃身上——我随时准备照顾它，而它好像并不需要我的样子。

晚上，我怕外面冷，重新让小毛桃回到它的太空舱。它睡了，样子很可爱，和天鹅一样地把头扭过去埋起来。哈，这样一夜下来，它也不会落枕吗？我着迷地看着小毛桃可爱的睡相，祈祷它能活到健康的明天。我也终于体验到全职妈妈的感受了——等孩子睡了，我才能在电脑上干点活儿。

第三天

我早晨六点醒来的时候它醒着 …… 小毛桃活着，这对我来说就是鼓励，我欢欣雀跃地爬起来。

因为小毛桃拒食，昨天我就下手了，今天接着冲营养粉。调成糊状，吸入小号针筒，前端接上一段最小号头皮针的软管。所谓头皮针，是在头皮上进行静脉输液所用，经常用在小孩身上；因为他们的血管在手部很难寻找，不如头皮上的血管好找。看起来，和手腕输液的针相似。去掉头皮针的针头，我只保留一段短短又细细、透明又柔软的导管。经过徐医生的位置测量，导管的长度要恰到好处。这样可以通过小毛桃的口腔，把食物直接推入它的胃囊。

用针筒注射期间，小毛桃的态度很奇怪。它既急迫吞咽，又急欲拒绝，我不理解它的态度，不知道应该接着喂食，还是应该暂停手里的动作。在一个瞬间，我感到了它犹豫和痛苦，但我还是毫不犹豫地让它忍受痛苦，去接受这份被动的食物。

把小毛桃放回笼子。它看起来疲惫衰弱，睁开眼睛都吃力。是不是我喂食的时候，被糊住了眼睛？我用微湿的纸巾，帮它洗了把脸，还有下巴颏。这时才发现，它的肛门被自己的尼尼糊住了，这样进食只会增加仓储压力。我把小毛桃清理干净，但它有所对抗，皮下那个气肿，呈现出更大泡泡糖那样惊人的空腔，皮薄得吹弹可破。

在网上查了查，说可用消毒后的针，刺破放气。我不敢操作，还是开车去找徐医生。徐医生休息，用微信联系之后，他推荐了其他两家医院。我继续前往，而两家的异宠医生一个病假，一个休假，都不上班。

小毛桃在宠物箱里，跟随着我转运。有时听外面麻雀的叫声，然后我发现它的身体一下一下无声抖动，和叫声的节奏严丝合缝，就像那些声音是受到它的遥控。等外面的麻雀叫声停了，小毛桃也不再颤动。半个小时以后回到家，小毛桃突然热切回应了窗外大麻雀的叫声……也许，大麻雀就是丢失了自己孩子的双亲。

可我无法把小毛桃归还给它们。杀手，还在外面游荡。

二橘每天都来，频率胜于以往，它就躺在那个窄窄的围栏上，眼睛眯着，像是假寐——这是最佳角度，正好可以看到小毛桃，在外飘窗的笼子里蹦跳。二橘还认得出自己利爪下险些丧生的牺牲品吗？还是仅仅把小毛桃想象为下一顿可能的野餐？二橘非常有耐心地躺了整个下午，看小毛桃，就像看到它的点心正在烘焙之中。

我去给二橘喂了一个罐头和几片猫薄荷小饼干，觉得这也是自己的毛孩子。不错，是出自二橘的猎杀，我照顾小毛桃，就像知道孩子闯祸就极欲弥补的家长。可对二橘，我既不忍心也没有道理惩罚，这就是猫科动物的本能。

在猫和小鸟之间，怎么选，都是错。

流浪猫寿命短，活不了几岁，熬过一冬都算幸存者。因为在万物冻结成冰的北方，不仅觅食困难，流浪猫也难以获得饮用水的保障。各种意外，随时发生。我家门前的常驻民，换了一拨又一拨，在寒冷萧瑟的冬天，白猫灰秃秃的，黑猫灰秃秃的，橘猫和玳瑁猫在斑杂的毛色上，也是肉眼可见满身尘土。经过绝育，它们终身不会再有自己的爱侣和后代，活得孤单、短暂而颠沛流离。我想善待这些小可怜儿，我想提供一点力所能及的帮助。有时，某只猫因为想去探险，或因为没有抢到零食而自尊心受挫，就离家出走，浪迹天涯去了；当我看到它再次出现，重逢如遇节日。我希望这些流浪猫就在附近，养生养老，颐养天年。

然而，喂得流浪猫长寿，鸟就倒霉。这些身手敏捷的猎手，耐心观察，跃跃欲试，看不清是怎么弹跳攀爬，它们就已置身凌空的树枝之间。流浪猫的行动时有失败，但我也会看到成果。它们抓小区溪水里的金鱼，也抓比花生大不了多少的幼鼠。有一次，有人看到它们捉了一只不知哪里来的鸡崽，奋力追赶，猫还是带着战利品跑了。我曾在放猫粮的碗盘里，发现过半个带着残根的翅膀，太不完整，我判断不出是哪种小鸟。

我很喜欢窗外的那些喜鹊、灰喜鹊、斑鸠、戴胜、煤山雀、白鹡鸰和白头鹎，还有那些结实得像个小拳头的麻雀。其中一些鸟类偏爱猫粮口味，等流浪猫吃饱离开后，赶过来享用它们的剩饭。除了体格健硕的喜鹊单枪匹马，其他多是组团前来。轮流站岗和用餐，以躲避伏击，躲避流浪猫炯炯的目光、杀伐的利齿和指钩。我放置猫粮的位置，既方便于猫，也便于鸟类取食和避险——视野相对广阔，流浪猫即使借着夏天植物的掩护，闪击也常常扑空。其实，我在树上专门挂了喂鸟器，造型一个是金属编丝的猫头，一个是田园木屋。我希望鸟兽分开取食，就不必虚惊一场或空欢喜一场。然而，鸟儿对专属喂食器畏惧，我把鸟粮换成猫粮，它们也不靠近那两个奇怪装置，宁可在猫口下冒险。

我不知道，对流浪猫喂食充足，和给予有限，哪个更好？如果食物充足，它们是否就在饱足的睡眠里，减少狩猎的概率？但这意味着，它们在延年益寿的安稳里，享有更多的伏击机会？如果限制给食，这些流浪猫是否为了果腹需要，恢复更多的野性，开始更为频繁的杀戮？这让人犯愁和困惑，而无论我怎么做，每年都会有幼鸟成为牺牲品。

劫后余生的小毛桃，愿你享有漫长的余生，愿你享有美味的早餐、安全的睡眠。每当被强制喂食，针筒里的营养粉注入胃囊，吃饱的小毛桃立即犯困，几乎秒睡。不过，它睡不了一会儿，就从笼子里的口罩吊床里蹦出来 —— 我就知道，该换新床罩、铺新床单了。我发现，小毛桃特别喜欢尿床，但它绝不喜欢尿过床后的床；只要弄脏，它立即离开现场。

小毛桃还是没有开始自主进食。我不看它，转移视线，假装在做我自己的事情。我在餐盘里放了一点点煮过的小米、一点点掰开的蛋黄、一点点切碎的苹果和菜叶，我在犹豫，是否去花鸟市场，给它弄几条虫子？不，这是一种令我吓退的考验。除了针筒强行灌胃，还能有什么办法，能让小毛桃吃东西呢？偶尔听到鸟喙轻轻啄击的声音，等我看向它的时候，才发现是自己的幻听，因为小毛桃待在口罩里蛰伏，一动不动，连方向都没有转过。

"求求你啦，活下来。"我默默许愿，"我愿意为此少写一个绘本故事，行吗？"

童话般的小毛桃，不声不响。

第四天

有个会议我必须参加。

小毛桃怎么办呢？把它独自放在家里，像把婴幼儿留在家里？我不放心，担心发生什么意外我不能及时救治。犹豫再三，还是把小毛桃带到单位。

我小心翼翼，就像拿着一只易碎的小古董。从不觉得是自己在惠及于它，相反，我担心自己失手。我的小脑好像有点失调，动作的平衡和协调能力很差，手也特别笨，转身就碰倒瓶子，拿个水杯也洒得哪儿都是。我审慎地使用自己的握力，生怕小毛桃因为惊恐肿起更大的气泡。

我很像一个善人……其实不。我，乃至我们这代都背负着麻雀家族的血仇。

多年前，麻雀几遭灭族，它们被算作"四害"，到处是瞄准的气枪和弹弓，是铺张的网，是敲击着不允许它们降落休息的锣，是庆祝它们落难的鞭炮。我的父辈们多有对麻雀的杀戮史，这甚至被列入学校教育的内容，是每个学生必须完成的任务。虽然麻雀小巧，但依然嫌清点它们的尸体麻烦，所以在统计数字时，只要求看到一对小腿。

在我的童年，在那个蛋白质匮乏的年代，我吃过最香的食物，恰恰是麻雀。

我记得，那是一个扁扁的方纸盒，打开盖子，内部空间像九宫格那样被分成更小的方形，整齐排列，每个格子里，是已经收拾得极为干净的食材。没错，整盒麻雀，不过看不出麻雀的样子，因为没有羽毛和内脏。它们光裸着小小的肉身，可以直接下锅。

那时很少见到这样的半成品，这是专门用于出口的食物，所以被客人当作礼品送给爸爸。围聚餐桌，等待。金黄色的热油翻滚，密集的气泡不断破碎，把肉味儿扩散到空气当中。我对着这一小坨刚出锅的肉块吹气，热度还烫，我就迫不及待地咬下去……蛋白质和油脂混合的充盈香气，在我的嘴里久久不散，就这样回荡在味蕾之上、回忆之中。

很长时间里，鸟里的麻雀，就像昆虫里的蚂蚱那样让人无动于衷。它们频繁出现在夜市的摊位中，被成串穿在竹签上，被滚油浸透，在罩篱上沥干，被撒上椒盐和辣椒粉……死后遭受酷刑，这让它们变得美味。不错，我曾经了解它们的味道，获得过杀手才能拥有的奖赏。

对麻雀的伤害，已经绵延几代。从祖辈到父辈，也包括我所谓天真无邪的童年，都曾热衷诱捕麻雀。爸爸用过门板，妈妈用过笸箩，我用过脸盆……下面撒上粮食，等麻雀一来，立即牵拉拴在立棍上的绳子，把麻雀扣在下面。

记得有一年冬天，我冻得脸僵脸麻，可雪地里的麻雀警惕性很高，它们在周围蹦蹦跳跳，可就是不落圈套。只有一只麻雀，在危险的边缘试探，偷食一口，马上跳闪开来，去喂食一只稍小的麻雀。我惊讶，为什么冰天雪地会有小麻雀？它本应在冬天来临之前就已成熟。虽然样貌近于成年，但嗷嗷待哺的姿态，表明它尚未独立谋生。正是为了这只推迟发育的小鸟，大麻雀才在食物匮乏的饥饿冬天，铤而走险。小麻雀或许因为听话，或许因为自私，它不越雷池一步，不断乞食，但它绝不靠近陷阱，甚至远离陷阱的阴影。

无论是大麻雀的技巧性取食，还是小麻雀的心理性回避，麻雀都体现出一种平衡的能力。在东北，麻雀还有另外的名字。为什么叫它家雀，为什么叫它家贼？贼，说的是它的精明。麻雀是离人类生活最近的鸟，但它对人类始终警惕，甚至保持着高度抵抗。别的鸟受伤，可能在人类的救治下重获新生；而成年麻雀养不活，它们常常绝食而亡。如果强制喂食，它们甚至会因气绝而立即死去。麻雀生活在人类的屋檐下，即使吃着人类掉落的残渣，依然肯拿性命拼死捍卫自由。

我并不指望小毛桃和我建立某种童话般的情谊。不，它不必。小毛桃根本不必成为古老故事里结草衔环的动物，也不必像抖音视频里会撒娇卖萌的动物。只要活下去，我们可以愉快地相忘江湖。我和自己讨价还价，已经修改了心里的秘密协议："小毛桃，只要你能够活下来，我愿意少写一个作品。不仅是短篇童话，就是中篇我也愿意。"我承认，自己屈服了。

有事来找我的师弟聊起这个话题，他疑惑："你宁愿少写一本童话书，为什么不能是多写一本童话呢？"

奇怪，我从来没这么想过。大约多写一本书，从兴趣到名利，都是为我所愿，而没有付出代价之感。我曾经因为忘了个句子，都会追悔不已；现在多写一本书、少写一本书的，好像看得不像以前那么重了。我认定自己得牺牲点什么，才能让心愿实现。不错，我特别希望小毛桃活下来，然后与我一拍两散，从此相忘江湖……这几乎成为我的执念。我担心，我不愿重蹈覆辙，我怕大学时候的阴影再次追上我。

到了单位，小毛桃精神抖擞。它似乎想吃，但自己不张嘴，我随身携带针筒，安装最细的透明胶皮管，把流食直接推进胃囊。小家伙食欲旺盛，它激烈吞咽，像是要把那根导流的管子也吞进去。难道，小家伙要主动进食了吗？我迅速跑到食堂，要了几缕新鲜牛肉，撕成最细的生牛肉，代替形态上的肉虫子。可，小毛桃不吃。

我想它每天都蜷在小空间，憋屈，还不如在会议室里活动活动。这里没有什么犄角旮旯，便于寻找，希望它可以舒展一下。小毛桃腿上的气泡更大了，我为此忧心忡忡，希望增加一点运动量来帮助消除，也希望它理解我愿给它自由，从而心理减压。每当参会的同事来看，它在屋角，在窗帘下……我像找到捉迷藏的小朋友那样介绍小毛桃。事后证明，这是错误的决定，应该让小毛桃安静休养，而不是频繁靠近陌生的庞然大物。我当时不知道，一味在自己所谓的爱意和虚荣中，让小毛桃遭受不安与刺激。我晚上开车离开单位，小毛桃坐在副驾驶的位置，它身上的气泡更明显了。

我查网络，说这种情况麻雀常见，拿消毒后的缝衣针扎一下就可行。可我下不去手，不敢。同事帮我电话咨询，兽医说保守为好，让它自己吸收，否则更麻烦。我边开车，边在每个等红灯的间隙偷瞄……希望它的生命不要亮起红灯，小毛桃啊，希望你有一天不是跟我回家，而是回到自己的家。

当晚，对于小鸟来说，小毛桃睡得有些沉。这是晚夏，但前半夜闷热，后半夜温度下降，近于黎明，我估计不到28摄氏度。保温，对幼鸟来说非常重要。我把小毛桃从口罩里捧出来，它的身体几近静止那样微微一动。它的身体有些微凉，正是夏日清晨那种体感的微凉。过了一会儿，我的指头才传来小毛桃的微热，鸟类那种轻微低烧的体温。

嗯，以后过夜要加棉织物——口罩太单薄了，它还没有足以包裹自己的丰沛羽毛。

第五天

"别看我们长得不怎么样，可我们拾掇自己，可得花好几个钟头呢。"我笑眯眯地看着早晨梳妆的小毛桃，一边鼓励它，一边心里的压力更沉了。

因为它伸出脖子时，显得毛羽稀疏。原来羽量远比现在多，基本覆盖，相比之下，已算致密了；而现在，小毛桃在梳理自己的时候，露出毛根中间的肉红色，有些部位稀疏得像插秧一样，尤其脖颈，在它扭动时看得特别明显。小毛桃的精神气很足，它的眼睛比半个挖耳勺还小，但精芒四射。它就这么神气活现，站在晨光里，一丝不苟地梳理自己。尽管，腹部的气泡，已经大到翅膀不能合拢；尽管，它的右腿已经从外八字，变成完全斜向，甚至支撑困难；尽管，它的翅膀后面，也鼓起大拇指指甲盖那么大的气泡。

野生动物非常擅长掩饰伤痛，也许并非人类所歌颂的坚强，也许更靠近求生本能 —— 因为受伤或残疾，会被猎杀者从群体里拣选出来，成为最早的牺牲品。小毛桃涉世未深，但它似乎深谙此道，气泡已经阻碍身体平衡，但它显得无关痛痒。我们开始建立一种脆弱的信任，小毛桃似乎开始明白，我动作粗鲁的灌食，目的只是想让它活下去；它虽然不主动进食，但当我用针筒推喂时，它开始有一种热情的回应，甚至可以说它食欲旺盛。我把徐医生给我的营养粉调得更稠，几乎到了针筒难以吸入的程度。我想让它吃得饱饱的，然后去找徐医生处理它的气泡，我自己不敢动手。

徐医生握住小毛桃观察，我惊讶地发现，小毛桃的气泡肉眼可见地当场膨胀，以致它的一条腿斜到不能站立的程度。没有什么，比这更能说明：惊恐带来的恶果。但现在，已没有退路。

徐医生按住小毛桃，其他两个助手协助操作，把头皮针埋进小毛桃膨起的气囊里，快速抽取气体。气泡消失了，一共没用几秒钟。爆掉的气球会瘪而松弛，但小毛桃气泡破了，轻度褶皱的薄皮紧紧缩附在小腿，透出下面少得可怜的血肉……那是青紫色的，介乎瘀伤和冻疮之间的颜色。仿佛刚才不是在抽取气泡，而是抽取脂肪，它瘦小到不可思议，彻底丧失虚张声势的能力，它甚至没有体力架起翅膀。

因为爱和珍惜，我们在错误的道路上滑行更远。其实只要简单刺破就行，气体慢慢逸出，能让小毛桃慢慢适应。数人联合操作，大动干戈，埋下隐患。但徐医生并非蓄意过度治疗，他很爱动物，只是很少临诊麻雀。我太想让小毛桃快点好，结果借助医生之后，相当于合力把它推下深渊……我很快就目睹了自己制造的灾难。

带着小毛桃离开医院，我会在一家书店短暂停留，师弟要补拍几个视频镜头。之后，我才能带小毛桃回家休养。

车程很短，等到了书店，我震惊地发现，小毛桃身上的气泡再次鼓胀，并且更大，几近撑破。问题是，它拉稀、毛羽零乱，这通常是麻雀将死的迹象。我模仿徐医生操作的方法，自己按住小毛桃，让师弟用针筒向外抽气。师弟临时上阵，着急，抽得极快，让我惊叫起来。直到这时，我忽然反应过来自己的致命错误。无须多人配合，无须针筒辅助抽空气体，这样不仅使小毛桃产生应激惊恐，更让它胸内压和腹压急剧变化。我没有用缝衣针刺破，而是以多余且有害的手段，让小毛桃稍微一动，身上的气泡就再度充盈并肿大。是我，制造了它的痛苦，它的不归路。

给徐医生打电话，关机。在网上紧急查询，寻找可能。我多么希望有那么一个类似于人类ICU的地方，我幻想小毛桃能在哪怕麻醉昏迷的不反抗状态中被救治……我可以立即开车前往，只要小毛桃还有一线生机。然而，北京的异宠医生远没有想象中的能量。我打了无数个电话，才好不容易找到两位，希望随即破灭，他们都拒绝收治。

我一边流泪，语无伦次地继续打电话，无望地陈述着小毛桃的病情，一边眼看着它的气泡越来越大，却无能为力。我不能让它动，一动会加剧气泡膨胀的速度；还要坚持保温，小毛桃的体能和热量都在疾速流失。所以我用一张纸巾包裹着小毛桃，用掌心握住，以维护它静止的体态和恒常的体温……我就像捏着一枚不能离手的炸弹，怕它一挣扎，它的命，会随着身上充溢起来的气泡那样爆掉。

我是非常想保护它的。保护动物，不意味着我是个素食者，我根本不能回避等级，人类活着的一生要杀戮无数动物，无论是年少天折还是长寿者，背后是无数动物的骨骸。我同样，是无数动物的死在养育我。我反对的，只是虐杀。此时，我是如此喜欢这个几天前还陌生的小家伙，而我此时的一切，形同虐杀。延缓几天的生命，我让它受尽饥饿、疼痛、孤独和恐惧，我让它以各种方式反复接触死亡，把它像一块石头那样在地上揉搓和磨砺。

求助无援，我难以平静情绪按计划录制视频，从书店开车回家。我用左手轻贴在防晒衣的侧兜，挡住汽车空调吹出的冷风。原来我也喜欢把它放在这里，但现在，包裹着纸巾的小毛桃在里面，我却感觉不到它的体积和热量。它在我的衣兜里如若无物，仿佛没有身体，只有一对翅膀；甚至连翅膀也没有，就像兜里只多了一角纸巾。从我见到它的第一天，我就穿这件防晒外衣。有时候，我担心，小毛桃会死在我的兜里，担心这件所谓提供保护的衣服，会成为它的丧服。但我能感觉出，小毛桃格外依恋我掌心的暖意，只要停在那个区域，它就格外安静，安静得就像彻底消失了一样。

回家以后，我已不忍看它的样子。它是那么爱干净的小毛桃，那么爱梳妆的小毛桃，那么年幼的小毛桃，看上去却有一种晚景的凄凉，让人心疼得难以直视。我产生了不祥的预感，恨自己的无奈与无能。我担心这是最后一次喂食，小毛桃愣愣地看着我，像无力再分辨我的意图与善恶。它没有反抗，任由米糊挂在嘴边，我这才想起，小毛桃两天来都沉默，原本就有限的鸣叫完全停止，它的呼唤久未响起……是否，当它不再鸣叫，就是它彻底丧失希望而不再呼唤亲鸟的时候。

这天，有点闷热，温度是在28摄氏度以上——徐医生叮嘱过，这是小鸟需要维持的起码温度。前几夜，靠近黎明的时分，我会起床，给小毛桃加上保温层。是夜，热得反常。果然，到了晚上10点整，暴雨如注。

凉风会吹透小毛桃吧？我用浴巾把笼子外面围挡起来，剩下一面用于空气流通。我塞进一个织物软垫，垫起那个口罩吊床，这样能让小毛桃的腹部有暖意。我没有掀开上端对称捏合的口罩，说是不忍心打扰它的睡眠，不如说我不敢看它的样子。隔着口罩，小毛桃动了两下。在大雨中，我强迫自己接着睡。

11点45分，我突然醒了。暴雨停歇，只剩淅淅沥沥的余声。

预感没错。

我曾以为，小毛桃会死在我防晒服的兜里，死在那个秘密的衣角。数天来，只要出门，我尽量不换衣服，就是为了能让它在熟悉的环境里，获得安全感，或者最后的归宿。但它没有。小毛桃离开这个世界的时候悄无声息，没有造成任何惊扰。它蜷缩在小小的口罩里，身体已经僵凉。一声都没有叫。它沉默而孤独，在夏末的暴雨之夜，走了。

小毛桃。最初它就很小，远小于老式血压计的气囊；它离开的时候，小得失真，根本不再是那个我当初捡拾的小毛桃。简直比几天前缩小得太多，像只蚂蚱，能装进火柴盒里。或许，它此时的重量，恰好是7克。

跟我想象中的姿势不一样。小毛桃不是蜷缩，而是仰头，喙像以45度角斜射的小箭头。它的前后腿分立，像运动员起跑线前预备开始的那个时刻。它的姿势倔强高傲，是一只不屈服的小鸟。一直到最后都神气，它是一只神奇到令我尊重的小鸟。

雨后子夜，土地柔软。我埋葬小毛桃。

几只在附近游荡的猫，好奇观望。为了防止它们掏挖，我的园丁铲掘入更深的泥层。就让小毛桃像一枚树种，深埋根系旁边 …… 愿它的小翅膀能像高处的树叶，重回枝头。

第六天

因为吃了加倍的安眠药才得以入睡，醒来时我头晕恶心。连续数日，白天中暑、晚上失眠，加上小毛桃离开，给我带来情感的起伏和不适。我没想到，自己会为小毛桃失控痛哭。岁数大了，反而更不经事，我体会到哭到最后，连脚趾都是虚弱的。

不断追悔，不断自责。我以为自己已经成熟到疲惫，我对流浪猫审慎使用我的爱，因为以我的年纪，汹涌而波动的情感已经不多。但我还是不能平静看待路过身边的小生命。我不断假设……时间倒流。

当初，如果我立即找到偏僻的公园放飞它呢？如果早一点放开小毛桃，它即使不能高飞，也许能在其他麻雀的帮助和指导下找到食物和水源。它的生命力在大自然环境中也许很快强悍，而不是在人类的豢养中耗尽体能。当然，我会怀疑和谴责自己不负责任的遗弃，但也就不会目睹自己一次次无知、被迫而又愚蠢的残忍。

如果我不那么过度关注就好了。如果开会的时候，把小毛桃放在家里，它在安静和安全的状态下，是不是就能慢慢吸收气泡，是不是就能修复内伤？如果我更粗放地对待，就不会反复寻医问药，数个人类兽医的控制只会使它应激。如果我让小毛桃独自静养，苏醒的免疫力是否会足以抵抗一切，像它的父母和同类那样，在野生环境拥有惊人的自愈能力？我从来没有想到，找个鸟笼把它挂到树枝高处。假如在自然环境里，安心的小毛桃是否就能主动进食？假如猫的好奇心得到满足、食欲得不到满足，这些猫能否围拢我的阳台，而放过对小毛桃的觊觎和看守，那时亲鸟就会得以靠近哺喂？这样，成长之力是否很快灌满羽根，打开笼门，小毛桃就拥有笼子外面汹涌的自由？

我总是想让小毛桃停留在自己的视线里，以便随时照顾。假如我不是过度紧张，该开会就开会，让小毛桃在孤独所带来的安全感里，也许它会很快康复吧？小毛桃去过宠物医院，去过办公室，去过书店，常常坐在我的汽车里来来往往，这些对我熟悉的场景，对小毛桃来说都是陌生而压迫性的环境，它随着我颠簸流离，不利养伤；就像频繁转运危重病人，一次次震荡那些尚未缝合的外伤。

如果我早一点醒悟就好了，我开始一直喂徐医生配置的营养粉，那应该是一种临时补充，而不应成为主粮。我恨自己无能，为什么不会抓虫子，甚至也不敢买虫子。我试过各种食物，小毛桃不吃，但我为什么没有换成猫粮试试？外面那么多鸟，不是觊觎猫粮吗？那里以动物蛋白为主，不是更接近于鸟妈妈给孩子提供的食谱吗？如果给它一点猫粮呢，是不是也能供给营养？我不仅有猫粮，还有专门的成鸟食。可在小毛桃来了之后，我完全忘记了自己的储备，专心而刻板，一味遵从医嘱。是不是，我所提供的热量根本就不够它康复的？

我是后来才想起，在网上买到一种适合麻雀的幼鸟粮……然而，购买和到手的时候，已经太晚了。广受赞誉的雏雀鸟粮，看起来就像婴儿的奶粉罐。我缓慢阅读着配料表，组成部分包括大米、小米、玉米粉、蛋黄粉、牛肉、鱼肉、虾肉、五谷虫、蚕蛹、大豆蛋白粉、豌豆蛋白粉、酵母、绿豆、肠膜蛋白、卵磷脂、脂肪粉和螺旋藻。添加了益生菌、蛋氨酸、赖氨酸、维生素、叶酸、泛酸钙和多种矿物质。这罐鸟粮到达的上午，小毛桃已经用不到它了。金属罐装的易拉环上，没有我的指纹；那层薄铝皮的盖子平滑无痕，边缘未曾卷动。

我错失机会，做事详略不当，应该放手的时候过度控制，应该细致的时候又太过粗心。小毛桃的到来让我手忙脚乱，跟着心慌意乱，我缺乏足够的理性，我没有从它的需要角度出发。解药的速度不及毒药，我给予的保护不及我对它的伤害，对不起小毛桃的信任……我可能有无数次挽救的机会，但每一次，我都选择了错误的方向。太喜欢小毛桃了，太渴望它活下来……爱和急切，都让人方寸大乱，酿成悲剧。我赌错了，用的是小毛桃的命。

盼望的奇迹，终究没有出现。

二橘和其他流浪猫又来了，等着早饭——我是它们的临时家长，却是个没有办法为这些毛孩子负责和买单的家长。我甚至参与了延续的伤害。对小毛桃，我这不算施救，从结果上看更像折磨。救，是能够给予全部的自由。我给予的算什么呢？像爱，更像一种不自量力的囚禁。如果说猫是一个利落的刽子手，我就是一个迟缓的刽子手……我用我的爱和忙碌的照顾杀死了它。我太骄傲了，以为能回天有术，就像大自然对待每一个伤后自愈的生命那样。小毛桃或许需要一个更粗放的、更在物竞天择中无动于衷的人看护，而不是我。

对麻雀来说，自由比被宠爱更珍贵，所以被捕获的成年麻雀才会坚拒嗟来之食，才会有气绝而亡的集体自杀行为。所以，我不知道把它从猫爪下救出，接着只是给它带来一种新的剥夺与伤害。我怎么可能会以恩人自居？我在雨天落脚之前发现一只蜗牛，紧急刹住步伐退后……结果是，脚跟连续的破碎之声。我在躲避第一只蜗牛的时候，踩死了后面两只蜗牛。如果小毛桃活下来，重返翅膀下的自由，会给我一种劫后余生的喜悦；如果没有，我只是在致死的原因上，叠加伤害。

追悔无效。我知道，动物幼崽的存活率低，每一天都是动荡的考验，它们所有努力都为了幸免于难，却往往成为淘汰比里的分子。小麻雀死去，这是常事，却让我异常难过。因为麻雀有被人类成功救助的例子，我在培训班上课时，一个学员讲起受伤的小麻雀飞到她怀里，已经成功救治一个月有余——小鸟和人类彼此友好。可惜，我没有增加这样幸运的例子。我有时叫小毛桃"宝宝"，而它或许拒绝成为人类的"宝宝"；小麻雀只肯做大麻雀的宝宝。它曾极尽生之渴望，努力去靠近离得越来越远的自由……或许，我正是那个挡在小毛桃和自由之间的障碍物。小毛桃，溺死于我的溺爱。

小毛桃的笼子和宇航仓已经拿开了，房间里那个位置是空的。可半夜醒来的瞬间，我第一个会想到那个空位置。它待过的地方，空气在那里悬浮、聚集、凝固……那里有个隐形的小鸟雕塑。是的，我怀念小毛桃，乃至垫在防晒衣里的纸巾都舍不得扔，我甚至没有换下那件防晒服。我曾以为，这件衣服会成为小毛桃最后停止呼吸的地方，它没有。在小毛桃活着的最后时光，直到呼吸停止的最后一瞬，它没有给这个世界造成任何惊忧。

亲爱的小毛桃，它的存在，是否在这个世界留下过轻微的擦痕？即使此刻为它痛哭流涕，我也未必还会重温这种痛悔。我此生未必梦到小毛桃，我们甚至不会在虚幻里重逢。短短几天，我们之间谈不上熟悉，它那些只有信任后才能展现的可爱没有来得及释放。随着夏季结束，我的防晒服会收纳起来，与此有关的，伴随着这个夏日轻如羽毛般的一切，也许很快毫无痕迹。记忆正和小毛桃的体重一起，逐渐变轻变轻，直到消失。我们对亲人尚且如此，何况过路的一只小鸟。这就是我们活下来所谓的坚强，所谓的理性，所谓的无情。我们之所以在童年曾残忍，是因为孩子尚未建立情感和道德，杀伐无碍。及至壮年，我们唯有怜悯和悲悯，才能部分宽宥自身的罪恶。等我们衰老，重回麻木，是因为明白了时空浩荡，万物苍生，我们都是这个世界的麻雀。

……听，窗外那些麻雀晨起的啁啾，碎屑般密集，却因平凡而被我忽略。我猜得有十几只吧？麻雀的叫声，常常发出单音符，有时高一声低一声，像是气力如此之短，只够叫出一两个音符，不足以凑成旋律，但就在那短促鸣音里，反而有种简单而纯粹的欢快。在枝头跳跃，它们的脚，像小弹簧一样灵活，脸上生有对称的腮红 —— 不是像小媒婆那样夸张的腮红，甚至不是红，更像两小团雀斑。麻雀们叽叽喳喳，蹦蹦跳跳。小毛桃，没有体验过一只成鸟的生活。每个生命，都需要打开命运的盲盒 …… 小毛桃，不幸打开的是黑暗，然后它像小小的烛苗，跳动一下，就熄灭了。

其实我拉开窗帘的瞬间，在它已然消失的外飘窗附近，我又闻到了小毛桃的气息。那种刚刚过期的面包的香气，那是一只小鸟的奶味儿。若有若无的一缕，很快，消散于这个大到可畏的世界。

刊于《万松浦》2024年第3期

万物凝视

鲍尔吉·原野

蝴蝶给波斯菊写信：

亲爱的波斯菊，你知道吗？主人阿拉木斯的两只小山羊恋爱了。阿拉木斯有200多只羊，都是绵羊。每天清早，阿拉木斯赶着这些绵羊去扎格斯台河西边的草场吃草，天黑了才回来。它们咩咩叫着往家跑，像一片翻滚的白石头。

这两只小山羊是阿拉木斯的女儿葛根花从新疆买来的宠物。它俩跟绵羊不合群，也不去扎格斯台河边的草场吃草。山羊吃菜叶子，吃主人丢掉的苹果核，站在房顶向远方瞭望。

阿拉木斯拿它俩没办法。训斥它们，打它们，把绳子拴在它们脖子上拽，它俩就是不服从。用小小的犄角顶阿拉木斯。它们可怜的犄角比人的小拇指还小。但它们勇敢，就是不屈服。

这两只小山羊，一只叫莲花，一只叫珊瑚。天知道它们怎么会有这么好听的名字。我是蝴蝶，每天像穿梭梦境一样飞来飞去，至今还没有名字。而你呢，波斯菊？你长得比阿拉木斯家的窗台还高。你有比韭菜叶子还宽的花瓣，有鸡蛋黄那么大的花蕊。但仍然没有名字，这太不公平了吧？

我接着说两只山羊的事。它俩来到阿拉木斯家一年多了。黑山羊莲花的皮毛像水獭一样光亮。它警觉，用粉色的鼻子闻一闻破筐，闻一闻鸡食槽子，看有没有坏人下毒。白山羊珊瑚是公山羊，它性情温和，经常站着回忆往事。睫毛垂下来像两把木梳。

它俩小时候打架，绕着牛车来回追。长大后变得有些腼腆，好像在恋爱。你问我懂不懂恋爱？我当然懂。在昆虫和其他动物里面，我最懂得恋爱。蝴蝶为什么不直直地往前飞？这样飞没品位。我们往东飞两下，往西飞两下，主打缥缈，表示我们正在恋爱，有好多心事无法决断。只可惜，至今还没有哪只蝴蝶爱上我。

有一天，一只绿肚子的大胡蜂领一群小胡蜂追求我。大胡蜂六只黄爪像穿了靴子一样。肚子上的黑道不是七道就是八道，我没仔细看。它说，如果我爱上其中一只胡蜂，一辈子吃蜂蜜管够。我扭过头，告诉它们，我从来没考虑过胡蜂。它们说话声音太大，震耳朵，把别人当成了聋子。我们蝴蝶说话从来静悄悄的。我们不靠声音大取悦对方，而是用手势和眼神传递情感。我对胡蜂说，你去跟苍蝇恋爱吧。它才配得上你的嗡嗡嗡。

我还要说山羊的事。早上，黑山羊莲花在阿拉木斯在院子种的胭粉豆花瓣上蹭蹭脸，表示洗过脸了。白山羊珊瑚模仿它，也和胭粉豆花贴脸。然后，黑山羊领着白山羊来到房后的小河边。莲花用牙咬断一只白色的野百合花，放在白山羊面前。白山羊用牙咬断一朵红色的野草莓花放在黑山羊面前。它们互相赠送订婚礼物。当时我在它们身后的天空跟踪，可能我翅膀扇动的风太大，莲花发现了我。它向珊瑚使了一个眼色，后退一步，气势汹汹地用犄角顶我。当然它的犄角顶到了空气上。我有些羞愧，偷窥别人恋爱不是一件体面的事。我假装往高处飞，飞到花楸树顶上，躲在白花后面，让花瓣挡着我，继续观看它们恋爱。

两只山羊来到河边。珊瑚的蹄子踩到一点点水就不敢动了。山羊不喜欢水。但是它们发现这是一个照镜子的好地方。莲花走过来，对着水面向左转转头，往右转转头，欣赏自己的仪态。一个山羊，如果不恋爱不会这样自作多情。动物到河边，从来都是喝水。喝完水急匆匆走了，不在河边停留。它们可好，拿河水当镜子照。照一会儿，抬起头互相看看，低头继续照镜子。然后呢，它们伸出脖子，把头放在对方后背上，像拥抱。

还有呢，白山羊珊瑚往前跑，跑到醋栗灌木边上吃红醋栗。黑山羊莲花也跑过去吃醋栗。它们的嘴唇被醋栗染得比口红还鲜艳。傍晚时分，它俩跳上羊圈边的土墙，朝西瞭望。启明星升起来了，天黑了一多半，阿拉木斯赶着羊群回到家。它俩高兴地在墙上跑，好像这是它们的羊群。

莲花和珊瑚还有好多故事，我讲给你听。它俩在一个盆子里喝水，就是阿拉木斯放在窗户下接雨水的搪瓷盆。它俩一起追赶草丛里的青蛙，一直把青蛙撵到河里。它俩研究村里垃圾堆的一块碎玻璃碴，以为那是宝石。它俩偷看母鸡下蛋，被公鸡撵跑了。

我把它们恋爱的秘密告诉了啄木鸟。啄木鸟好古板，说这不算恋爱。它说两个小山羊不过是一对好朋友。啄木鸟的话让我很生气，我好不容易发现了恋爱的动物。为了盯梢它们，我花费了多少气力。啄木鸟真无情。难怪它每天孤零零地敲树干，不管它怎么敲，也不会有另一只啄木鸟爱上它。

我想来想去，觉得你是最懂浪漫的花，于是给你写信。亲爱的波斯菊，你说两只小山羊是在恋爱吗？我真希望它俩恋爱，如果它俩仅仅是好朋友，不是情侣，让我非常伤心。呵呵，偌大的万度苏草原，竟然找不到恋爱的动物，多无趣。牛不恋爱，马不恋爱，刺五加灌木不恋爱，唐松草不恋爱。连天上的云彩都不恋爱，让人窒息。如果这里没有恋爱者，我选择离开。去有爱情的地方。爱你的蝴蝶。

波斯菊的复信：

亲爱的蝴蝶，谢谢你给我写信。你知道我为什么在风中摇晃吗？我在等待有人给我写信。今天终于等来了你的来信。我读了两遍，读到两只小山羊把下颌放到对方背上那一段，我几乎要落泪。我相信这就是恋爱。你千万不能离开万度苏草原，继续给我写信。

亲爱的蝴蝶，我也喜欢恋爱，虽然我不懂恋爱是怎么回事。我先让自己的花朵鲜艳起来，然后在风中摇摆，像跳水兵舞。我小口喝花瓣上的露水，假装这是醇香的美酒。乌鸦说谈恋爱要在月夜窃窃私语。所以在夜里我用叶子蹭墙壁的砖头，发出沙沙的声音。让人们知道我也在恋爱。你知道，恋爱很累。我在风中舞蹈，不知不觉会睡着了。

可是，如果有毛虫爬到我的花蕊上，我不顾及恋爱所需要的矜持，愤怒摇摆，把毛虫抖到地上。天气转凉，我看到燕子往南飞，没有一只掉头往北飞。我知道寒冷的冬天要来了，没有恋爱的必要了。不再摇摆，也不用蹭叶子发出窃窃私语。

亲爱的蝴蝶，我觉得你如果不是蝴蝶，一定是一朵花。我的意思是，你是一朵会飞的花，你的翅膀像花瓣。虽然你闻上去没什么香味，但不影响你在我眼中是一朵花。要知道，花是世上最美丽的称谓。我从来不会说牛是一朵花，马是一朵花。但你配得上一朵花。

亲爱的蝴蝶，我还要向你请教一些问题。你为什么飞得那么慢？是显示优雅，还是显示你有很多心事？那些平庸的鸟，我在说麻雀，飞起来像一个贼。突然冲到房顶，再突然冲到野山楂树枝上。让它们慢点飞，它们恐怕会掉下来。你是怎么做到慢飞的呢？希望你在回信中告诉我。还有，你的翅膀那么大，像用手拽着床单飞翔。落在花上，你的翅膀不像鸟儿那样收拢，而是立在背上。这是为了方便人用手捉住你吗？你说你静悄悄地说话。我想了想，你确实是这样。我从来没听到过你发出喧哗声。你被野蔷薇刺痛也不会叫喊吗？或者，你的喊声像蜘蛛网的丝一样细，我们听不到。

蝴蝶君，你看上去手很小，能抓住要吃的东西吗？我对你有好多疑问，但我们今天在讨论恋爱的话题，就不说其他了。

亲爱的蝴蝶，刚才你说一只大胡蜂领一群小胡蜂来追求你。我太吃惊了，它们是打群架吗？大胡蜂为什么领着那么多小胡蜂追求你？这个胡蜂如果喜欢你，应该先到河边洗洗手，再洗洗脸，去吃醋栗，把嘴唇染得红一些。飞到你面前说甜言蜜语。对了，它应该给你带礼物，带一只蚂蚁蛋，一片花瓣也可以。它不懂恋爱礼仪，所以你拒绝它是对的。我也不喜欢胡蜂的嗡嗡声，像电视机找不到节目。挑剔地说，胡蜂的嗡嗡算不上语言。它只说出一个词——嗡，然后呢，还是嗡。连续不断地嗡之后它想说什么？没了，只有嗡。这是它恋爱失败的原因。但我不会提醒它，让它自己醒悟。

牧民道贵龙家种了很多花，有木槿花、万寿菊、马鞭草、二月堇，都很漂亮。你偏偏给我写信，证明我最美丽，也证明你有高尚的审美趣味。有人说波斯菊是山野的草花，色彩太鲜艳。他们完全不懂审美。我如果像米粒一样开放，你能指望别人弯着腰观赏你吗？不踩死你就不错了。有人抱怨我们个头太高，他们哪里懂得，长得高才能在风中显示腰肢。都说湖里的睡莲好看，莫奈画过它。但睡莲没有腰，像一个紫盘子漂在水上。我看不出睡莲哪里好看。花的美丽一半在花瓣，另一半在腰肢，这是万古不易的警句。昨天，有一只甲虫爬到窗台上质问我为什么叫波斯菊。它说波斯早不存在了，现在叫伊朗。甲虫太可笑了，努儿鲁虎山的名字也很古老，你能因为它古老就改变它的名字吗？况且我还有其他名字。我又叫格桑花，还叫扫帚梅。扫帚梅有点土，我一般不用。平时喜欢叫波斯菊。至于波斯改成了伊朗，我根本不关心。

亲爱的蝴蝶，我希望你也有好多名字，就像有好几个化身。盼望继续看到你的来信。即使不说恋爱的事，说别的事情也很开心。爱你的波斯菊。

野蜜蜂给月牙的信：

亲爱的月牙，有人给你写信吗？是不是他们觉得你所在的位置太高，信投不过去就不给你写呢？我不管，我一定要给你写信，请你帮我办一件事。所以当你读这封信的时候，请不要转开脸，我就在你翘起来的尖下颌的正下方，我是野蜜蜂。

你听说了吧？我丢了一件东西，那是我的法宝。我们野蜜蜂的工作范围漫山遍野，常常迷失方向，离不开定位器。我的定位器是一个死去的蚂蚁王的头，头上有两只短触须，为我定位。我本来把它夹在胳肢窝。你知道我们蜜蜂有两对膜质翅，前翅大，后翅小。飞翔时我用左侧的后翅夹住定位器，累了换到右后翅。可是，这只蚂蚁王的头不见了，我迷失了方向。

我们野蜜蜂说的方向和人说的东西南北不一样，他们说的太简陋。我们说的方向是指我与太阳之间的夹角。蚂蚁头丢了，我觉得所有的方向都是南。南南南南南，这给我带来精神困扰。我不断转身，用我的脸朝向北方，但北方也成了南。我再转过身，前面还是南。我趴在地上祈祷，觉得我面对的大地也是南。天哪，你体会到我的痛苦了吧。月牙请你告诉我，这只蚂蚁头落在了哪里？你用你那尖尖的月牙的下颌指那个方向，我就知道它在哪里了，好吗？这件事对你来说不费什么事，你站得那么高，一定看得很远，很清晰。而且月光这么亮，世上所有的东西，你都能尽收眼底。别说蚂蚁王的头，就是蚂蚁走过的脚印，你也能看得清清楚楚。

第二个问题，这封信，你多长时间才能收到？在你收到我的信之前，我去做什么？南南南南南，我几乎什么也做不了。亲爱的月牙，也许我还有一个选择，就是飞到月牙上，躺在你那个上翘的下颌睡觉，睡醒了到你背面睡觉。你们那里不会到处都是南吧？

在我这里仰望月亮，你很光滑，有点像死鱼的肚子。你每夜白白地播洒月光，不浪费吗？你不能找点别的事做？我跟你说一个恐怕让你沮丧的消息，有时候我们头顶阴云密布，看不到你，你白白地出现在夜空。那些云彩出于嫉妒，挡住了你的光芒。我们以为你那天晚上没出来，以为你在家里睡觉或者去河里洗澡。所以你出门的时候要看外面有没有云彩。如果有云彩，你待在家里好了。这些云彩在夜空中飘舞，感觉自己就是月亮。我最了解这些云彩，它们最虚荣。不管你在做什么，它们缠缠绵绵地飞过来，飞过去。自己都不知道往哪儿飞。它们不整洁，我说的是所有的云彩边缘都不整齐，它们应该像马车一样方正，像一个四方形的屋顶一样飞过来。但它们没有这个实力。实话跟你说，云彩里边什么都没有，只有水蒸气，有的云带着沼泽地蒸发的难闻的雾气。它们是一帮乌合之众，徒有其表。亲爱的月牙，你看见我了吗？我站在蒙古椴树下边，它的叶子革质，反射月光。开白花，干花能泡茶。树杈上站着一只黑琴鸡，红冠子，屁股有三根向上挑起的白羽毛。我肚子黄绿色，有五条黑道。你看，我举起了左手，然后是右手，你看到了吗？如果看到了，你就晃一晃你的下颌。

亲爱的月牙，写到这里我不知道怎么往下写了，因为有一片云彩遮住了你的光亮。我是说，你读到我这封信的时候，云彩故意挡住你，不让你看到我的身影，不让我找回定位器，就是那个蚂蚁头，继续南南南。那该怎么办呢？我应该变得很大，像老虎那么大。如果是那样，我就飞不起来了。所以还是保持现在的体重好。

亲爱的月牙，如果你帮我找回定位器，我会把我收藏的宝物都送给你——一对屎壳郎头上黑色的探须，你拿它当筷子夹菜。我还有一片银莲花白色的花瓣，原来准备用它做结婚的吊床，我还不知道跟谁结婚，所以送给你。第三个好东西是蜻蜓的一只眼睛，我发誓它的眼睛不是我挖下来的，是从一只死蜻蜓头上滚下来的，落在我身旁。这个蜻蜓眼绿色带荧光，像一个宝石。我举起蜻蜓的这只眼睛向外瞭望，看它是不是像望远镜一样让我看得更远。对不起，什么也看不到。作为工艺品，这个眼还是蛮好的。你对这些礼物满意吗？你想要哪些东西在信中告诉我，我去寻找。你如果喜欢这些礼物，就请快一点告诉我蚂蚁头在哪里，我去找到它。爱你的野蜜蜂。

月牙给野蜜蜂回信：

亲爱的野蜜蜂，你的信我收到了。你这么信任我，让我感动。我作为月亮不忍心欺骗你，不能为了让你满意，就随便用月牙的下颌向东指一指，向西指一指，好像在帮你，实际是骗你。你的定位器落在了哪里？我这个位置看不到，你如果相信我，我对你说实话，我连你所在的那座山都看不清楚，它连灰尘都算不上。因为我们相距实在太远了。你所在的那个星球可能叫地球，它在我眼里像一粒沙子。你见过沙子吗？它很小，像蚂蚁眼睛那么小。我怎么能分得清地球上哪里是高山，哪里是大河？更看不到你的左手和右手呢。

亲爱的野蜜蜂，你不要着急，我来告诉你怎样获得定位。所有的昆虫都通过个体与星辰之间的夹角来确定自己的位置。你胳肢窝夹的蚂蚁王脑袋已经落后了。我说一下新方法：你去寻找一棵鞑靼山茱萸树，它的叶子是卵形，开青灰色的花。找到它，你用后脑勺在这棵树上蹭。要知道这种树有磁性，经过摩擦，磁性导入你的身体，然后你就获得了定位能力，可以飞遍天涯海角，清晰你前进的方向是南是北是东还是西，以及东南、西南、西北、东北，等等。我知道，没有定位就没法飞行，而且头颅撞到树木上是很痛的。

你说你要飞到月亮上，这不算是一个好主意。先不说你要经过多少年，或多少万年，也许多少亿年才能飞到月亮上。月亮上的气温不适合你呀，白天月球表面温度是127℃，夜晚是—183℃，你觉得你能适应吗？我想你够呛。所以对你来说，月亮也就是看看而已，不一定到上面来探查究竟。当然，你如果能飞到月亮上，我说的是"如果"，你会看到无与伦比的美丽景象。那时候，你看到的并非小小的山脉河流，而是浩瀚的宇宙。你听过宇宙这个词吗？世界上所有形容广阔的词语加到一起也没有宇宙广阔。所以人们说宇宙浩瀚。浩瀚是什么样子？我说来给你听。宇宙没有开始，也没有结束。想一下，人们所说的"从东边到西边，从南边到北边"，说的都是开始。有开始就有结束。但宇宙并没有方位，没法用空间的坐标来衡量它，也没有时间的概念计量它。眼睛在这里看到了什么？看到无尽的蓝色波浪。波浪里旋转无数金色的小星星，你现在置身一颗星星上。尽管你没体察到它的旋转与运行。星星们在运行，但并非向上，也并非向下，并非向前，也并非向后运行，它按着自己的轨迹运行。你所感受到的飞行来自周围参照物的移动，这里没有参照物，时间空间在这里都结束了。宇宙无比浩大，无始无终。蓝色波浪之下，白色的光晕像潮水般涌动。不时，深蓝的潮汐融化了白色光晕。眼前这些耀眼的金星与其说在旋转，不如说翻涌。它们由一个漩涡翻出，如花朵一般，俄而变成更大的漩涡。如果可以比拟的话，眼前的浩瀚如同地球上的沙丘，只是这些沙丘的沙子全都飞了起来，化成蓝色，在天空飞舞。而你所在的地球，亲爱的野蜜蜂，不过是这些沙粒中的一粒。而你是地球上无数种生物的一种，尽管你肚子上有五条黑道。如果把你放在宇宙上，谁能看见它是一道、两道，还是三道呢？你会问，宇宙里有野蜜蜂吗？我不确定有还是没有，但我能感到这里有我们想不到的各种生物。而且，宇宙里生物不一定会动，不一定有翅膀或者爪牙。生物可能是一种思想，藏身一片羽毛里。也可能是一个能量块，存在一粒沙中。宇宙的一切物体都在运动，没有开始，没有结束。每一种物体都精妙地运行在自己的轨道上。

亲爱的野蜜蜂，你听懂了吗？我希望你尽快找到鞑靼山茱萸树，把后脑勺靠在树上蹭，这样你就恢复了定位的能力。爱你的月牙。

土拨鼠给闪电写信：

亲爱的闪电，自从你去年在天空闪了一次，我再也没有看到你，很想念你。我差不多用一年的时间想念你，反正没其他事情好做。

你去年来到万度苏草原是在6月份，风铃草开放钟形的淡紫色花。羌木伦的河水涨到岸上，把枯死的接骨木冲到草甸子上。然后你来了，在夜间。你是不是像猫头鹰一样只在夜间出来活动？你出来的时候太有排场了，广阔的夜空变成你的舞台，咔——你出现，随即消失，前后只有一秒钟。当时我脸吓白了，四只爪子连带边上绣线菊的叶子一起发抖。你好像是一棵刺楸树的根须——长在天上的大刺楸树——突然暴露。你这样做是为了什么呢？狐狸说你是上帝的胡须。

我请你在天空停留的时间长一些，让我们看清你。我记得你从夜空最靠北的仙女座冲下来，冲到芒列巴特山消失了。你在山边的河谷埋了什么东西吗？实不相瞒，我到那个地方去过了。我跑过羽状叶子的花葱丛，挂着雾松萝的冷杉林和一人多高、有闪亮革质叶子的杜鹃花丛寻找你的痕迹，或许找到烧焦的东西。但什么都没有，大地上的青草没有变红或变白。你为什么要把树根似的金箭射向大地呢？假如大地当时有妖怪，你射中它们了吗？

我判断夜空长着无边无际的白檀树的森林，谁也看不清它们的枝叶。你也是一棵白檀树，而我们这里是一座湖。你被其他树推进了水里，被我们看到了，这样说对吗？我想知道你掉进水里那一瞬看清我们了吗？

在万度苏草原的森林里，有开黄花的毛茛草，有灰褐色树皮的水曲柳，还有蓝莓、黄百合、小叶杜鹃、刺五加和伏地生长的偃松。鸟类有黄鹡鸰、白鹡鸰，吃蜘蛛的戴菊莺，还有长着弯曲的喙的杓鹬鸟。你咔一下照亮大地，它们都现形了，跑也无处跑。你甚至照亮藏在小溪里红鳍鲴鱼身上白色的鳞片。你很性急，对吗？你照亮了我们后，穿上黑羊毛大衣去了锡林郭勒。

亲爱的闪电，我只是一只土拨鼠，想象力有限，我能描述的就是这些。下面我要对你说一件可怕的事情。

从去年夏天开始，万度苏村来了外地人。他们在草原上骑马，杀羊，喝酒，唱歌。晚上应该睡觉的时候，他们继续喝酒，唱歌。最可怕的是他们发现了我们。那天早上，太阳从博格达山顶升上来，像一个黄金的巨大车轮，但放射红光。从东边流过来的羌木伦河被太阳光染红了。我们土拨鼠认为这是一个好日子，把藏在洞穴里面的橡实搬出来，站在草地上吃。你知道我们站着吃饭，就像马站着睡觉。我们面向东方，用前爪捧着橡实咀嚼，样子像朝拜。

看啊，一个外地人指着我们喊。快看，土拨鼠在祈祷，快去抓它们。这个人疯狂地喊叫，招来了其他外地人。他们很胖，身穿冲锋衣，头戴软檐遮阳帽，朝我们跑过来。我们藏进洞里。他们蹲着把抄网扣在洞口，找到了洞的另外的出口，点燃蒿草，用帽子往洞里扇。大团浓烟灌进洞里，我们没法呼吸，只好向外逃，落进了他们的抄网。我以为他们把我们带回家当宠物。不！我要悲愤地再说一遍，不！这帮人当着土拨鼠的面，用刀把一只土拨鼠的肛门划成十字，手伸进去，把内脏掏出来扔掉，扔在草地上，沾满尘土。然后，他用手一抖，这只死去的土拨鼠被甩成一个皮筒子，毛在里面，血肉在外面。他们用刀把这只土拨鼠皮上黄色的脂肪刮下来，放进瓶子里。他们说这是治烧伤最好的油。我实在写不下去了……

这太可怕了，闪电。他们杀死了十多个土拨鼠，刮掉了他们身上的脂肪，装进瓶子里。你可能问，被杀害的土拨鼠包括我吗？我侥幸逃掉了，藏在山顶的毛榛灌木里看到他们的暴行。关于这件事我不再说了。动物界有一首歌在传唱——"可怜的土拨鼠，你死于自己的脂肪"。我死也不承认我的脂肪能治疗烧伤，我根本不知道什么是烧伤。

万度苏草原原来有二百多只土拨鼠，现在只剩十几只。剩下的土拨鼠东躲西藏，想摆脱外地人的捕杀。我们盼望冬季早点到来，外地人离开这里。时间过得太慢了，每天还有旅游者来到万度苏草原，我不知道怎么办。

万度苏村的牧民从来没这样对待过我们。每当我们用前爪捧起食物，他们就说"霍日嗨，霍日嗨"，好可爱啊。土拨鼠像婴儿一样吃东西。可是，外地人怎么忍心去杀害双手捧着食物的土拨鼠呢？

我们对牛说这件事，牛甚至不认真倾听，照样吃草，好像我们的倾诉不值得一听。我们跟燕子说这件事，燕子说快飞走吧，去埃及，去北加里曼丹。可是我们的家在这里，而且没有翅膀，怎么才能到达埃及？我们的房子耗费了我们一生的精力。每只土拨鼠的家都有三个卧室、两个储藏室、一个客厅和一个卫生间。是的，我们从来不在外边大小便，粪便的气味会招来天敌。

我们现在改掉了用前爪捧着食物的习惯，因为我们根本不敢吃东西，也不敢回家，藏在二尺高的卫茅草丛里等待天黑。那些外地人在草地上喝酒，歌唱。如此残暴的旅游者，杀死土拨鼠，怎么还能唱歌呢？

亲爱的闪电，我给你写信并不是说他们唱歌的事。我想让你做一件事——直接劈死他们！以前我以为闪电是艺术品，像驴皮影一样。绵羊纳木罕对我说，真正的闪电可以劈死人，劈死树，劈开石头。我问它，闪电的边缘是刀剑吗？纳木罕说闪电比刀剑还锋利。既然这样，快去劈吧！

我等待黑夜的到来，盼望你出现在黑黑的天幕上。等这些旅游者点起篝火，唱歌跳舞的时候咔一下劈死他们。你如果从宝日罕山的方向贴地皮把闪电劈过来，能一下劈死三个坏蛋，还能省一些电。快来吧，闪电！万度苏草原的土拨鼠只剩下十二只了，我是其中的一只。

至于怎么感谢你，我现在脑子乱，还没想出什么主意。我们送给你浆果，送给你橡实，我们在羌木伦河谷捡到的金沙也可以送给你。这些事都好商量。你到我们洞穴来，喜欢什么就拿走什么。最重要的是快来劈死那些坏蛋。你今晚能来吗？爱你的土拨鼠。

闪电给土拨鼠的复信：

亲爱的土拨鼠，你们只剩下十二只，太可惜了。去年6月那个夜晚，我照亮万度苏草原，看到你们藏在草丛里，露出苍白的小脸，举着前爪向我叩首。

我先要纠正一个错误传说，说我是神兽。我只是闪电，不是一只动物。我不用四肢行走，也不会到河边饮水。我是电而已。如果你非要问什么是电，我只能用沉默对待你。作为电，我也回答不了什么是电。为了便于你理解，你可以把我当作天空的一部分。我们虽然是电，但不能决定自己去哪里，不去哪里。你知道是谁决定我们的行动路线吗？是雷。对你来说，雷也是一个陌生的名词，但你听过天空传来的爆炸声吧，那就是雷。我应该向你解释清楚，雷不是用火药做的，它来自云。你要耐心听下去。

天空要下雨，望不到边的云团身上带着电荷，它们挤来挤去，雷声响了，雨点落下来。打雷的时候也许有闪电，也许没闪电。但不是我们说了算，让你闪就闪，不让你闪就不能闪。我所说的可能让你失望，但我要讲真话，免得你焦急地等待。我们闪电不过是大自然降雨过程的一个环节，我们不是复仇者。绵羊纳木罕说闪电劈死过人，这样的事也许发生过，但纯属偶然。你想想看，我们离地一千多米，要想瞄准一个人，把电放射到他身上，这是多么难的一件事。我们没有这样的准头。大自然不允许相互复仇。如果大自然相互复仇，世界上什么也剩不下了。

亲爱的土拨鼠，我满心想安慰你，但不知道怎么安慰。我不敢用闪电的手抚摸你们柔软的皮毛。我喜欢你们的眼睛，像两颗水晶的黑豆，既可爱又愚蠢。我同情你们的遭遇，可是我没法帮你们。就算我今天夜里在万度苏草原连续放射五次闪电 —— 就一次暴风雨而言，闪电最多放射五次，如果放第六次，我精疲力尽，放出来的闪电像一个虚弱的烛火 —— 这些闪电并不能阻止旅游的人们唱歌跳舞，也不能阻止他们第二天继续杀害你们。而且，过多的闪电可能点燃牧民的草垛，引起牛群和羊群的不安。

你听懂了吧，我的意思是今天晚上我不去了，而且明天后天（包括下个月的明天后天和下下个月的明天后天）我都不去万度苏，除非有下雨的任务。

你会问，还有别的办法对付那些旅游者吗？我建议别去对付他们。你们从哪方面都对付不了他们。听我说这些话的时候，你们用眼睛看着自己的爪子，懂我的意思了吗？我的意思是你们赶快逃走。

世界这么大，哪里不能安家？不要留恋你们的小小的巢穴，储藏室以及卫生间。如果我是你们就往北走，走到万度苏草原北面的小兴安岭南麓。那里人烟稀少，山坡长着茂密的白桦树、蒙古椴树，开放银莲花、林堇花和朝鲜白头翁。那里的草原宽阔，生活着马鹿、狍子、黄鼬和水獭，它们都是和平的动物。你们到了那里，重新建造自己的房子。

如果愿意，你们可以在洞穴挖三个卫生间。早上太阳升起来，你们照样用双爪抱着橡实和醋栗吞食，没人阻拦你们。那里有一条玻璃河，河里有船丁鱼和柳根鱼，像玩偶。你们想好了吗？想好了立刻出发吧！请把我的信读给你的十一个同伴，你们结伴去小兴安岭南麓。也许我们会在那里见面，见面的时候还在夜里。

如果你看到了一道闪电，它的须子向上翘起，那就是我在微笑，说明我看见了你们，爱你们的闪电。

野鸽子给母鸡写信：

亲爱的母鸡，你知道吗？牧民毛瑙海家的儿子海山举行婚礼了。

婚礼好有趣哦。天刚亮我就被马队的哒哒声吵醒，当时我在蒙古栎树的树杈上整理翅膀。马队从沙波尔山的转弯处跑过来，一共有七八匹枣红马，马上骑着身穿节日款蒙古袍的小伙子。

我第一次看到这么漂亮的蒙古袍。海青缎子的蒙古袍配橙色的缎腰带。绿缎子蒙古袍配红缎子腰带。白缎子蒙古袍配湖蓝缎子腰带。所有蒙古袍都有箭袖。这些穿蒙古袍的小伙子头戴的帽子有红色、蓝色的飘带。

新娘身穿白缎子蒙古袍，骑白马。新郎穿蓝缎子蒙古袍，骑黑马。他俩并辔而行。展示笑容，露出白牙。

我在天上缓缓飞，看他们去谁家。马队在牧民毛瑙海家门口停下。穿蓝缎子蒙古袍的新郎就是毛瑙海的儿子海山，他和伙伴们到河对岸的洪格尔村把新娘娜布其花接到自己家。

如果你认为我写这封信是为了描述蒙古袍的颜色就错了，好看的事情还在后面。接亲的马队刚进院子，娘家的皮卡汽车随后也到了。娘家人从车上搬下新娘的陪嫁，太让我羡慕了。成匹的缎子，一共十匹。五箱白酒。还有装在礼品盒里的黄油、奶豆腐、砖茶。还不算另一辆皮卡拉的羊，皮卡后面的十匹马也是陪嫁。娘家人把皮卡上的礼物拿下来摆在地上的白色哈达上。

新娘的舅舅捧着一个盘子站立不动。我在天上盘旋两圈才看清楚，盘子上放着成摞的人民币，十来摞。新娘家里很有钱。我不明白，这么有钱还嫁女儿干什么？随后，新郎和新娘手拉着手从一堆火上跨过去。毛瑙海请村里一位说唱艺人为新郎和新娘念赞颂词。他们把礼物收起来，在院子摆上了桌子，端上羊肉，开始大吃大喝。

村里的人都来了，带来了礼物。新郎和新娘带着微笑向每个人敬酒。一百多人在院子里喝酒唱歌。天黑之后，他们继续喝酒唱歌。他们把电灯从屋里拉出来，支在一根木棍上。后来的事情我不知道了，我飞回野山楂林里睡觉。我觉得这件事很有趣，写信告诉你。

亲爱的母鸡，你最近还好吗？最近没听到你咯哒咯哒的叫声，说明你蛋下得少了。我赞成，我们野鸽子从来不会天天下蛋，下蛋多耗费体力啊。还有，你咯哒咯哒的叫声有点虚张声势，对吗？你无非告诉别人你下蛋了。我们野鸽子下蛋从来都是静悄悄的，不能让蛇，让松鼠，让獾子知道我们下蛋。如果我们也咯哒哒哒叫，就是通知蛇、獾子和松鼠来吃我们的蛋。这个很愚蠢，对不对？

你咯哒哒哒叫的时候，头抬得太高，下颌的肉坠随着叫声颤抖，看出来你非常激动。你每天都下蛋，还这么激动吗？你脸红得像秋天的五角枫叶。

亲爱的母鸡，我并不嫉妒你。我觉得你安静一些会更好。但愿这些话不会让你生气。爱你的野鸽子。

母鸡的复信：

亲爱的野鸽子，我怎么会生你的气呢？你把我看得太小气了。鸟类里，咱俩的关系最好，是可以深交的朋友，这类朋友还有灰椋鸟和斑鸠。至于喜鹊，我只和它做一般性的寒暄，谈不上深交。喜鹊爱拨弄是非，把你说过的话添油加醋告诉其他鸟，让好多鸟对我产生误解。所以我不会对喜鹊说心里话。

斑啄木鸟一个月飞来两三次，跟我说森林里的事。实话讲，我搞不清森林究竟发生了什么。要么是狐狸咬死一只松鼠，把松鼠的头作为礼物送给了狼獾，要么黄羊掉进了陷阱，被猎人扛走了。全都是恐怖信息。我告诉斑啄木鸟，多说点安抚人心的话，那些消息让我下不出蛋来。我觉得蛋里的雏鸡受到惊吓，不敢破壳走进这个世界。

亲爱的野鸽子，我觉得在鸟类里，你最优秀。既不像麻雀那样凡庸，又不像兀鹰那么凶残。你是善良的鸟，嘴里咕噜咕噜发出低语，好像肚子里有一只烧开了的水壶。你和同伴并排站在房脊上，成为这座房子最好看的风景。你的红爪子像菠菜根一样鲜艳。这还不够吗？你已经具备了鸟类所有的美丽和德行。

你信中说到了婚礼，我觉得我看过的婚礼可能比你多。主人南木吉拉的女儿梅花出嫁时，他的妻子斯琪格一宿没睡觉，为女儿缝蒙古袍。这件蒙古袍早缝好了，斯琪格还要缝。她给女儿梅花梳头，为她绞脸。她抓住女儿的手，眼泪洒在女儿手上。

第二天凌晨，像你说的，新郎家接亲的马队来了。斯琪格抱着梅花哭，我不知道她们在哭什么。结婚如果是一件坏事，不结好了。如果接亲的人是坏人，就把他们打出去。看到斯琪格悲伤的样子，我也很难过。我强压着火，没和接亲的人发生搏斗。如果我用爪子和翅膀跟接亲的人干仗，我知道牧民南木吉拉会生气，会拿起笤帚追打我。接亲的人跟他是亲戚。

那一天，接亲的人把梅花接走后，斯琪格躺在炕上哭了很久，可能觉得女儿被人接走，白养那么大。所以我对婚礼不像你那么有兴趣。你注重婚礼的形式，我关心人的内心世界。咱俩考虑问题的角度不一样。

亲爱的野鸽子，我下蛋时，身体涌起海潮一般巨大的能量。蛋下出来，我要尽情呼喊才能重获安宁。我下的蛋并不是西红柿炒鸡蛋的原材料，我在孕育生命。鸡蛋是何等好看！那么圆润，那么光滑。里边的蛋白和蛋黄经过孵化就是一只黄澄澄的小鸡。这样的成就难道不应该唤起人们的重视吗？我让人们觉知生命的美丽。这是一个母鸡的责任。

你说我鸣唱的时候，下颌的红坠在颤抖。你看得不够仔细，我冠子上的红坠也在颤抖。这是母鸡之美的一部分。每一只母鸡都有无与伦比的美。我们颈部的羽毛像细细的花瓣，我们的翅膀像珊瑚树的枝叶。我们的爪子虽然没你爪子红润小巧，但比你爪子有力量。诋毁一只母鸡的美，相当于诋毁太阳的光芒，说明世间美妙的事物在他眼前黯淡无光。他是一个审美的盲人。

亲爱的野鸽子，我欢迎你经常来信，把你看到的新鲜事情告诉我。我请你到房后吃沙子。沙子的口感无与伦比，相当于人类吃的冰糖，但比冰糖清脆。爱你的母鸡。

刊于《十月》2024 年第 1 期

西线观蝶的三天

李元胜

儋州热带植物园

七月，儋州热带植物园，上午10点，进大门右边的小道上，我正在和一只小粉蝶较劲 —— 小粉蝶贴着地面低飞，偶尔在蟛蜞菊的花朵上作势欲停，但立即又拉起继续低飞，坚决不放弃的我，则提着相机和它始终保持着两米内的距离。

十分钟过去了，我的额头开始冒出汗珠。植物园烈日下相当闷热，这将是消耗极大的一天，无数细小汗流会在全身奔涌，得时时关注身体状况才安全，所以跟踪它的时候，我尽量走在林荫下，避免直晒。

突然，这看似没有尽头的较劲改变了，它没有先兆地落在一片树叶上，一动不动。靠近一看，是树叶上的鸟粪吸引住了它。终于可以看清了，竖着翅膀的它反面有着淡绿色的浅斑纹，果然是纤粉蝶 —— 中国境内已知最小的粉蝶。

还飞着的时候，就猜到是它了，因为正面翅的闪动中，一对黑点相当醒目，那正是纤粉蝶的重要特征。

这样的较劲，看上去时间是在毫无意义地消耗，我应该略有焦虑，实际上，一点也没有。自从若干年前，我在海南岛的另一个植物园 —— 兴隆热带植物园，第一次见到纤粉蝶时，就没来由地喜欢上了小得令人惊叹的它。逆光时能隐隐见到正面的圆黑斑 —— 像带着山丘和深谷的半边月亮。当它贴着地面低飞，就像在无休无止地展示惊人的空中技巧，让我这个观察者啧啧赞叹。

拍好纤粉蝶，我才把注意力转移到头顶上的其他几只蝴蝶上去，逐个辨认。它们一直在这条路上飞来飞去，看似在清晨的阳光中充好了电，正是体力充沛的时候。落在我眼睛里的它们，多数是斑蝶，其中爱不时停留一下的是幻紫斑蛱蝶，它的前翅带结构色的色斑，不同角度能看到不同色彩，幻紫的名字由此而来。

不错的开局！可以回到正路上开始逛园子了，我背着双肩包，兴冲冲向右边的下坡路走去，那边的水池吸引了我，很可能是水生植物区，除了蝴蝶，说不定还会有好看的蜻蜓。

感觉这个植物园的优势主要体现在乔木上，我在水边和岸上低头寻访了一阵，没有发现特别的植物。水边的灌木里，翠袖锯眼蝶特别多，环顾四周，不远处似有不少散尾葵，那是它们的寄主。确认这个蝴蝶很容易，它们总是合翅而立，褐红色的后翅前缘有一个醒目的小白斑，前后翅的外缘都起伏略似锯齿。

一直想拍到它们的正面，只从图鉴上看到过前翅的迷人紫斑，而野外偶遇时却从未向我展示。选了一个相对高处，提着相机伫立，想看看有没有开翅的翠袖锯眼蝶，和之前并无区别，我又一次失望了。

有一只灰蝶从眼前掠过，正面似有陌生的灰白斑，我瞪大了眼，看着它一边舞蹈一边向着水边小道飞去，就赶紧跟了上去。在一丛高挑的莎草处，它失踪了，我伸头俯身找了又找，慢慢回头，不禁愣住了 —— 一只池鹭立在水中，距离我不到两米的距离。我们两个大眼瞪小眼地对视了好一会儿，我慢慢举起相机的刹那间，它终于腾空而起，到了自觉安全的地方才停下。

我远远拍了一张，没有打算再次靠近。

走完湿地，前方的山坡上有一大片开满白花的鬼针草，吸引了一些蝴蝶，浏览了一下，虎斑蝶、青凤蝶、迁粉蝶各有几只，上空经过的还有鹤顶粉蝶，都不是我的重点目标，毕竟这是海南岛，还是我来得比较少的西线，我得把时间开销在更有价值的目标上。

一路盯着蝴蝶看的我，走着走着，头撞在一个悬空的东西上，条件反射地后退一步，原来是一个竖着的长南瓜似的东西。在它的附近，还高高低低挂着大小不等的瓜。

这是主要来自非洲的吊瓜树啊，我在广州的华南植物园见过，看了一会儿吊瓜们，又低头找吊瓜花。吊瓜树的花比果实奇特，夜开晨落，要拍到它须清晨去树边才有机会。

终于在草丛中找到一朵残破不堪的，已不是钟形，应该是好几日前的，可惜，进植物园之后，还没看到过特别有趣的花呢。

继续往前走，过一小桥就进入浓荫之中，头顶是烈日，但能落到地面的都是碎片。虽然树荫里人更舒服，但要想寻蝶，还是在林缘比较好，选了向右的小道，贴着小河边，一边观赏身边的蝴蝶，一边往前走，都是常见的蝴蝶，我的速度未减。约五十米，接近了一片竹林，应该有些眼蝶吧，我想。

突然，一只黄色蝴蝶从路边的灌木上蹿起，在前方更高的灌木上停住了，我有点激动地停下脚步，它蹿起的瞬间，我看见了它前翅的橙黄色条斑，这是爻蛱蝶啊，野外极难见到的。

最近见过的那次，是在西双版纳一家酒店的大堂，它困于落地玻璃窗内，我用手机拍照片，就把它救出去了，因为误认成了某种环蛱蝶，都没兴趣细看，想着空了来查种类就行。回家后一查，傻眼了，我漫不经心地救的居然是一只爻蛱蝶，早知道，至少应该目不转睛地观察五分钟吧。

懊恼之余，我牢牢记住了它前翅的条斑，以及它后翅条斑上的奇异的小黑点——环蛱蝶可没有这样不讲究的记号，后者点和线处理得更合乎逻辑。

现在，它竖立于前方，头冲着我，这是保持警戒的姿势，随时可能离开。我平复了一下心情，尽量缓慢地接近它。但是，在距离三米时，它再次蹿起，在空中绕飞了一圈后，停在了右边的高大竹子的茎干上。

继续往右，就出了竹林，是小溪和对面的开阔地。这是最后的机会了，我侧身转向，进入它视线的死角，再慢慢向它靠近——整个过程中我动作像极了一个鬼鬼祟祟的暗杀者。动作不好看，但是还挺有用，我顺利进入了有效的拍摄距离，狂按快门，其间不停地变换角度。虽然只有这一个侧面可拍，但是利用逆光，有些角度能透过翅膀看到另一面的信息。就在拍摄中，它果然和前两次一样突然蹿起，向着溪流对面远遁而去，身影消失在一片水光中。

前后不过五分钟，从出现到消失，我和这只蝴蝶的缘分就结束了。我有点发呆地站在原地，这是能让人忘却自我的五分钟，我从自己的经历和各种角色中抽身而出，只是一个单纯而永恒的观察者 —— 不断进化的自然，也到了这个时刻，人类作为自然的一部分，我的拍摄就像它回望自身时仔细察看一个敏感碎片、一个美丽斑点，在人类出现之前的亿万年，可没有这样的场景……

把思绪收回，我微笑着进入竹林，已看到竹林间的空地上有很多蝴蝶在起起落落，这个空间应该属于眼蝶吧，毕竟，竹类植物是很多眼蝶的寄主。

长纹黛眼蝶、蒙链荫眼蝶、凤眼方环蝶 …… 这些熟悉的老朋友，被打扰后飞起又落在别处，可惜都有点残破，我经过它们，没有停留，继续向前。这个期间，我只记录了一只拟裴眉眼蝶。这种眉眼蝶，海南岛容易见到，其他省市并不容易。

一只矍眼蝶引起了我的注意，它后翅竟然有大小七个眼斑，比正常的多出一个，这是少见的变异个体。自从我看清楚后，它就没有再停，在一个小范围内不断飞来飞去，看了一阵，发现了规律：每绕飞一圈，它就会随机在灌木上点一下再起飞。我追着它一阵连拍，勉强拍到一张眼斑清晰的照片。

到得此时，我的肚子已咕咕作响。这时想起了进园时售票员的忠告，她友好地建议我先吃饭再进去，园内没有卖午餐的地方，而当时才刚过上午10点。

大不了再买一张门票进来，我这样想着，一边往大门方向走，准备外出觅食，一边不甘心地东张西望 —— 万一能看到个小卖部之类的，就有干粮了。

一般来说，我进山都会备好馒头水果，不会花时间去寻午餐，野外的时间都贵如黄金，我舍不得。今天我是从海口刚到儋州的森林客栈入住，从房间出来时，已过9点，上午的这个时间是观赏蝴蝶的最佳时间，朝阳中充好电的它们，有可能下到地面汲取水或矿物质，我就只顾着匆忙进园了。

快到门口时，听见左边林荫下人声喧哗，有个学生团队在此用午餐。原来，园内只是不供应散客午餐。我略一思忖，就转身走向餐厅，问服务员可以买一份团餐不，这位胖胖的大嫂看了我一眼，犹豫了一下，点头答应了。

植物园里花香阵阵，我避开人群，一个人坐在露天的桌前享用这意外的午餐，大嫂路过时，见我汤喝完了，又主动送了一碗过来。

只用了15元就吃饱喝足的我，起身向桥对面的森林走去。烈日到了一天最盛的时候，不适合去空旷处了，甚至包括之前的竹林。我换了个方向，计划向左边小道走一段再拐进林荫大道，避开阳光的直射。这不全是为了自我保护，正午连不少蝴蝶也会因避免暴晒到林下活动。

在小道尽头的草丛里，几只蛇眼蛱蝶仿佛在测试阳光的强度，它们从浓荫下追逐而出，在草丛中平摊开翅膀，然后又各自退回浓荫下。经历短暂阳光烧烤之后的它们，都少见地竖起了翅膀，我不会错过这样的机会，急按相机快门。其他时候，很难拍到这种蝴蝶的反面。

香料植物是植物园的特色，种类特别多，我沿着林荫道观赏了一阵，发现自己走到了几幢建筑之间，中间的空地有一株攀缘到空中的三角梅，吸引了不少蝴蝶。

一只黄色蛱蝶在三角梅和别的乔木之间来回折腾，没有安静的时候，我举着相机一直到手臂酸痛，都没找到拍摄机会。这时，一只硕大的美凤蝶，在三角梅上停了一下，就开始了绕飞，一圈，两圈，然后径直飞走了。

想了一下，不如就在附近蹲守。放下双肩包，取出茶杯喝茶，优哉游哉地坐等蝴蝶来造访。

五六分钟后，我刚放下茶杯，就见美凤蝶飞了回来，看来经过前面的考察，它确认了花蜜品质，这次一来就挨个抱着三角梅的花苞吸。三角梅的彩色苞片容易被误认为花瓣，其实它真正的花很小，藏在苞片中。当然，美凤蝶肯定明白真正的花在哪里。

拍好美凤蝶，又休息了一阵，对前来访花的别的蝴蝶我兴趣不大，倒是回头去抓拍到了那只黄色蛱蝶，确认是幸运辘蛱蝶。

休息的时候，就在身边的灌木上，发现有一只蝽有点意思，它的鞘翅质感有点特别，绒绒的。看上去既熟悉又陌生。终于想起来了，昆虫学家张巍巍有一次去盈江，拍到过它，当时我还挺羡慕，名字叫绒红蝽。红蝽科种类一直是我感兴趣的，有些相当漂亮。

想起上午去竹林时，有一条路感觉不错，有密林中的空地。当时暗记在心，现在应该正是那里的好时候。

经过休息，感觉自己的体力值已重新拉满，就脚步轻快地朝那里走去。

果然，远远就看见空地热闹非凡，犹如蝴蝶舞会，空中不时有蝶翅闪过。来到空地边缘，才发现草丛中散落果实，不时飘来熟透果实的香味，香味中又有一缕腐败的气息。太妙了，我要是蝴蝶，有这样的气味也忍不住啊，哈哈。

蝴蝶纷飞中，我一眼就看中了其中的绿裙玳蛱蝶，此蝶的雄性后翅外缘的色斑有如蓝色的弯月，颜值出众。试问，带着蓝色月亮飞行的蝴蝶，能有几种？

不过，要拍在空地对面灌木上的它，就等于放弃了其他蝴蝶，很可能随着我的进入它们会四散飞走。

我收回目光，谨慎地来回扫描整个空地，想把其他蝴蝶看清楚。

突然，我眼前一亮，一只圆翅蝴蝶进入视线，说是圆翅蝴蝶，只是一个直觉，它看上去其实也挺像某种锦斑蛾。如果是蝴蝶的话，它应该就是海南斑眼蝶，不对呀，我记得资料上说这种蝴蝶是四到六月出现，现在已经是七月了。

当我走到空地中央时，它在距离绿裙玳蛱蝶不远处停下，平摊开了翅膀，给了我唯一一次拍摄机会。

按回放键的时候，我的手指都有点微微发抖，难道，我真的看到了这种传说中的蝴蝶？

是它！黑褐色的翅膀上，布满类似斑蝶或脉蛱蝶的黄白色条纹，后翅的条纹都对应着斑点。我高兴得原地使劲跺了两下脚。

过了一会儿，才想起，我的绿裙玳蛱蝶呢？会不会早就惊飞了。

抬头一看，只见一个蓝色月亮，稳稳地挂在灌木丛边缘，我的走动和跺脚，一点都没影响到它的主人。

黎母山

黎母山国家森林公园处于五指山山脉往西的延伸处，其实仍在海南岛的中线附近。作为海南三大江河的发源地，造访此山一直是我的心愿。可惜，我之前的两个主要出发点海口、三亚距离黎母山都比较远。此次西线之旅，我的出发点是儋州森林客栈，自驾距离缩短为五十多公里，是以东线万宁为出发点路程的一半，五十分钟可达，机会终于来了。

因为前一天深夜才从霸王岭回来，晨起的闹钟调到了7点50分，计划起床后快速收拾，9点到达。

中途去买了面包和水果，到达山门时，比计划时间晚了十分钟。买票时，售票员诧异地问，只买门票不买香？一下子也把我问诧异了。定睛一看，她右手一沓票，左手一堆香，看来正常情况都是成套卖出 —— 进黎母山的多数人是去拜黎母的。黎母山是黎族的始祖山，《洞溪纤志》记载："是为黎人之祖，因名其山曰黎母山。"我之前查资料，已知山上有黎母庙，香火很旺。

进山门后，其实只能算山脚，一路未停，又花了二十多分钟，才到达我计划的第一站：曲岭谷步道。

谷口无蝶，步道的溪边无蝶，附近转了一圈，进谷拾级而上。

山谷幽静，大树遮天蔽日，偶尔有阳光碎片落到路上，空气清凉并带着苔藓的气息。一路轻快，上行百米后，随着地势不断抬高，周围逐渐明亮，蝴蝶也随之出现了。这种林荫道，不用说，容易见到的是生活在林下的眼蝶。最先出现的是玉带黛眼蝶，它们似乎彼此保持着距离，然后是一只漂亮的曲纹黛眼蝶，前者配色简明雅致，后者繁复绚丽。我略略停留了一下，确认再确认，怕因为自己走眼错过了好东西。

继续上行，在石梯路和小溪的交叉处，有两个相对宽阔的小平台。

下面的小平台杂草丛生，有倒伏的树干，只见蓝色一闪，一只蝴蝶稳稳地停在了树干上。我远远拍了一张，放大一看，是一只紫斑环蝶，在海南岛还是第一次看见此蝶，可惜这只太过残破，不然我会进入杂草丛靠近再拍。

上面的小平台有石桌石凳，均长满青苔，几片黄叶散落在那里。正在犹豫要不要过去，坐下休息喝口茶再继续上行？只见其中的一片深色树叶抖动了一下 —— 果然走眼了，它其实是一只蝴蝶。

用极轻的猫步靠近，彻底看清楚了，这是一只陌生的黛眼蝶，略似我在武夷山见过的尖尾黛眼蝶，但尾突相对小，贯穿前后翅的中带和眼斑附近都有紫白色斑，让它看上去更灵动有趣。

原来是相当罕见的文娣黛眼蝶，顾不得形象了，我放低身位，直接坐在地上，获得了十分舒服的拍摄角度。拍了一组，感觉不满意，又调整了参数，直到它翅膀上的紫白色和棕红色都同时得到充分呈现。

"黎母山不错啊。"收起相机，我心满意足地感叹了一声。

"当然不错呀！"从石梯路那边传来一个中气十足的沧桑声音。

惊讶地回头，一个老者稳稳地立于路边，看来观察我已经有好一阵。

"你在拍啥?"接着，他又好奇地问。

"一只蝴蝶。"

"你赶紧往上走吧，刚才有大松鼠，我看见了。这条路生态很好，小动物多。"须发皆白的他热情地说。

"呃……"我很想解释一下，除了蝴蝶，其他动植物我只是顺便拍一下，但又恐有负老人的热情。

"好的，谢谢，我去看看。"反正要往上走，我干脆给予了最友好的回应。

继续往上，已有太阳光束斜插进树林，各种昆虫在光束附近闪动。有一只弄蝶很有意思，它会飞到光束里左冲右突一阵，再飞回阴暗的树枝上，如是反复，不知是否着迷于光束带来的短暂温暖。

它待的地方太暗，我开起闪光勉强远远拍了一张，回放一看，大吃一惊，只见它的翅膀反面前后翅一半黄色一半棕褐色，对比非常强烈。黄色区域配黑色斑点，棕褐色区域配白色斑点，连斑点颜色都配得这么讲究。

感觉自己看到了好东西，却不知道是啥。后来查阅资料，才得知这是海岛特有的蝴种长须弄蝶，不得不说，我还是相当幸运的。曲岭谷步道，往返走了一个多小时，蝴蝶所见不多，但这两种都不寻常，我对接下来的徒步立即拉高了期待。

12点前，我驾车来到石臼步行道入口，感觉不饿，不如用一小时走完这条步道，回来再吃，于是把面包和水果放回车上，只背了器材和水就出发了。

没走几步，就惊飞了在石质步道上的几只蝴蝶，它们在阴影里汲水，明晃晃的艳阳中，阴影正好是视力的盲区。有点懊恼，记下了这个位置，回来再看，一般来说，它们中的一些会回来的。

这条路百米后就右转下坡，看着像是会慢慢下到谷里，眯着眼在转弯处踮起脚观察，山谷很深，来回一小时不够了。现在有两个选择，一是直接前行，可能会有两小时饥饿；二是回车上取东西，再继续前行，又觉得这个折腾是对体力的无谓消耗。

我在那里来回地转了一圈，仿佛遇上了一个很难的哲学问题。这时才发现其实还有一条直行小路，隐没在草丛中，不如，我就走这条道吧，前面两个选择都不要。这就是一个人徒步的好处，随心所欲，自由自在。

于是离开大路，走上了隐藏的小路，几十米后，这条小路竟然和另一条水泥路合并到了一起。水泥路下，水声潺潺，感觉相当古怪。研究了一下，脚下原来是一条上方封闭了的水渠而已。

直到此时，我都还没意识到，自己走在一条多么梦幻的路上。因为在此之前，只见到一只绿弄蝶和几只矍眼蝶，似乎还不如曲岭谷。

一只色蟌引起了我的注意，它的前翅透明，后翅黑色和透翅交错。瞬间就想起了海南岛的特有蜻蜓丽拟丝蟌，也是前翅透明，只不过是后翅黑色和金色交错。脑袋里一阵小混乱，拟丝蟌科我记得在国内是单科单属单种，怎么会有这么一个近似种？

这个困惑，到得晚上问了蜻蜓分类学家张浩淼，才恍然大悟——原来我见到的是丽拟丝蟌的雌性，只是不知道是否已经是成熟个体。

即使处在困惑中，我也没有漏看前面路边的一只玳眼蝶，它如此新鲜、美好，那一列眼斑的蓝色闪耀着金属般的光泽。在试图接近的过程中，它忽然蹿进了坡上的林里，扑闪几下后停在一片草叶上。

我毫不犹豫地跟了进去，为了不惊动它，我几乎是贴着地面缓缓移动，几分钟后才进入有效距离，调整好相机参数再缓缓举起，终于获得了完美的侧面照。

从草坡出来，我习惯性地检查双腿双脚，这是多年在热带雨林野外工作养成的习惯，这次，我在裤子的右膝部位看到了一条晃头晃脑的旱蚂蟥，伸展时接近两寸。我伸手把它扯下来扔回沟里，好险，如果不做这个检查，裤子又会有一摊自己的血迹了。

我和玳眼蝶的缘分还没完，没走几步，又碰到一只，它正摊开翅膀晒太阳。太不容易了，拍到这种蝴蝶的正面，和反面的惊艳相比，它的正面比较中规中矩，中带是一个白色的"V"字。

随着小路在林间的延伸，到了横过沟谷地段，水渠就被桥架支棱到了空中，走在上面，有时经过树腰，有时经过树冠，妥妥的空无一人的空中走廊。

这福利来得太突然，完全没思想准备就开始突然观察树冠上的蝴蝶。眼前各种蝶翅闪动，我恍惚了好一阵，盯上了一个小闪蝶似的蝴蝶，它在几棵树的冠顶飞来飞去，金属般的光泽一闪一闪，有如一粒绿色宝石在空中滚动。

仿佛是在回应我的关注，飞了一会儿，它竟脱离了之前的线路，径直飞到我面前，侧停在一片树叶上，原来，这是一只硕大的娥蟜灰蝶，左翅略残，但两个小尾突完好。略残的左翅，正好露出右翅正面的绿色斑。

真的不亚于金灰蝶啊。我在心里感叹了一句，静静等着，看它是否会在阳光下开翅。一眨眼，它就不见了，就像飞来时那样突然。

灌木顶上的蝴蝶，以常见的散纹盛蛱蝶居多，看了一阵，准备离开这个区域，却看见其中一只似乎略有不同——侧停的时候，反面有着明显的色带，这可不是散纹盛蛱蝶有的。

我有点小小的得意，一个隐藏民间的高手被我发现了。它的活动范围不大，我回走几步，就把正面反面看了个明白，是金蟠蛱蝶，来自蟠蛱蝶属这个比较冷僻的家族。

除了蝴蝶，这条路上的天牛和蜡蝉也不少，一只颜值超高的梵蜡蝉落在我眼前，好不容易才把凌乱的翅膀合拢，爬到一片枯叶上就一动不动了。

后来，我把照片发给了海口的孟瑞博士，她有个师妹正好在做这个类群的研究，很快就确认了种名，是变色梵蜡蝉黑胫亚种。

不知不觉，沿着水渠，我走了近三公里。此时，天色突变，蓝天白云不见了，远处有乌云靠近，阵阵风起。海南岛的雨是说下就下的，我转身快步往回走，有稀落雨点落下时，我已回到了车上。

一边享受简易午餐，一边听着阵雨拍打车顶，我暗自庆幸回来得及时。

只不过十多分钟，雨就停了，但天没亮开，我不敢离车太远，夏季的阵雨里，即使有伞也保护不了器材。

我在入口百米的距离里来回转悠，之前，就在这段路惊飞了蝶群。现在，雨水浇在被烈日暴晒过的石块上，水汽蒸腾，对飞过的蝴蝶很有吸引力。我转悠，蝴蝶也在这里转悠，我目击到的有玉斑凤蝶、玉带凤蝶、宽带凤蝶和异形紫斑蝶。

不断移动的镜头，在一只黑色蝴蝶身上停住了，看上去就是一个玉带凤蝶的雄性，但是后翅圆圆的，没有尾突，也没有明显的尾突断裂处。玉带凤蝶的变异个体？

赶紧蹑手蹑脚走过去，在它飞走前拍到几张正面，我就这样漫不经心地拍到了玉牙凤蝶。

和玉带凤蝶满世界都有不同，玉牙凤蝶在国内仅见于热带，曾经看过一份资料，说这个种在国内主要有三个亚种，除了其他区域的指名亚种，产自海南的是全无尾突的海南亚种，产自台湾的是略有尾突的台湾亚种。那么，我见到的应该是海南亚种。

接着，我又在几只异型紫斑蝶中，发现了一只隐藏的好蝶 —— 它的后翅似带锯齿，而褐色翅上的白斑雨点状，比前者更大也更清晰。

进一步观察，它的习性似乎也有差别，同在一个路段来回飞，它只落于灌木上，从来不像那几只斑蝶会落在地面上汲水。

我尽量抑制着激动的心情，先远拍几张，再尽量靠近拍摄，这时，我已确认是锯眼蝶，因为翅形简直太接近翠袖锯眼蝶了。后来，果然查到是锯眼属的疏星锯眼蝶，这蝶名取得真是贴切又雅致。

请教了一下过路的老乡，这条路并不通向谷底，下谷底还有另一条小道，须往黎母庙方向再开一公里左右。

在我的想象中，谷里既然多石臼，说明溪谷宽阔，说不定还有潮湿的沙滩。眼前乌云消散，阳光又强烈起来，就选那条小路下去吧，就算蝴蝶不多，至少还可以看看石臼。

十分钟后，我就背着双肩包，沿着石梯路下行了，这里全是松林。生活在黎母山的松树可遭罪了，稍稍壮实的，都会被割松香。割松香的方法是，在松树离地至少一米高的地方，割出"人"字形的伤口，由下而上，然后在下方收集伤口分泌出的树汁。我路过的松树，基本被割过或正在被割。有些松树，旧伤口还没合拢，新创口业已开辟，遭罪不止一次。这些松树，已经活成了终生献血的松奴。

想想那些高海拔险峻山上的松树，潇洒挺立，人迹罕至，只有鸟雀可近。同是松树，有的占尽风光，有的终身为奴，命运真是太不相同了。

约半小时后，下到了谷底，和想象的不一样，这里并不平坦，更像一处处悬崖串联而成，人很难顺着溪谷行走。

在我能行走的有限范围内，已能看到不少天然的石臼，地质学家们推测，部分石臼是冰川时期产生的，在一定高差条件下由融冰长期冲蚀而成，这类石臼比较规则，体积也不会太大，可以区别于流水磨蚀出的中大型石臼。

有一对石臼，盛满雨水，像饱含泪水的眼眶在凝视着天空，我看得有点痴了，一时忘了自己为何来到这里。

有好一阵，我小心地攀爬着在谷底移动，一个石臼一个石臼地慢慢观赏，它们都装满了雨水，有的长着草，有的有虫子，还有的有小鱼。远古的冰川遗迹，就这样成了这个时代的简陋容器，装什么内容已由不得它们。还好，除了水里的客人，它们也装路过的白云，装无边的蓝天，这样一想，倒也可以。

终于，我看到一个雨水沟的入口，坡上林子里的水从这里进入溪谷，可能经过了堆积松针的肥沃地表，流下的水都是黑色的，还带着腐败气味。蝴蝶们聚集于此，形成了两个群落：一是碧凤蝶为主的凤蝶群，它们巧妙地选择了一堆带刺灌木的下方，需要弯腰才能看到它们；另一个是灰蝶弄蝶拼凑而成，比较分散，一有动静就各自乱飞，有些很快就落回原处。

凤蝶群里，我唯一感兴趣的是一只暖曙凤蝶，可惜它最敏感，在我弯腰发现蝶群之前就蹿出，在一处灌木上稍作停留就远走高飞了。

只好把注意力放在那堆小蝴蝶身上，其实真的还不错，我记录到了素雅灰蝶和长尾蓝灰蝶，都是相对难见到的灰蝶。

离开前，一只绢斑蝶也来造访这里的鬼针草，让我又额外多停留了一会儿。

纱帽岭

入住儋州森林客栈的当天，我打的去取网上租的车，路上顺便请教了司机，如果要在儋州找生态好的山村，他推荐哪一个。他一秒钟也没犹豫："纱帽岭。"

当晚查了一下，纱帽岭距离客栈仅十多公里，车程半小时。此山海拔752米，是儋州市第一高峰，山形奇特，像一小桌山，中间高峰耸立，整体形状酷似一顶大纱帽。从图片上看，更像是女士遮阳的那种纱帽。

最近这一两年，我特别关注森林边缘山村周围的生态情况，它们是人类和大自然这两大系统深度互嵌的地方，那里或许可以找到两者最好的共生方式。所以每到一个区域，必定会选取一个山村进行蝴蝶调查，蝴蝶是生态指示性昆虫，对生态评估参考价值很高。纱帽岭附近的山村有两个，白炮村和南良村，我都准备去看看。

早上8点刚过，我就驾车出发了，在朝阳下的乡村路上慢慢开着，不断经过一些漂亮的果园，不时停下来，看看路边的蝴蝶。

在一个橡胶林的边缘，看到一种不同寻常的眉眼蝶，贯穿前后翅的白纹非常显眼，翅深褐色，追着拍了几张，确认是和眉眼蝶极为相似的奥眼蝶，热带才能见到的一种眼蝶。一路都是它，和密度很高的小眉眼蝶数量竟然不相上下。

穿出橡胶林，只见一只翅膀拖坠着的鸟立于路中。它受伤了？我小心打着方向盘，想从旁边绕过去。

车快靠近时，它突然飞起，又在不远处的路中落下，又换了个翅膀向下拖坠着。

呃，原来是在诈伤。有些成鸟在幼鸟受到威胁时，会以诈伤的方式吸引外敌远离幼鸟。这一只有勇有谋的褐翅鸦鹃，用的正是此计。

一路走走停停，有时还和村民聊一会儿，到了远端的白炮村，早就过了9点。此村有　条小河绕行，纱帽岭就在村背后。村民说自从南良进山的路通后，徒步者已不选择这里登山，上山的路杂草疯长，已无法通行。

我走上了村左侧的小道，想在村子与山岭之间的过渡区域寻找蝴蝶。刚到村口，就走不动了，桥头的一丛灌木里蝴蝶很多。一只雄性红斑翠蛱蝶最为活跃，在乔木与杂灌间往来冲锋，尽情挥霍着阳光带来的能量。

数量比较多的是波蛱蝶，足足有六七只，它们活动范围小，却也不久停，好不容易才拍到一张侧面。

其实，我最想看到的是红斑翠蛱蝶的雌性，它的反面有着惊艳的红斑，但这几日见到的都是孤独的雄性。又张望了一下，确认没有，悻悻离开。

来到村子边缘溪水与雨水沟的交叉处，眼前不禁一亮，有一种整个区域的蝴蝶都在这里了的错觉，这里仿佛一个蝴蝶的集市，雨水沟两侧摆满了摊位，它们层层叠叠足足排出了三四米，相当壮观。可惜为了避开烈日，这个蝴蝶集市几乎隐藏在灌木下，没法拍到全景，只适合肉眼观赏。

有两只红珠凤蝶远离了集市，在一处沙堆上安静吮吸。同是凤蝶，习性还真是不一样。爱在集市上扎堆的是蓝凤蝶、巴黎翠凤蝶、碧凤蝶、宽带凤蝶，它们都多达五只以上，玉斑凤蝶只有一只。

有一只文蛱蝶，也想在集市上凑热闹，结果那些凤蝶的黑翅扇个不停，就像大耳光一个接一个地招呼到它身上，文蛱蝶东倒西歪被揍出来，又眼巴巴地钻进去，然后，毫不意外地再被揍出来，把一边的我看笑了。

可怜的文蛱蝶，只好在外围找了个被暴晒的空地吃水，那样子像极了闪在一边生闷气的小朋友。

确认没有特别的目标后，我离开这堆蝴蝶，往纱帽山方向前行，走了三百多米就彻底没路了，这倒是在意料之中。折返，进村，顺便看看村民屋前屋后种的花草，这是我喜欢的例行内容，常有附近山野的精彩物种隐身其中，可间接了解一下此区域的野生植物。

村里也有蝴蝶。在一户村民的门口，我拍到一只咖灰蝶、一只古楼娜灰蝶，后者增加了我的个人野外观蝶记录。

离开白炮村，重新导航，很快就到了南良村。这个村是纱帽岭的缓坡，有机耕道通往山上，越往上路越烂。小心地开着车，摇摇晃晃往上，在半山下车观察，只见前面陡坡全是乱石，这哪里还是路，和溪谷的谷底没什么区别了。

停车，带上器材和午餐包，开始徒步。这条路偶尔穿进林中，多数时候暴露在烈日下，有一段路边长满高大的假马鞭草，蝴蝶不少，为了避免体能消耗太快，我确认蝴蝶种类后快速通过——没有特别的种类，还不如先保存实力。

一公里后，左边出现了一条幽深的步道，立即毫不犹豫地拐了进去。几分钟后，感觉树林的荫凉从头顶一直下沉到五脏六腑，人舒服极了。

这条道的蝴蝶其实少多了，只见到红珠凤蝶和玉斑凤蝶在高处访花，脚边全是直翅目的昆虫胡乱蹦跶。因为草丛深，我还得打起精神先排除脚下没有蛇类，要是贸然踩上那就惨了。

又走了一阵，进入了大燕蛾的地盘，这种酷似凤蝶的大型蛾类，时时惊起，多的时候五六只同飞，相当壮观。以前在尖峰岭灯诱时，见过大燕蛾群飞，那是些迷路的家伙，东倒西歪，在灯诱的白布和地面乱撞，简直不成体统。白天的它们，飞起来就优雅好看多了。

穿过树林，前面是绕行上来的车道，四处看了看，已身处小桌山的桌面上了，远处山峰耸立，那才是纱帽的帽子，眼前的桌面正是纱帽的宽阔帽檐。

经过了开阔地带，进入树林区，左边的树林里蝶翅闪耀，有时还有蝴蝶飞出。我从杂灌的间隙进入树林，四下看了看，立即兴奋起来。

如果说，白炮村后的雨水沟形成了凤蝶的集市，那这片树林就成了斑蝶的露营区，几乎树林里的每根藤条上都倒挂着各种斑蝶，它们各自保持着距离，并不密集聚集。

不想打扰这么多蝴蝶，我尽量贴着树林外围绕行观察，先后发现了虎斑蝶、金斑蝶、啬青斑蝶、绢斑蝶、异型紫斑蝶五种斑蝶。其中最活跃、数量最多的是异型紫斑蝶，透过树叶的缝隙，我还看到它们中的一对正在交尾，逆光中它们的身影很甜蜜。

虽然没有特别珍稀的种类，但盛况如此，实在不舍得离开。干脆选了处相对空旷的地方，靠着一块长满青苔的石头，一边吃干粮喝茶，一边愉快地东张西望。斑蝶们不时有一只离开悬挂处，悠悠晃晃地飞出去，又有别的斑蝶一只两只悠悠晃晃地飞进来。

半小时后，离开此处继续向前。约五百米，从小道下坡进入峰顶前的缓冲地带。

眼见小小的主峰郁郁葱葱，比一路来的植被都好，大喜，不禁加快脚步穿过一片树林，很快就又开始了上坡。不料，走了五十米，疯长的灌木竟将小路彻底封死，旁边也没有空隙可过，这下傻眼了，植被最好的区域反而进去不了。

发了会呆，只好转身往回走，想着刚才一心想登主峰，走得太快，有几处空地都没仔细查看，现在可以去补课。

这一带的植被，以获属植物居多，进入空地时非常小心，它们的叶片边缘锋利如刃，稍不注意就会被割伤。

比我想象的还好，在一处空地上，除了飞舞着的橙粉蝶，地上还有一只穆蛱蝶，重点是，由于日光强烈，它会不时竖起翅膀，这样就有机会拍到反面了。无数次在野外碰到穆蛱蝶，毫无例外的都平摊着翅膀趴在灌木上或地上，我和它的反面始终差点缘分，纱帽岭上终于了却了这个小心愿。

走完这个区域，回到斑蝶露营区前，一只硕大的弄蝶从我耳畔振翅飞过，发出"呼呼"的声音。它绕着小圈飞了好一阵，在前面的芭蕉叶上停住了。是飒弄蝶！我精神一振，快速跟了上去。弄蝶十分活跃，在一个地方停不久的，不可错过机会。

飒弄蝶不仅体型大，和别的弄蝶还有一个不同 —— 休息时它们喜欢大大咧咧地平摊开翅膀。这个家族我已拍到三种：密纹飒弄蝶、蛱型飒弄蝶、四川飒弄蝶，一直渴望着能增加野观记录。

刚看清时，还略有点失望，它看上去就是最常见的蛱型飒弄蝶，黑白色斑的组合是我熟悉的。为了避免走眼，我还是认真进行了记录，就在拍摄过程中发现了一些异样：它的前翅白斑稍短，白得更显眼；后翅白色斑带开阔，外侧的一列黑斑略有间距 —— 而蛱型飒弄蝶是挤在一起的。

难道，我见到的是小纹飒弄蝶？我被这个事实震撼到了，因为根据我看过的资料，这是一种仅在台湾分布的蝴蝶。

回到客栈的第一件事，就是查对这只飒弄蝶，还真是它，小纹飒弄蝶，我长舒一口气，放下平板电脑，开心地离开房间，到餐厅给自己点了一份红艳艳的剁椒鱼头，算是庆祝。

刊于《作家》2024年第1期

当我成为一只真正的亲鸟

—— 孕期观鸟笔记（节选）

杜　梨

孕6周：胚胎，体重小于1g，头臂长3.5mm，大小约等于一颗蓝莓

地点：龙潭西湖公园

鸟种：东方大苇莺与大杜鹃

孕6周，我的孕反准时开始，那时的孩还只能被叫作胎芽，有些孩在这时已经能听见心跳，可以正式建档。但我在6周时，还没能听见孩子的心跳。B超医生安慰我说，可能是孕囊还太小，所以听不见。而产科主任则怀疑是空囊，老太太声音尖厉，说话一向夸张："别是停育了吧！过一周再来查吧！"我心情复杂地走出她的办公室，之后都挂了普通号。我们在网上搜了大量关于几周能听见胎儿心跳的消息，有些甚至到八九周才能听见，只能交给时间。

我去了龙潭西湖看东方大苇莺喂大杜鹃，强迫自己转换焦点。有鸟友已拍到了大苇莺喂食大杜鹃的绝佳照片，娇小的大苇莺正往一只身形巨大、披着虎皮羽毛的亚成大杜鹃嘴里塞虫儿。如果运气足够好，或许还能撞见大苇莺在荷花丛里喂大杜鹃的样子，荷花颜色粉嫩温柔，大苇莺育雏认真，大杜鹃的嘴几乎能吞掉大苇莺的头。这是杜鹃经典的巢寄生现象，说起来总能引起广泛的讨论。根据文献，世界上一共有54种寄生性杜鹃，在欧洲，大杜鹃可在108种以上的宿主中寄生繁殖。中国分布有17种寄生性杜鹃，是世界上寄生性杜鹃种类最多的国家之一，大杜鹃的宿主在国内多达24种，是国内最常见、宿主最为多样的寄生性杜鹃。而在北京地区，鸟友们最熟悉的就是寄生在东方大苇莺巢中的大杜鹃和寄生在灰喜鹊巢中的四声杜鹃。每年东方大苇莺都会勇敢出击，冲向那些妄图把卵产在自家巢中的雌性大杜鹃，它们小小的身体冲向大杜鹃，带着不顾一切的勇气。人们曾经观测到，红嘴蓝鹊曾经在同类的帮助下，成功辨识出了杜鹃的寄生卵，并将其扔出巢外。但同样属于聪慧的鸦科，有着高度社会化，依靠群体生活的灰喜鹊却经常被寄生而不知，这有些奇怪。

我对此有过一个猜想。灰喜鹊做的巢不太稳固，通常是几根树杈搭成的，产卵比较多，落巢鸟也比较多。此时，假如大杜鹃吞掉灰喜鹊一两枚卵后再寄生，灰喜鹊和大部分鸟类一样不太会数数，它们前期一定会被杜鹃的卵所蒙蔽。杜鹃会进行卵色模拟，让自己的卵看起来更像宿主的卵，但外壳更坚硬，体积也会更大一些。杜鹃雏鸟出生后，再把灰喜鹊的卵或雏鸟推下去，等到杜鹃雏鸟完成巢间清洗后，灰喜鹊亲鸟也只剩下了杜鹃雏鸟等为数不多的选择。杜鹃雏鸟一般会比其他寄生的雏鸟大一些，在一定范围内，亲鸟有时会选择体型较大的卵和雏鸟进行喂养，灰喜鹊面对着巢间不多的甚至可能是唯一的选择，它们只能被迫接受这一结果。

杜鹃性情孤独，雏鸟出生后也与其双亲没有直接联系，因此有学者认为其响亮而单调的叫声有助于其种内识别，也就是吸引彼此相识。杜鹃自古以来都颇为神秘，"望帝春心托杜鹃"是源于杜鹃的独特叫声，"杜鹃啼血猿哀鸣"是来自它们的血红口腔。每年春夏，杜鹃们从东南亚和马来群岛飞回北方，当大杜鹃的"布谷布谷"和四声杜鹃的"布谷布谷"响彻云霄时，我们总有种老朋友回来的欣喜感。

我妈和朋友陪我到龙潭西湖时，正是早晨八点，东方大苇莺的喂食频率已较前几天有所降低，大概是已看出这位养子的羽翼渐丰。此时大杜鹃的亚成鸟还没有换羽，与成年大杜鹃的暗灰蓝不同，还是一身虎皮毛，但它单调又急促的叫声却让大苇莺忙坏了。它不断乞食，小小的大苇莺不断飞入荷花丛和芦苇荡，为它寻找昆虫。听说大杜鹃还爱吃蜻蜓，不爱吃蜜蜂，这让大苇莺更加疲惫。大杜鹃并不怕人，站在柳树的头或枝上，因体型很大，非常显眼，它羽毛的饱和度很高，非常漂亮。大杜鹃大概是听见了养父母的指令，在几棵大柳树和池塘之间四处飞行等待，我们便在池塘和草坪周围来回奔走移动。

大苇莺的喂食频率并不高，且每次速度都很快，我拿着七斤多的相机，等了三个小时，都没能拍到大苇莺喂大杜鹃，只有大杜鹃亚成鸟熠熠生辉的写真照。大苇莺在以这种方式让大杜鹃快快独立，一旦大苇莺停止喂食，大杜鹃便头也不回地飞走。在同一株柳树上，另一家灰喜鹊亲鸟叼着虫子飞回，长着雪花头的小灰喜鹊正殷殷扇着翅膀，冲着亲鸟撒娇大叫。大杜鹃见状，也转过身，冲着灰喜鹊一家扇翅膀，大概是想着有枣没枣，打一竿子再说。灰喜鹊一家愣了片刻，但也没有理它。也许灰喜鹊认不出巢中的寄生卵，但邻居家的好大儿，还是一眼能认出来。

东方大苇莺的亲生卵或雏鸟或许被大杜鹃的雏鸟推出巢外，早已往生。人们一方面对大苇莺喂大杜鹃的情景咂舌惊叹，一方面还是不免替大苇莺扼腕叹息。在北美，有些人会故意扔掉另一种寄生鸟类牛鹂产在别的鸟窝里的蛋，来践行正义。在国内的乡镇中，也会有人践行这样朴素的正义。不过，还是让自然去掌管一切吧，这些小小的雀形目鸟儿已经演化出了反寄生行为，大苇莺对于大杜鹃的寄生行为会通过群体性的社会学习而迅速扩展，而有时大苇莺驱逐大杜鹃时，虽然二者体型悬殊，大杜鹃还是会因做贼心虚而落荒而逃（郑光美主编，《鸟类学》）。这千百年的繁衍角力，令人着迷。

看完杜鹃，和朋友聊了天，我们就告别了。过了几天，那只大杜鹃飞走了。我也在7周4天时，因腹痛去了急诊B超。就在那里，我和我妈第一次听到了孩的心跳声，每分钟142次。听到那么小一颗蓝莓的心跳，我感觉自己就像神秘博士一样拥有了两颗心脏，一具身体里传出两种心跳。我如释重负，那是我人生真正的黄金时刻，我和妈妈都哭了。

孕21—22周：胎儿大小约等于一颗洋葱，身长278mm，体重385g

地点：山西大同、应县木塔、平遥古城、永济（蒲州）、鹳雀楼

鸟种：红嘴山鸦、达乌里寒鸦、北京雨燕（麻燕）、家燕、东方白鹳

12月，看完红额金翅雀不久，丈夫难得休假一周。猫咪帕尼尼在家里到处疯，腿忽然瘸了，我带猫去看病，拍了片子。当时医生没看出帕尼尼骨折的小关节，只让我观察，我还是放心不下，心有戚戚。事后没想到，帕尼尼骨折这件事竟然成了我怀孕到生产所经历过的最漫长、最痛苦的折磨。

随后，我们拼了假，一起去山西看古建，为孩子拜拜北魏与辽金时期的佛与菩萨。整个孕期，我就像西天取经的玄奘一样，见庙必拜。我将心事告知群鸟、菩萨和天地，但是他们是否有所回应，我不得而知。

我只在大学去过一次龙门石窟，那时洛阳晚上7点就没了公交车。我和同班的姑娘，在夏日的黑夜中，慢慢走出大山，看着远处昏黄的路灯，最后一班车已经开走。我们彼此鼓励，有种不可名状的巨物恐惧，仿佛跑到尽头也逃不出如来佛祖的手掌心。

在大同的云冈石窟，我仰头看那些古代工人因修缮石窟凿出的小洞，觉得夏天一定会钻进雨燕或家燕。而在某一窟，当我正在仰头观察窟前的交脚弥勒时，有两只红嘴山鸦正站在石窟上方，叫声别致，相互追逐着飞出。冬天的云冈石窟几乎没人，我们拿着书，一个一个窟走遍，看漫山大大小小的释迦牟尼、交脚弥勒和文殊、普贤、观音与大势至菩萨。孩饿了，在肚里踢，我们便吃了点饼干，火速离开。

第二天，我们约车去看应县木塔。一路上，我看见有运粮食的车轰隆驶过，洒下一马路的玉米粒和高粱粒，汽车驶过，车身产生细微的震动，很奇妙。忽然，前方地面出现一片鸦，见车来，它们扑簌簌逃离。待我们过后，复又落在地面上啄食，我那时才恍然大悟，它们在吃公路上掉落的高粱和玉米，汽车的碾压或许能够让这些粮食更软。不过，它们也要小心这些重型的人类机器，要留神被车撞。在那很快掠过的风景里，我认出那是一片黑白相间的达乌里寒鸦，可能还有大嘴或小嘴乌鸦混群。我曾在迁徙季节站在百望山顶，用望远镜看远处遮天蔽日的达乌里寒鸦，它们成百上千地聚集在一起，里面会混着小嘴乌鸦和大嘴乌鸦，彼此紧密团结，形成了一面坚不可摧的鸦科鸟浪，每只鸦都表情肃穆，向着南方振翅飞去。当夜我还梦见了达乌里寒鸦，也是现实中那样冷，我透过望远镜，清晰地看见了一只达乌里寒鸦的脸，黑白分明，似能触摸到它的羽毛与呼吸。醒来后，我对达乌里寒鸦念念不忘，它们遮天蔽日的队伍给我以巨大的震撼与感动。冬日偶逢这些留在北方，早就得到高粱和玉米粒线报的鸦，我喜不自胜。

到了应县，吃过午饭，我们去看佛宫寺释迦塔。我很小就在书上看到过山西的应县木塔，可真正见到它才发现，它虽是一座独塔，却有万般看不够的奇美。无人的冬日，狂风撕扯过后，生冷高远的蓝天，白云所剩无几。无论在小县哪一处，隔着几条衰败的小吃和建材街，都能看到佛宫寺释迦塔敦厚地站在中心。冬日肃杀，游人零星，应县有着末日废土的奇美，近千岁的释迦塔好像这地球上最后一个朝圣处。中国古塔的形制中蕴纳万种圆钝与温和，全靠平面内外柱来传导所有重量，斗拱与榫卯错落交致，里面蕴藏着无数年轻的生命，有蝙蝠、雨燕、燕子和鸽子，各种昆虫、细菌与微生物。释迦塔外部住着近百只随时起飞的鸽子，天风响宝铎，鸽们便无数次惊飞，绕塔飞旋，耳边都是翅膀炸开的声响。

民国时错拆的窗户让释迦塔的内部已经倾斜扭转，看一眼是少一眼。

塔内一层有座高11米的释迦牟尼像，结跏趺坐于束腰莲花座上，金脸金身，契丹人为祂画上了绿眉毛与绿胡须，以示尊贵与神圣。我在释迦牟尼的身下，端详他的结印和袒露的胸脯。他胸口的黄金被时间摩挲褪色，又落满千年尘灰，心脏处黑洞洞的，皆是虚妄。在看两侧剥落的壁画时，我幻听到了雨燕的叫声。

我和丈夫救助过一只受伤的北京雨燕雏鸟，我们给它起名叫黑麦，将其成功治愈，养大并放飞。我后期还有幸参与过北京雨燕的环志，对野生雨燕和人工带大雨燕的触感都有切实感受。我俩对于北京雨燕的叫声再熟悉不过，彼此相视一眼，非常惊奇。烈烈北风透过榫卯结构，我们清楚听到了雨燕的啼鸣。

但依照迁徙规律，它们早就该在7—8月时启程飞往南非，而不是在12月的下半旬，仍住在冰冷的释迦塔里。雨燕喜欢住在古建中，我们忙问工作人员，夏天这里是不是有雨燕。果然，工作人员说，这里夏天满是麻燕。当地人称雨燕为"麻燕"。她坚持叫它们麻燕，这个称呼倒也符合雨燕们黑褐色有鱼鳞纹的小身体。百来年前，英国博物学家斯温侯给普通雨燕的北京亚种取了北京雨燕的名字之后，北京雨燕无论飞到哪里都叫北京雨燕了。但每个地方对于众生都有自己独特的称呼，人们对乡土的深情与家乡的认同都在动植物的命名中一次次显形。比如吴明益在小说《云在两千米》中提到的台湾石虎，实际上就是豹猫。豹猫在中国台湾省的别称是"石虎"，也被叫作"台湾山猫"，现在已成了台湾地区唯一的一种野生猫科动物。而传说中的台湾云豹，更是在本地居民的神话里拥有"里谷烙（Lrikulau）"这个名字，它们在山地的迷雾传说中生生不息。

有人说，冬日有些不走的麻燕会留在塔中食虫。但张彤彤依旧认为不太可能，他说雨燕吃飞虫，那虫子得有多少才够它吃一冬？那，也许是风声穿过塔身的缝隙所产生的嘶鸣？我在随后的平遥古城的某个木匾后也听到了同样的叫声，但无论怎样也没能找到哪怕一只雨燕的影子。或许也是北风穿过细小木缝的喘息吧，只不过那声音与雨燕的一模一样，一路从应县追我们到平遥古城。或许这声音追的并不是我们，而是我的孩子。或者这声音就是我和丈夫、妈妈一起带大的雨燕黑麦，在古老的小城和木塔里，不断用鸟类独特的通讯方式，在呼唤我们。

前年8月，在傍晚的温榆河公园，我听见如瀑的啼鸣，仰头望见漫天的家燕，高悬在澄蓝的空中，旁边新月已有浅浅淡淡的白牙。它们的欢呼与激越，不断将晚霞的红晕击溃。它们热情地凑在一起，互相寒暄，彼此叮咛。它们谈论即将开始的南迁，很像在火车站依依惜别的人们。家燕们将集结成大部队，日夜兼程，不辞万里，飞去菠萝和芒果的家乡。幸运的是，它们将彼此陪伴，没有燕子会停留在告别的站台上。凶险的是这一路上，依然会有燕子被风擦去或被鹰隼吃掉。张彤彤告诉我，像燕子这种大规模集结，都是老燕子带着小燕子前来的。它们不约而同地前来，将这个秘密的集结点一代代地传下去。如果有人恰好经过，看到这奇景，想必余生都会念念不忘。我就是那个念念不忘的人，我想，我也会像老燕子一样，引着我的小燕子，走向漫漫人生路。

在山西，我终于看到了多年来魂牵梦绕的壶口瀑布，也牵了壶口小黑毛驴，在迷蒙的冬日水雾中不愿离开。我曾在西藏见过黄河本初的样子，那些从青藏高原巴颜喀拉山脉流下的水，平静清澈，遥遥与高原厮缠。瀑布的雷鸣中隐去了很多鸟儿，不知它们会不会在下游饮水，不远处就是重归平静的黄河，在正午的光芒下微露波光。

之后我们去了永济，这里是古蒲州的所在地。在唐代，蒲州作为毗邻长安的繁华城市，一时风头无两。在酒店，我推开窗就能看见两千米的五老峰。众山如此逼近城市，一如山神大军，守在关口，威视着这座小城。青少年时期的王维住在蒲州下属的临猗。少年时，他从临猗出发去长安，走的一定是蒲津渡口，也必然登过鹳雀楼。那时，唐玄宗还没用160万斤铁造出八只黄河大铁牛来泊船，鹳雀楼和蒲州浮桥也还没被金军守将侯小叔焚毁，以拒蒙古。那的确是个繁华时代，鹳雀楼坐落在黄河边。王之涣辞职后，十五年都没有去上班，就在鹳雀楼耍子喝酒，写下"白日依山尽，黄河入海流"。只不过后因黄河泛滥，遗留的故基彻底被淹没。如今的鹳雀楼离黄河很远，即使我们更上一层楼，也看不到黄河入海流。

唐代的大铁牛和铁人沉入淤泥底又被捞上来，摆在了远离黄河的公园，小城里只有古蒲州的城墙土基，只有麻雀们零落上下。鹳雀楼是四大名楼中最高的一座，是座高达73.9米的高台式十字歇山顶楼阁。在冬日的阴天里，鹳雀楼自旷野拔地而起，无数野鸽绕楼追逐，凌空激斗，颇有些旧日江河入梦的惶惑。没有人喝多了题诗，也没有胡姬舞罗衣。

我们登上了鹳雀楼，在顶层看到了王之涣，青铜做的。我和骀拥抱了他，用我的千里目（观鸟望远镜）向远处的黄河滩望去，竟然看到一群东方白鹳在黄河边站着。那一刻，我终于明白了为什么鹳雀楼会叫鹳雀楼，只因当年的鹳雀楼就在黄河边，人们能清楚地看见这些白鹳在天际或水边遨游嬉戏。骀骀三个月时，我给他背《登鹳雀楼》。"骀骀，你记得吗，妈妈带你去过鹳雀楼，我们和王之涣打过招呼。"

他很高兴，笑得嘎一声。

我左面就是高耸入云的五老峰，灰蓝色的山脉似乎伸手可触，如此阔大逼人，不真实感是如此强烈，好像在虚幻的梦境。那层次丰富的黄河滩，曾载着很多诗人渡过河，给东方白鹳带来过很多条鱼，诗句被千亿次念诵，而白鹳们穷尽千里。后来我又在梦中梦见了五老峰，峰前有一些泛黄的古典楼阁，互为远近，旁边是一棵枝叶向内卷曲的松树。旁边有人对我说："你住在这里真是绝佳。"

骀骀的确带给我很多好运。比如去山西前，丈夫决定推迟休假一周再去，我坚决不让他再推迟。他的工作24小时待命，每天只睡几个小时，长年点灯熬油。一旦推迟休假，他年内就再也没有休息了，冥冥之中我决定立刻就出发。

事后证明，我的直觉是对的。北方的暴风雪一路追赶我们，从山西北部的大同到了最南端的永济，可惜它每次都扑空了。我们前脚刚离开一个城市，暴风雪便跟在身后，忙不迭地扑食。冬日寒冷，山西所有热门的古建我都如入无人之境。我登上了寂静的悬空寺。在恐高和迂回的走廊中，我鼓起勇气俯瞰悬空处，想起恒山附近的野山上，还有我心心念念的古代战神褐马鸡。

离开永济那天，我刚到高铁站，一对流浪猫母子忽然从一边的草丛钻出，直扑到我的面前。它们一定鼓足了很大的勇气，希望我能给它们娘俩一口饭。可当时我要去赶车，周围没有任何食品摊，我们也没带肉食，什么也做不了。气温骤降，暴风雪马上就要来到，它们没有御寒的场所，不知晚上在哪挨冻。在山西北部的寺庙里，有很多状况很差的长毛流浪小猫，皮毛憔悴，泪痕发黑。

寺庙大多在村子里，菩萨只能给小猫遮挡，却不能给它饭吃，小猫遇见游客讨一口，没游客的时候不知道去哪。而永济靠着西安，身处山西的最南端，普救寺里还能看见黑脸噪鹛这样的南方常见鸟。可以说，永济的整体温度要比苦寒的大同高了不少，但冬天还是冷。在广大北方的冬天，没人庇护的流浪猫真的很难过活。帕尼尼就是被游客带到东宫门出口的小猫，我捡到它时，它已经几天没吃饭，瘦得皮包骨，眼窝深陷，还有猫冠状病毒，所有的医生都摇头。但我把它带大了，它后来长得威武雄壮，威风凛凛。

高铁到达北京已是深夜，北京也飘起漫天大雪。我们觉得或许是菩萨保佑。在山西的冰天冻地中，那些沉默逼人的群山，神秘冷清的古建，奇异的菩萨和琳琅的壁画，还有那些浮掠的鸟影，暗夜的雨燕声音，忽然相逢的白鹳，都不断重构着我的梦，给骏骏带来更多的梦幻，又或者是我听从骏骏的想法，与那些不同寻常的风物撞个满怀。那是三年日复一日的劳作过后，我唯一的旅行。

孕26周：胎儿大小约等于一个木瓜，身长366mm，体重859g / 孕30周

地点：国家植物园、颐和园、玉渊潭

鸟种：普通鸤、斑头秋沙鸭、普通秋沙鸭、鹊鸭

两次去植物园，没能追到红腹灰雀。我拖着小车和两位熟悉的鸟友大哥一起在停车场见面，之后浩浩荡荡地冲到国家植物园。据说红腹灰雀只在早晨特定时间出现，在草坪上寻找食物。我们花了很久寻找它，我刚坐在椅子上歇会儿，它就落在了枝头。刚等我站起来，它立刻飞走了……这就是那个早晨发生的全部。

后来，我在曹雪芹故居看到了那只可爱的普通鸤。那天的天极冷，我在曹雪芹故居转了一圈，枯坐在长椅上，旁边一帮大爷忽然拍了起来，我抓起相机走过去，那只小普通鸤已经跳到了枝头上。北京常见的是黑头鸤。据一位大爷说，每年冬天他们都在樱桃沟拍普通鸤，需要爬山非常艰难。但是这次，它竟到了植物园，几乎不费吹灰之力。但谁也不知道大爷以前拍的普通鸤与眼前这只普通䴓是不是同一个亚种。眼前的这只小普通䴓穿着灰蓝色羽衣，黑眼如豆儿，两侧有贯穿的黑眼纹，看上去有些像"颦儿"，正在深思。它白色的胸口蓬松沉静，下体的淡橘细腻地绽开，那双爪子紧紧贴着树皮，灵敏地旋着。它站在我们面前的树上，离我们大概只有一臂之遥。和害羞的旋木雀不同，普通䴓被东北人称作"蓝大胆儿"，它自信满满地贴着树皮旋转，用小脑袋撞树，掐开树皮，衔出小虫，还不知从哪里寻了一块小馒头。整个天空还是阴沉沉的，若隐若现的阳光从云后飘到树干上，只染亮它的脸蛋儿，眼神透出晶亮的热。

　　它自由自在，全然没有把慕名而来的人们和大炮放在眼里，也没有表现出任何紧张。普通䴓的这份勇气让我很震惊，人类对它们来说都像《进击的巨人》里面可怕的巨人。就连最厉害的雕鸮在人类面前都要吓得闭上一只眼睛，只有那些得到了薯条的海鸥和黑鸢才敢从人类手里抓汉堡，就连最聪明的鸦科对着人类也是退避三舍，但那只小小的普通䴓无所畏惧，它随心所欲地在这些大树间穿梭，严寒从未扯住它的羽毛，让它露出瑟缩的表情。当年曹雪芹在这里住，未必见过这神仙似的小普通䴓，宝玉未曾见过的神仙䴓子，我倒是见过了。那天我在植物园里的冷风里待了四个小时，很想去芹溪茶社内喝一杯，小广告牌上写着王夫人不舍得喝，宝玉挨打才有的喝的"玫瑰清露"，现在只需18元一杯，第二杯半价。外面太冷了，我和妈妈回家了。

　　过了一阵，我在颐和园里看了斑头秋沙鸭。斑头秋沙鸭通体雪白，眼周如熊猫一样有着黑眼圈，上背部也是黑色的，因此又被人们叫作熊猫鸭。越冬时，它带着妻子一同来到了西门的团城湖，远游于冰面之上。它正着一身美妙的雪白，头顶的缨状冠羽毛被北风吹起，蓬在头顶，阳光碎在它脑瓜顶，好似印象派那恰到好处的模糊。真是一只偏爱金鞍调白羽的羽林郎。它美得真是夺目，可以看出来它的妻子也很爱它，喜爱它的美貌，寸步不离地依偎它。斑头秋沙鸭的体型比普通秋沙鸭和红胸秋沙鸭都要小一些，它们在绿头鸭、普通秋沙鸭、鹊鸭之中穿梭，雄鸟像白白的橡皮擦，雌鸟是赤褐色的蜡笔头，它们在冰蓝的水面上游弋，下潜，画出色彩，擦去波纹。远看上去，它们又像一对迷你可爱的手办，美得并不真实。

丝蓝的水中，墨绿头的鹊鸭兄弟贴在一起，普通秋沙鸭们也在打盹儿。而那雄斑头秋沙鸭一直追着一只雄性的普通秋沙鸭，可能拜了这只"地头鸭"当大哥，它的妻子也紧随着它游。可能那只普秋常年和家人朋友们住在这里，对团城湖水域都比较熟，知道哪里摸鱼抓虾更方便。它们一路追着大哥，从北一直游到南，游到了离我们镜头最近的水域，又慌忙折返。普通秋沙鸭惊飞，它俩也跟着惊飞。

雌鸟追丢了雄鸟，还会怅然若失地望着四周那些陌生的鸭子，再赶紧追上丈夫。那只普秋大哥被盯得有些不耐烦，有几次它想告别它黏黏糊糊的斑头小老弟，但是没能成功。后来，普通秋沙鸭飞回了自己的族群之中。那对漂亮的小熊猫鸭便有些哀伤地漂在水面上，后来愈漂愈远，吃累了，也睡了过去。托骎骎的福，又是幸运看鸟的一天。很多人跟在我之后去寻找它们，它们都没有再出现，或者飞到了更远的昆明湖里。

过了半个月，寒潮破京，颐和园愈来愈冷，团城湖余的那面冰蓝色的水也冻得结结实实，鸭子们没了喝水的地方，全飞走了。它们去了哪儿呢？

有一些去了玉渊潭。比如鹊鸭，最后一次孕期观鸟，我看见了那对鹊鸭兄弟，但那时已经一切都不同了。

孕 30 周，我又回到了玉渊潭，那是我最后一次孕期看鸟，我婆婆陪着我去。只不过这次，我们离那些正在举办结婚典礼的鹊鸭很近，那真是一场漫长的罗曼蒂克。鹊鸭这两个字字形很相近，人们戏称它们为"醋鸭"或者"腊鸭"，我去的时候鹊鸭的一夫三妻格局已经形成，且已经交配过几次。冬季到初春，雄性鹊鸭大幅度后仰，后脑触碰到后背，两只蹼迅速拍打一下水面，发出一声：giu-gi！这种独特的求偶舞蹈被称为 Head throw display（甩头秀），第一年的年轻雄性也会做这个动作，用以学习和训练。雄性鹊鸭一连跳了很多天的头点背舞蹈，在人类看来有些滑稽，但对它来说，真是一场盛大的舞会。它绝对是那堆懒洋洋的秋沙鸭中的亮点，甚至整个玉渊潭的焦点。那只鹊鸭是婚礼的舞蹈之王，好像一个独自跳舞的西西里人，它一定能感觉到太阳在它身上发光，阳光泼在它的墨绿油头上，一切才有了意义。它的仰头和击水是那么地干脆利落，充满骄傲。它周游于几只雌性中间，分别和它们伴游一段。

一夫三妻的格局已非常稳定，有一雌性明显深爱着它，在它身边也会一直做颈部前伸，喙向上的动作，来表明心中的爱意与追随。另一只雄性鹊鸭很明显已败下阵来，却还找机会追在雌性身边示好。而那些雌鸟，则忠心耿耿，对另一只雄性退避三舍，或尝试攻击。新郎鹊鸭看见，便一直追着咬那只失败者，让对方不得不贴水起飞，狼狈逃窜，远离它的妻子们。

不知道它们是不是那对在颐和园水面上贴面相拥的鹊鸭兄弟，我推测大概是的。

繁殖季一来，一切都变了。

孕 29 周：宝宝大小约等于一颗卷心菜，身长 399mm，体重 1293g
地点：门头沟韭园
鸟种 ：黑鹳、普通秋沙鸭

去看黑鹳是我孕晚期的一次壮举，在那之前是无穷尽的忙碌，那之后更是让人有些绝望的忙碌。人在尘网中，真的是没有逃脱的机会啊。如果我能和骎骎生活在一个理想的梦中世界就好了，我永远那样携着他，和他永远一体，默默看着黑鹳，就好了。

去门头沟看黑鹳也是水水的消息。那段时间，她几乎每天都开车去门头沟看那群黑鹳，再从韭园买点酱菜回家。北京人对韭园的酱菜非常情有独钟，以至于那边出现了两个韭园。靠着山口的那个韭园头顶着大酱菜缸子，很会蛊惑人心，但实际上山坳里那家才是真正的老韭园，老韭园才是黑鹳们的真邻居。有个鸟友大爷找错了位置，到山口等了半天没有看到黑鹳，为了不空手而归，在大酱菜缸那里买了许多泡菜回家。到家后，他才知道，只要往前再开两分钟就能看见黑鹳了，而他的妻子傻了眼，说家里一年都不用买泡菜了。

午后，那群黑鹳会结伴自天盘旋而下，在山坳的水中捕鱼、饮水，人站在坡上，可以用相机或望远镜很清晰地看到那些黑鹳的面部表情。而当它们飞到高远的空中，在棕黄灰的山上裸露出的白色山岩上栖息时，又是极有古朴风味的画卷。阳光一照，黑鹳的身上竟是五彩斑斓的黑。我决定走进那张古画中去。我文章开头所提到的连绵大雨，带来了让北京震惊的洪水，永定河的水流量超过黄河，门头沟这里的河床被冲垮了，这里的荒野重归于寂静。

我怀孕六七个月，骎骎有些沉了。我因吃甜变得又肿又胖，比孕前胖了快30斤，走路变得沉重，呼吸时孩子顶着右下肋骨会钝痛，无法缓解。我经常失眠，睡觉时只能向左侧睡，因压迫过久，站起来走路时会一瘸一拐。我要去门头沟这样较远的地方，必须要有人陪同了。我妈有事，我只能托丈夫周六开一个多小时车程送我去门头沟。那天是个周六，山坳里的风很猛烈，一阵一阵地吹。

来看黑鹳的人特别多，黑鹳们也比平时晚来了很多，来了后也是不断顺着风游荡，经过我们上空，警惕地观察着这些长枪短炮。黑鹳们比较敏感，对人类很警惕，当它们双翅张开，低低掠过我们头顶，就好像我们正站在万籁俱寂的史前星球，眼前枯萎的河床是这些黑鹳的游乐场。它们的脖子上旋转出五彩斑斓的光，黑色的明艳在太阳光下无处遁形。

然后，我的丈夫对我说，他必须回去开会了，军令如山。他要求我和他一起离开，他说黑鹳不会再来了。那时我们才刚到了半小时。我和他争执了一阵，我觉得那是我孕期最后一次长途观鸟了，如果这次看不到黑鹳，我也不会再来了。最后我们决定，他立刻打车回去上班，而我则留在原地，等那些黑鹳下来。

前两天，有个教会往这河沟里放生了大量泥鳅，不知是不是为了吸引黑鹳来吃。此时，河里的普通秋沙鸭们正在疯狂炫泥鳅，一个个吃得腮帮子鼓鼓，喙钩钉住泥鳅，将泥鳅甩出水面，画出泥鳅最后的弧线。普通秋沙鸭中的姑娘们是如此幸福，它们一刻不停地埋头苦吃，想在这苦寒的冬季多存点脂肪来养育后代。它们褐色的冠羽在脑后蓬勃招展，如女神冠冕上的尖芒，向四周射击着阳光。而绿头鸭们技不如人，一只雄性绿头鸭一直追着那两只雌性秋沙鸭，妄图从它们嘴里抢过泥鳅来。当我们把视角转入圆圆的绿色鸭头，会发现前面褐色冠羽正融于刺眼的阳光之中，水面上是激流的浪花。

在旁边冰面上，看着这一切的，是那群黑鹳里唯一敢降落下来的少年。它周身褐灰，但脖子上的黑已经有了成年黑鹳的那种孔雀绿、金黄、玫红、淡紫、绛紫相交的反光。它在湛蓝的天空中伸出一只腿，另一只腿贴着白色的腹部，做好降落姿态，滑落到冰面上，仔细端详着鸭子们。它对这世界的凶险还未探知，它只知道自己肚饿，等不及了，很想从鸭子们嘴里抢一只泥鳅吃。于是，它一直在看着冰面和水流，也观察着河里的鸭子们，甚至痴痴地盯着一只满载而归的秋沙鸭。那个背影有些让人心碎。

黑鹳少年的捕鱼技巧还很生，它觉得最省力的是从鸭子们嘴里抢一只，反正它们的腮帮子都是鼓鼓的。而那些秋沙鸭就像完美的抓鱼机，几乎没费任何力气。几次，它鼓足勇气，快速扇着翅膀，从河段的另一段跑到鸭群中，想鸭口夺食。但它脚还打滑，把绿头鸭们吓了一跳，鸭子们四下逃去。它白白望了一下午，直到天黑。我也看着它到了天黑。人们总觉得，只要这只黑鹳少年下来了，整个族群就会慢慢下来，但奇迹没有出现，自始至终，都只有它，孤独勇敢地站在水边。

我坐在小座椅上，望着远处山脉上的黑鹳们。有时天空中响起炮声，黑鹳们惊飞，盘旋，复又回到此处。那里想必也有黑鹳少年的父母，远远地看着它。有时骁骁在肚子里踢腿，我就起来走一走，那时我已能摸到他的小脚丫，随时可以摁一摁。他早期还能缩回去，晚期就没多少空间了，只能被我挠痒痒。我穿的还是去山西的长款厚羽绒服，足够保暖。妈妈和丈夫都不在我身边，只有孩子紧紧陪伴着我。我经常感觉到孤独，但孩子对我寸步不离（实际上他哪儿都去不了）。

骁骁非常适应我，他从未有过任何早产或不适的迹象，他喜欢去野外玩儿。骁在二月肠绞痛，总是号啕大哭，只要一出门去外面吹吹风，看看绿树，就会在小车里安然睡去。我相信婴儿记得那些风和万物的摩擦声。

黑鹳们在高空中破风飞行，黑色的覆羽、白色的腹部和红色的头与脚，每只脖子上都溢出斑斓的色彩。它们尽力拉长脖颈，伸直双腿，让风从翼指中穿过，再抖落进绒羽间。我捕捉到其中一只的接近，它红眼周、黑眼珠、金脸颊和修长的红喙，是人间歌舞所嫉妒的黄金面容。山脉像喝多了黄酒，在它的背后融化，草木如山岩的呼吸，阳光托着它的腹部，赋予它丰美的魂灵。当它们在天空中顺着风之力来回摇曳，总有两只紧贴在一起，像一支哀伤、忧愁，又连绵不断的咏叹调，将人的心拉到很高的苍穹中去，好像诗歌的世间体，宋徽宗的《瑞鹤图》也不过如此。人们对于大鸟的姿态是多么痴迷，从春秋的卫公好鹤到如今。人们痴迷那些纤长的脖子与腿，和随时腾空的自由，可能是这种原始的艳羡促生了芭蕾。旁边的大妈说："等了一下午了，能看出它们特别想下来了，可就是不下来。"

接着她自问自答起来："来了，看到了吗？看到了。在哪儿呢？山顶上。"

我背过身偷偷笑了。

黄土在阳光下就如漫山遍野的金子，瑞鹤们弓着背，站在山坡上，山岩在它们的脚下臣服，野生灌木是它们的天然屏风。它们汲取太阳的能量，理羽休憩，侧头望着冰冻的河水。黑白，冷峻，远离人间。

那个下午真是混乱。对面河岸来了一个女人，两条小狗欢脱地跟在她身边，走在河岸上。黑鹳犹疑了。一边不知道谁家的大白鹅一直嘎嘎嘎报警，普通秋沙鸭和绿头鸭们在河道里飞来飞去。

这边的大爷大妈只能隔空喊话："你别站在那儿！鸟儿不敢下来了！我们在这儿拍鸟呢！"

那女人有些生气："我在这儿怎么了！"

他们有来有往地喊了一阵，女人最后离开了。过了一会儿又有打鱼的来了，非常理解地走了。大家都走了，就剩了几个人，天逐渐黑下来，山风刮得脸蛋冰冻，黑鹳们感觉到安全，终于从山上飞下来了，就像一阵雾中的雨，但我已没了任何兴奋感，只想快点拍完回家。

黑鹳们选择了远处的冰面，灰色的山脉在它们身后就像大象的足。它们漂亮的红色长腿踏在冰面上，一丝不苟地观望着水面，看着里面游动躲藏的鱼、虾和泥鳅。映入到泥鳅眼里的，是鲜红眼周上两个专注的圆点和那个致命的红嘴尖，一切在水里都被放大了。黑鹳们仍旧站在一起，它们享受彼此的陪伴，降落在冰面上，成为一曲暮色小调。那么远，这么近。黑鹳们终究是和东方白鹳们不同，已从五老峰黄河边的梦境里，来到了我眼前。

我开车带着骎骎回家了，肚子还没顶到方向盘，一切都很圆满。夜幕中，门头沟的大山在车灯中不断现身，每次都给我异样的惊栗。那是夏天柔软，冬天坚硬的西山，环抱着很多鸟兽，在它的臂弯中。那天我在门头沟等了很久，在等待时，我数着他的胎动。

前不久我得知，韭园酱菜那里的民宿改造了那片河滩，一直在施工，可能今年冬天，黑鹳们不会再来了。就在刚刚过去的夏天，人们保下了永定河施工，面临强拆的崖沙燕们。但还有更多荒野在面临着改建，变成水泥花园。

刊于《花城》2024 年第 6 期

有　思

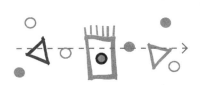

戊戌：一个人的现场

宁　肯

　　按：写作是一回事，创作谈是另一回事，发生于创作瞬间的感悟又是另外一回事。事后的创作谈往往离写作很远，我过去写过很多创作谈，知道怎么回事。我不是说它们没价值，它们有价值，但是另外的价值，甚至是另一种创作，却与写作现场、写作的发生学关系不大。我不是说我这一年的"简牍"文字有多么大价值，只想强调它的现场价值无可替代，它的瞬间、字里行间、发生与写作血肉相连。肯定不都正确，甚至是错误的，荒谬的，自言自语，但真实也来自此。也有一些文事点滴记载，一些自然，也均出自写作现场，一同构成天干地支。

绝　缘

　　把写作变成一种秘密，彻底与这个时代的"写作"绝缘。完全不以这个"时代"的写作做参照，写一种彻底陌生化的东西，以个人的孤独抵住整个时代。至少要以这样的视角看待写作。这是天真？如果是，那么天真也是绝缘的一部分。某种意义上，你已得到了太多，现在，你是最合适绝缘的人选。

鏖　战

一年到头为《九月十三日》鏖战，本想以这个历史装置的短篇结束旧年，迎接新年，反而走进死胡同。小说确实写到了1971年，两个孩子走进九道弯儿胡同，本想结束在这条胡同却无论如何结束不了，走不出。现在是早上五点，太阳已在不可见的地方升起。

结　尾

小说的结尾不是构思出来的，而是走出来的。走着走着看到了《九月十三日》的结尾。如同看到夜晚实际已黎明荆棘丛的边缘，看到丛外的路，水面，塔，树。这是写作的最幸福的时刻，也如行走的最幸福的时刻。之前迷惘，艰难，每一步不知往何处踏的心的悬空感终于要结束了。而就在昨天还一派迷茫，不知所终。用时不到一个月，十二月九日开始。当然，真正走出大概恰好一个月。

虚构与非虚构

2017年出版三本非虚构的书，从出版来说，堪称是我的非虚构之年：《中关村笔记》《北京：城与年》，另有一本待出的《冯康传》。这些都是为即将到来的人生另一阶段的虚构写作做准备，正像前几天给《文艺报》的一段新年寄语——虚构与非虚构互动或交叉写作，或是未来写作趋势，二者的关系从未像今天这样切近与明了：相生相异，相辅相成。但实际上述这些书都是2016年或更早所写，2017年将是虚构之年。2017年在《北京：城与年》基础上写一个同名短篇小说集《城与年》，从年初到年底一共写了八篇，一篇也没拿出来发表，尽管杂志总在催。这是一个整体写作，甚至秘密写作，随写随发表会坏事，因为每一篇都有赖于整体的气场。整体气场与单篇之异将是这个文本最神秘的特色。这是一部关于上世纪六七十年代之书，是极端的个人化与极端的历史语境一次真正的对撞，艰险的审美历久弥香。

七十年代有两个最大特点，一个是物质的贫乏，一个是政治符号性特别强，但贫乏和符号下面是什么？我们常说每一片叶子都是不相同的，能不能找到每一片叶子的不同？这不仅需要客体，也需要强大的主体，真实不仅存在于客体也存在于主体。我还要再花一年至少半年经营它，装置它。这几年大量的调查、采访、清理个人记忆是题中应有之义。事实上就在其中，虚构的轮廓已经有了，而这本身也构成了写作的巨大好奇。

历史与个人

完成《九月十三日》，结尾充满寓意，与整个时代对应。时代落实在人上，进一步来说，落实在弱智上，且又茫然，再合适不过了。有这样几个层次，1."九一三"当天：以非虚构的笔触描述这普通的一天与不普通的历史对应，个中人物弱智描述，九道弯儿胡同呈现。2.一个多月后，"九一三"传达文件的场景，礼堂，坝场，葬礼气氛的描写。3.九道弯儿巨大色情画的呈现，震惊与狂奔。4.尾声：弱智人物失踪，归来，定格——反讽抒情的等待。这是特别的一篇小说，装置意味的小说，重大事件的小说，个人与时代智性的表现，既有历史感又颇具现代小说意味。最初写时根本没有把握，只想到了1和2，后面怎么处理完全不知，甚至不知能否写成这个小说。到了3向前跨了一步，至4失踪／消失，基本完成了这个小说，看清了小说的尾声。归来是深化，成为整个小说的底座。也是此次写作的纪念碑式的底座，一切如此完好，形成巨大鼓励，信心十足。

非你莫属

马不停蹄，写完《九月十三日》，又将《胡同里的天桥》（《黑雀儿》）开了篇，越发感到有些东西非你莫属，你不写就不存在，那段历史就没了。所谓天生我材必有用，对应的就是非你莫属，没找到后者的感觉，前一句就是空话。非你莫属，也是写作的动力，完成它，这是你的使命。

雍和宫缘起

《天·藏》译者穆润陶（Thomas Moran）从佛蒙特明德森林大雪中发来微信："我和瑞贝卡在喝红酒聊天。她说她给你的那幅画 —— 就挂在你别墅的那幅 —— 是她去了北京雍和宫受到了启发之后画的。就是说她给你的那幅画的灵感来源于雍和宫里面从天花板挂下来的丝绸。她说这些丝绸的旗帜就是你在视觉里所看到的一切的框架。我今晚才知道！"我回："原来这幅画有这么深的缘起！我觉得是老天的安排，首先我非常地喜欢，莫名地喜欢，原来不知为什么，现在好像知道了：原来灵感源自雍和宫，藏传佛教圣地，与西藏有关！那红色的调子，转世的构图，灵魂飘升的样子，都像神一样的安排，一定是神启，通灵。而艺术家就是通灵的媒介，不自知，却传递着人神之间的东西。谢谢瑞贝卡，这是幅杰作。"穆润陶与夫人瑞贝卡已在森林里住了二十多年，一个是汉学家 —— 木屋里有很多中文书籍，一个是抽象派画家，可以看见雪中那间画室。在森林里翻译《天·藏》怎么想都有点点神奇，仿佛不是一个维度，又被雪统一起来，成为世界。

黑　梦

这一段写得太难了，用了两天时间，某种意义上，这是《胡同里的天桥》（《黑梦》）这篇小说真正的开头："在偶然的链条上，顽主黑雀儿是个有趣的缘起。说偶然也不全对，甚至或者应该说是必然，不能因为遥远就把天桥理想化，流氓或地痞或顽主本就与天桥有说不清的关系。1974年当王殿卿和几个当年的老兄弟在宣武公园小树林里秘密开了个跤场，顽主黑雀儿找到他，要求拜师学艺，他并不惊讶，并且收下了这个徒弟。"渡过来了，人物有了气息，甚至性格。这是决定性的，比有了情节重要得多。在没有性格的情况下，情节是虚的，浮的，没有方向，没有地基，处于悬空状态。而气息和性格（细节中产生的）则是基础、渊薮、情节的发动机。这时再去考虑情节，就是有源之水，自己生成。换句话说，真正的戏剧性是性格。

听着雨声写作

我喜欢听着雨声写作，不知为什么。或许雨提示着夏季的一切，也包括秋季和春季。如果雪有声音，我也会喜欢雪的声音，可惜没有。还没有一种声音能描述雪，寂静不算，寂静不是雪。所以唯一的声音是雨，其他风林涛甚至包括海浪都不行，潮涌或多少可和雨相比一些。但雨的那种密度，均衡，稳定，源源不断，丝丝入扣，如同内心一样，是什么也比不了的。雨最近人的一切，或者雨就是人。在雨的背景上加上长号，小提琴，钢琴，大提琴，琵琶，古琴，什么都行，没有比雨更好的背景，一切的背景，如同人既是主体又是一切的背景。

早晨，长号，雨，现实与虚拟，AR，增强现实。雨、长号都是电脑创造的，唯晨是现实存在，混在一起无法区分。也没必要区分，事实是早晨是增强现实，长号、雨才是现实。继续《胡同里的天桥》，无疑它是增强现实，比现实还要真。

小说所追逐的

感觉是这样，事实不是这样 —— 但小说要写的是感觉上对的东西，而不是事实上对的东西。感觉上与事实上并无本质的差距，感觉甚至比事实更具本质性，这就是小说为什么要追逐前者，而不是着力后者的原因。

《城与年》

《城与年》达到 8 万字了，九个短篇，第九个才开始，远还没完。昨天跟 Z 聊这个集子，Z 非常看好这个集子，认为不会亚于我的任何一部长篇。我也感到它的价值，它会和以前任何人对那个年代的书写都不同，极端的个人化表达，对应极端的年代。并非表现那个年代，正如宁非所说你不能用那个年代表现那个年代。使用那个年代表达出那个年代的可能性 —— 人，人性，既是那个年代的更是超越那个年代的。那个年代是个审美平台，本身就很特殊，在特殊中写出一种共情的小说来，而不是表达它的特殊。那个年代可激发出很多艺术的东西，人性的东西，"美"的东西，人类的东西。

小说是一个什么都能装的文体，但这也正是挑战，装不好，不谐调，会不伦不类。装好了，使用了高度的技巧，反而表现出小说的活力，所以在这个意义上小说更需要技巧。技巧不是静态的，正来自对不可能的挑战，对什么都能装的挑战。独特性与创造性，前者易做到，但要达到创造性还有距离。创造性是对独特性的放大，整体的建构。而独特性更多表现在气质上，细部上，缺少自觉，特别是整体的自觉，更多是自性。而创造性更多是理性，是对自性的重构。

目　光

一个被时间和岩石加持的地方，有许多世纪的目光。

毁掉它

推倒重来吧，甚至应忘记所写的，真实与创造出来的真实是两个不同概念，前者是束缚，后者是自由。痛苦地承认失败，毁掉它。

眼睛与石头

有一年，呵呵，三十年前了，从藏北回拉萨途中，在长途车上，身边坐着一个藏北少女。她已不同于草原上的少女，但也不是通常在拉萨见到的藏族少女，是一个已具有了城市的光亮但依然是藏北风中的少女。主要是她的面庞，像涂了一层釉，类似混血的黑，眼睛如同溪水中的石头，一动不动而溪水长流。

浴火重生 —— 叙述者

推倒重来是痛苦的，甚至怀疑自己。自卑。绝望。非常可怕。人生像一场可怕的废墟。但这正是浴火重生之际，错误里包含着正确，废墟里埋藏着蓝图。《胡同里的天桥》失败了，但在痛苦中也发现这篇不同以往，需要一个叙述者，或者一个有点特别的叙述者，即一种叙事角度。想到小说中黑雀儿的傻弟是一种可能，但傻子叙事太多了，改为侏儒。第一人称与第三人称交替使用，间离效果，陌生化，冷淡化，这是个了不起的改变！何为浴火重生？这就是。穷则思变，一些技巧形式也是这时产生的，即逼出来的。如果写不下去，就重写，看看前面为什么信心十足，饱含激情。重写是捡回信心的最好的方法。写不下去的原因种种，其中最主要的是对整篇没想好，摸着石头过河，这其中有多种方向，多种路径，有些指向成功，有些指向失败，写不下去了就是失败了。那么重走一遍，在这儿思考，再选一条路。而往往失败之后你才清楚你要走的路是什么，要表达的是什么，或者你只能走这条路，只能表达这个，听凭可能性而不是预设。何为写作的开放性？这便是。一个作家在开放性上有多大才华至关重要，这就与你的修养有关，见识有关，即阅读有关。所谓经验，其实是被阅读唤醒的，没经过阅读唤醒的经验不是真正的经验，这就是有人有大量的经验却无法写作的原因。

冰　山

散文是冰山露出的部分，小说正相反，是下面的部分。

月亮退场

早晨，湖，七点钟，月亮，像傍晚。这是前天150年一遇的超级蓝月亮之后的月亮。慢慢变淡，虚，变形，融化，再像冰不过。随着霞光的跃升，七点半，几乎完全融化在蓝天中，在树杈中留着一抹可有可无的痕迹，如同最淡的胎记。当然，是很圆很大的胎记，变形的胎记。围着湖跑，每圈儿都不同，最不同是第三圈，太阳升起那刻，霞光满天，月亮退场。这就是早晨的月亮与晚上的月亮的不同。晚上的月亮像来自冰，是冰之诞生。早晨则是回光返照，快速地消亡。

岩石的规律

我看到很多人都在老去，看到了自然规律，过去我看人就像看岩石一样看不到这规律，现在非常清晰，因此甚至也看到了岩石的规律。

黑雀儿

这两天《胡同里的天桥》或《黑雀儿》有重大进展，咬人是关键一环，很有特色，很有底蕴，关键是有创造性。这一咬展示了太多东西，非常有力量，人物一下立起来，且是那样有新鲜感。有了这一咬垫底，怎么表现都行了，小说可以飞起来了，任意飞翔。缝隙，缝隙，找到小说的缝隙，在写作中，在另起一个意思时，找到小说的缝隙非常重要。因为这时相当于重新进入小说，或者说重新开头。缝隙也是一种刁钻的角度，一种立刻抓住读者的角度。这地马虎就会造成塌陷，读者或就此止步。

专　家

一个连屁都不敢放的人是鲁迅研究专家，研究什么呢?

特殊与贫乏

这寂静的夜，改着自己的越来越有信心的文字，感觉真好。其实已是黎明，五点多了。那个年代如此特殊，凡特殊的更可审美。但为何过去却感到贫乏? 特殊也意味着同质化，符号化，这是有关那年代书写的最大困境。困难意味着自身的贫乏，以贫乏表现"贫乏"，依然是贫乏。现在，到你这儿不同，你不再贫乏。

早晨修改稿子总有惊喜、新发现，解决不了的困难攸然就解决了。一解决就仿佛一扇窗子打开，外面世界照进来，好不亮堂。小说其实就是由窗子构成的，你有多少窗子，窗子怎么构成，怎样产生一种关系 —— 既自在又神奇的关系，仿佛就是为你而准备的 —— 至关重要。相反，平庸的小说主要是由墙构成的。顺序，语感，在小说书写中是两个最重要的问题，重要在于它们是时时刻刻的问题。

两件大事

这些日子两件大事，今天都过来了。一怀疑冠心病，还好不是，挺庆幸的。

但也真要注意，多锻炼身体。二是把文集编好了，十卷本三百万字，交出版社了。《蒙面之城》《沉默之门》《环形山》《天·藏》《三个三重奏》《中关村笔记》《说吧，西藏》《我的二十世纪》《思想的烟斗》《宁肯访谈录》。这两事松了口气，中断的短篇集子又可继续慢慢写了，一晃就一个月，时间真快！

第二自己

　　安静吧，让灵魂安静下来，只有写小说最需要安静，写别的好像都不需要。写小说感觉上的要求事儿最多，特别苛刻，不知这是为什么，也许小说要求是还原的，还原即一切，所以最难。好了，开始吧。一晃半个月过去了，自做了心电图以后，就没再碰小说，什么事都没了，幸运吧。

　　把叙述与交代变成一种聊天，一种口语，比起书面语的交代就好得多、小说得多。口语的好处是有一种在场感，而通常的叙述与交代本身不具有在场感，不在场就平面，僵化，笨拙，在小说的整体语境中就有异物感。所以在大作家那儿，平面的交代非常少，通常一笔带过之，马上就生动起来，在场起来。

　　杨超导演发来微信："用了一周时间重读细读一遍《天·藏》，更加感佩。"接着又发来一条："拥有如此作品，堪称幸福。"如果顺利，我与杨超将于五月一起赴藏看外景，杨超准备把《天·藏》改成电影。去年他的《长江图》获银熊奖，一个非常前卫的关注精神的导演。我回信："期待你的伟大电影，我们的相遇也是一种幸福。"这是心里话，一部艰难的作品有这样的知音也真是不枉写它一场，世界竟然存在第二个你，并且相遇，何时想想都该知足。写作某种意义就是寻找第二个自己。

卡尔维诺

卡尔维诺说：我对任何唾手可得、快速、出自本能、即兴、含混的事物都不信任。我相信缓慢、平和、细水长流的力量，踏实、冷静，我不相信缺乏自律精神、不自我建设以及不努力可以通往个人或集体的解放。

一切都整装待发

天在亮，又亮得早了。阴，湿度很大，结束了145天的干燥、无雪。其实大地改变是很容易的，只要一场不大的雪。当然是春天，数九隆冬这样的小雪不足以改变大地。可能与天亮有关鸟叫得密度很大，是否与湿度有关不得而知。最困难的时候也过去了，那种背景化的叙述 —— 时空很泛，要不时有落点 —— 否则就不是小说了，着实很难。但是过去了，费了很大力，应该说还算精彩。越是禁区、禁忌，弄好了反倒可以出彩。花虽然还没开，但因为这场小雪，实际后来已变成了小雨、水汽、雾，春天已经来了。一切都整装待发，灰在春天也是生机的一部分。

霍金幻影

霍金之后的幻影：这个展览好像是为霍金准备的，开始的想法只是前面黑色魔块的一组，冥冥之中有了星空一组，而霍金也正准备升空，仿佛一种平行的结构，而魔块与星空都不能单独存在，单独毫无意义，仿佛不相干地在一起，才各自在对方维度获得双重的意义，而不在场的霍金正好成为意义的中心。

一个美国人

春分，昼夜平分，收到穆润陶邮件，提到《天·藏》是中国最好的小说。一个美国人彻底超越了美国 —— 在心灵的结构，精神的密度，全部能指，细节以及立体维度的意义上。如此难得，意味深长。

维特根斯坦

在无尽的时间中写作是一种怎样的感觉？刚刚过了早晨，上午的阳光刚刚开始，透过窗纱落在书架上，一天中唯此时让人感到无尽的时间。早上太早，下午一天过半，唯这时最踏实，与阳光同在，与自己同在。维特根斯坦说：在我看来，黑格尔似乎一直想说那些看上去不同的事物其实是相同的。与之相反，我的兴趣在于指出那些看上去相同的东西其实是不同的。

解决了一个问题：历史与小说的衔接，看起来简单，实际是鸿沟。历史是历史，小说是小说，《百年孤独》是历史吗？绝对不是。但又跨越了鸿沟，小说家一定要有自己的历史方式，而不是将历史当成晾衣裳的绳，将文学挂在上面就行，就像挂在时间上，历时上，历史的历时对小说是最可怕的。

不 惑

小时候不懂为什么还有虚岁，谁虚岁几岁了，有的还虚两岁。虚两岁还懂点，好像与月份有关，有的月就要虚两岁，于是对虚一岁也就没什么疑问了。后来觉得虚一岁还是很科学的，出生前的生命应该算，现在觉得虚两岁反而毫无道理。那么，过九不过十也可以理解了，一样有道理。那么，六十年一个甲子，我今天六十了，可一点没觉得已六十。六十是一个多么庄严的事，漫漫六十年可真算一个成就了。然而感觉上又很难确证，感觉自己也就四十岁，至少要做的事是四十岁的事，比如还有一部大书没写，一个关于北京的三部曲。这是六十岁人要干的事吗？但或许恰好是六十岁人干的事。这事要慢慢干可以干到八十岁，那么这后二十年我就会过得很充实，而这一部书也不是为别人而写，纯粹是为自己而写，是一部陪伴之作，未来的二十年有伴儿了。有这样一件事我就不会真的老，哪怕些许迹象老态已现，已不如从前，但根本上不会衰，还会挺拔，甚至主干还会生长，正如有些大树。我为此事而活，此事也会助我而活。作为一个作家，六十岁前是发表的日子，是通常的作家，这方面我已够了。六十岁后是遁世的日子，属于未来主义。特别规则改了之后，这种遁世的纯为自己为未来的写作，就更是一个理由，也就是说既是文学本身的理由也是时代的理由。说六十而耳顺，我倒没觉耳顺，事实上更不顺，只想掩耳耳。四十而不惑倒是有许多惑，倒是觉得今天不惑，六十而不惑，彻底明白。是，六十而不惑比较准确。

疯狂的达利

NF送给我的生日礼物是达利的展览，在蓝色港湾央美术馆，题为"疯狂达利"，票价不菲，一百八十元的门票，四个人七八百了。但还是觉得值，一场视觉盛宴。我不记得以前看没看过达利的真迹，好像看过，但即使看过也没这么集中，为个展。雕塑，绘画，手稿，小物件，草图。这么集中看达利，感到达利是幸福的，是一种浪漫主义的变种。以前单独看没这感觉，只是被达利一件"孤立"作品震撼，那种怪诞的幻象因这份难解谈不上幸福快乐，总觉得大有深意，现在看达利实际对幸福有一种浪漫激情四射的想象，是幸福的快乐的弗洛伊德。

央视，《中国好书》

昨天在央视"大裤衩"预录《中国好书》节目，从下午两点到晚上九点快十点，感到电视工作太可怕了，那么烦琐，复杂，一项如此折磨人的工作，得需要多大的耐心。第一次去"大裤衩"，两点到了南门，不让进，微信联系不上导演李怡雯，不知为什么，直接给李潘打电话。李潘是栏目制片，说立刻安排人接。很快电话打过来，原来做节目的嘉宾都走北门，事先没告诉我。后来到了现场才知道他们太忙了，没时间看微信，忘了提醒走北门也正常。开车绕了半圈，到了小庄路的北门，一个小伙子在门口等我，武警站岗，进去先到停车场停，武警岗。进二道门武警岗，出示进门条。走了数百米，到大楼门口又一道武警岗，第二张进门条，进去，安检。三道武警一道安检，这就是央视。到一楼1号演播大厅，从钢铁门进入，掀开大幕帘进入，是恢宏的大厅，说是央视最大演播厅。昏暗中人影幢幢，主舞台亮，台上站着一人，长臂机在下摇，一堆人或站或坐在一堆视频前，各款皮面墩椅。

见到了李怡雯，说第一个预录人江弱水还没完，带我去了化妆间。在二楼，上滚梯到了演员休息厅，钢铁与红墙有点像鸟巢，一大溜高低各款休息椅一侧是连续的化妆间。到了化妆间，与两位美女化妆师贫了几句，说自己第一次由央视化妆大师化妆云云，李怡雯说真会撩妹，第一次听到这个词儿。李怡雯走，继续"撩"。很简单的妆，完事到外面等。半个多小时也不见完，于是自己摸索大楼想去演播厅看看。大楼如迷宫，高度谨慎，仔细看一些门上的标识，有的标不知何意，有配电室、紧急出口，找不到来路，使劲回想怎么从演播厅到的这里的。第一次摸索停止。过了半小时再次摸索，这次胆大一些了，熟悉点了，打开两扇白漆铁门，看到滚梯，想起自己是乘滚梯上来的，但又说不准，犹豫，别下去了再上不来。仔细看发现那边有上行电梯，于是下去，又记起一段来路，一个无人吧台。接着再往前走发现了 2、3 号演播厅，斗胆进去看，都有排练，一个是街舞，一个是鉴宝栏目——《一槌定音》，看见熟悉的主持人。演厅走廊是休息沙发、一大排化妆间。却怎么也找不到我去过的 1 号演播厅。决定结束探索，毕竟有了收获有些满足。

上去待了一会，定了心神，不甘找不到 1 号，遂再次去找，结果发现 2 号演厅尽头的玻璃门可打开，过去后一下发现 1 号厅，欣喜！重新进入，已是三点多钟，看到江弱水还在台上。见到李，说还没完，江的头绪多，好麻烦，且因为加了虚拟实景，每次调都很慢。想到自己一会上台也会被这样折磨不寒而栗。看了一会决定还是上去背词，不背熟了怎么行。这次是《中关村笔记》入围好书榜，总共是五十本，选三十本，现场揭晓。选了三个，一个是江弱水的诗词，一个是一个脑神经专家的书，第三个是《中关村笔记》，压轴。每人上台讲五分钟，有个讲稿，都是审定的。

遂回去背，五点多了才让我上去预录。调了好长时间镜头，上台了。我带了三件衬衫、两件西装，不让穿西装，蓝格衬衫试了不行，换了一件白的，皱，又去熨烫，等了好长时间。最后总算开始了，我站在了中关村的舞美背景中。（我把自己当客体，作为体验，也许将来写小说用得着。）开始也总是出错，又不让动，眼神散乱，要始终看镜头，觉得自己呆板。总之干扰很多，心思乱，易错易卡。好在我上午就背下来，刚才又背了好一会，还算熟。慢慢好了，最后一遍已非常放松。折腾了一个多小时，第三个人来了。说她录完，我和江再补录一些东西，要等，上咖啡厅坐。呵呵，总之快九点半了才完事，每个人都有一种精疲力竭的感觉。

季节之乱

今天降水有点乱，雨，雨夹雪，雪，冰，雨夹冰，雪，雨，冰，完全乱来，季节之乱如此瞬间，未有过。

碑都老了

昨天给父母上坟，一晃二十多年，碑都老了。

严重拖延症

开始吧，心静下来，继续短篇集《城与年》。我在战胜自己的困难，在慢慢进入角色，温暖角色。坐了一天，徘徘徊徊，进进出出，三心二意，若即若离，总算在黄昏心神定下来，算与角色是一个人了。这样的纠结以前也有过，中断之后，也往往是最后在黄昏定下来，落稳了，虽没写多少字，但这就是成绩，对明天影响甚大。没有什么能再让我中断了，事情都过去了。严重拖延症下的千锤百炼的文字，富含了大量的时间，云母一样的时间。是一种什么样的文字？从这个意义上看，福楼拜应该是一个严重拖延症患者。否则，没有严重的拖延症怎么会有他的如此客观准确的文字？当然还有从容。或者太从容了，没有拖延怎会这样从容？福楼拜绝对是一种病态，但从另一角度，这难道不是一种修行？

今天是个值得记住的日子，写作的一个坎儿过了，不到五百字完成了过渡。

这五百字太重要了，今天气沉丹田纠结了一天，寻找缝隙，寻找可能，寻找窄门——终于闪身而入。《黑雀儿》，是个中篇，四个相对独立故事，拉回可难了！怎么拉回？几乎不可能！但是真的拉回了，拉了好几天，一直像里尔克的豹子终破笼而出。此时在长江，宜宾，李庄，窗外即大江，突破得还极有境界，极值得玩味，极有高度，极牛又反讽，一下罩住整个小说。

在长江边跑步

早晨，在长江边跑步。鸡鸣在不同的船上，相互应答，高低不同。听到春天的落叶声，很大的叶子，啪啪，以为是雨声。春天的落叶是生长的声音，更替的声音，与秋天不同。

中国的导演

我看到有人在错误的道路上非常努力，非常有持。但是非常地遗憾，越发地遗憾。巨婴在各层面上都有，既瞧不起故事又在讲故事，这是中国艺术电影最大问题。艺术片要么不讲事，要么老老实实讲故事，没有别的选。整那么多隐喻，象征，互文，隐晦的同性恋，都拯救不了一个还在讲故事的艺术片。西藏元素，普罗旺斯元素，各种拼贴，切换，蒙太奇都拯救不了一个故事片，除非不是故事片。非故事片电影中国导演根本没搞懂，那么在故事片中减弱故事，故事弱化的途径，结果就是不会讲故事，一个基本的故事都不会讲。这部事实上的讲故事的电影，就如同一辆宝马有三个心脏，但只有一个心脏在工作，另两个只提示了没得到表现，等于没有工作，完全无效。一辆吃力的夏利发动机拉着豪华的宝马，这就是我对这部电影的一句话结论。那么，这部电影不讲故事行不行？行，那么把撞死小孩的情节去掉，彻底去掉故事。换句话说把心脏（故事）去掉，只讲寻找 ，那些象征、隐喻、互文、诗性的、形而上的东西才能成立，这叫非故事片。

亭子中写作

早晨在亭子中写作，有种古代的味道。可惜不会做古诗，入诗的元素太多了，细雨，竹，雾，花期过了的玉兰，翠绿如沉默，悬铃木叶子已完全张开，与玉兰共同构成亭外的荫。雨近在咫尺，伸手可及，却又与亭中无关。六点十分，沿水边跑步回来，一壶绿茶，一小碗，虽是去年的茶仍有这雨中无可代替的隔年的香。鸟叫很密，随便一听三种以上，细辨就多了，当家的麻雀是最细密的，几乎是背景的叫，其中还混杂不知名的雀类，之上有喜鹊、啄木鸟、"守纪律"等叫声较大间断的鸟，吵声一片。叫声中偶有附近水面的鹅鸣，声音很大，很直率，甚至直接，一定是有人到了近前。当然少不了音乐，电脑中的古琴、古尔德、《哥德堡变奏曲》，雨有点大了，与背景音乐混在一起，完全不兼容，雨是主题，但是调高声音之后，雨像细密的鸟一样又成为背景。这种变奏同样如同创作，在数字与自然之间找到一种平衡，在写作中又是一种平衡。

钻木取火

写作，确切说写小说，特别是短篇小说，就是钻木取火。这里最重要的一点是得是木，其次，即便是木要想钻出火来也不易。木说明了可能性，但还有什么比可能性更虚无的？石头不虚无，因为完全无可能。沙土、水、草都不是，都不可能钻出火，和石头同样性质。唯有木头是虚无的，因为它充满了可能性。

希腊人和孔子

"我记得我说过人可以一次踏进两条河，读你的《记忆考古与星际旅行》就是这个感觉，你这文章是一条河，同时还谈论另一条河，自蒙面就开始了，如果希腊人和孔子同时站在川上不知两人会怎么说。"

打开未知的经验

小说里的"生活"就像电脑里的地雷游戏，有时一点就打开一片，这一片原并不存在脑子里，或者说存在于极深的大脑的黑暗之处，不偶然点一下永远不会打开，如同不存在一样。这是常有的写小说的神奇之处、创造之处。小说某种意义就是打开"未知""未存在"的经验，所谓创造也常常是在这个意义上说的。每个人都存在大量未知的矿藏，阅读是一种唤醒，写作是一种开掘。

昨天拿到老穆赴藏的批件，在云端四合，真是个妙地，藏汉合璧的小院，意外地见到十一郎，见嘉措与十一郎在一起有些恍惚，不知是在北京还是西藏。《天·藏》外景小组的票也订好，将与老穆兵合一处。一个奇怪的组合，小说家，导演，翻译家，哪儿和哪儿呀，够混搭的。

刊于《中国作家》2024年第10期

黑池坝笔记

陈先发

鱼　跃

0

诗是以言知默，以言知止，以言而勘不言之境。

从这个维度，诗之玄关在"边界"二字，是语言在挣脱实用性、反向跑动至某个临界点时，突然向听觉、嗅觉、触觉、视觉、味觉的渗透。见其味、触其声、闻其景深。读一首好诗，正是这五官之觉在语言运动中边界消融、幻而为一的过程。

也可以说，诗正是伟大的错觉。

1

当鱼在水中，河流是完整的。当鱼跃出，河流依然是完整的。完整是它们对自身的僭越，既有想象的一面，也有备让语言生畏的另一面。

为了把我们唤醒，小鱼儿不停从河中跃起。

2

鱼每跃出水面一次，都会废掉一个现象界的旧址并带来一个语言世界的新址。

3

自古至今，从河中跃出的都是同一条鱼。

只不过我们不再拥有同一双眼睛。

4

当我们看到鱼从河中跃出。

不妨认为此现象的本质是，整条河流从这条孤立的小鱼身上一跃而起，茫然远去。

任何庸常事件背后都有一个逆向的、诗性的空间，为我们空室以待。

5

鱼跃出河面时，它是一个诗人。整条河流是它的读者。它们也是各自最终的阐释。

让我们设想在每一条河中、在不同的时代跃出水面的鱼，都有一个共同的敌人。为将心中深深的敌意化为积雪，为将一个词推向一首诗，为了这首诗在人群中的裂变，为了完成语言最深的使命，这条鱼必须跃出水面。

6

一条鱼在家庭主妇古老的菜篮子中沦陷有多深，

它身上被遮蔽的诗意就有多深。

7

当鱼跃出，它在水中原本的位置既没有空掉也没有被填满。那个位置被定义为回忆。

鱼在完成水底的所有神圣使命后才会跃出水面。

在我写鱼之时，鱼也通过我在写它自己。

河面被鱼撕破的一瞬，也是我们的前世与多维空间的铁幕被撕破的一瞬。是鱼撕破我们并跃入我们体内的一瞬。

8

鱼跃出水，寻找那亘古不变的参照物。

9

三月的河豚跃出水面。仅仅"被看到"的河豚是无毒的。

我们觉得它有毒，是因为"死者在场"。我们看到的不再是河豚，而是别人死亡经验中冲出的符码。

是死者分享了我们的观察、记忆、对立和言说。

10

两岸啊两岸，

只是一条鱼梦中最脆弱的装饰。

11

从河流干涸之前的最后一滴水中，我仍能看见鱼从中跃出。

12

当鱼落下，那原本的河面已经撤走。它将落在我语言的第二次形成中。

13

每条跃出水面的鱼嘴中，都含着一座精美绝伦的语言宫殿。

当鱼跃出水面 —— 当它被描述，它"可说"的身子将落回我们语言的泡沫之中，它"不可说"的身子在我们语言的匮乏中慢慢冷却。

是的，匮乏，正是所有写作者唯一真正恒定的背景。对它的思考会致更大的匮乏，正如鱼必将第二次跃出水面。

14

不是鱼的第二次跃出，而是我们的心完成了一次伟大的模拟。

15

当鱼跃出河面，是它体内饱含的某种拒绝打动了我们。

我们正是它的仍潜在水下的同类。

16

海德格尔说，语言绝不能从符号特性上得到合乎本质的思考，也不能从意义特性上得到合乎本质的思考。语言是存在本身的既澄明着，又遮蔽着的到达。

他有一个核心的词叫"解蔽"。其实不过是鱼跃出水。

17

如果我们把鱼的概念导向更抽象与更神性的一面，它还有没有剩余的力气跃出水面？是我们在它体内艰难承担着它最为珍视的一些东西。

18

作为旁观者我看懂了：鱼的跃起何尝不是一种迷失？

鱼的迷失是为了换取我在语言中对它的充足补偿。

19

是没有来由的棒喝让鱼落回水中。清流中有我们耳朵难以尽听的雷霆。

鱼生百态，禅出百派，花开百样，言入百折，都只为了听见。

20

诗人应该有一种焦虑，那就是对"与集体保持一致性"的焦虑。好的东西一定是在小围墙的严厉限制下产生的。一个时代的小围墙，也许是后世的无限地基。这种变量无从把握，唯有对自我的忠实才是最要紧的。鱼在第一次跃出水面时并无自我，它作为一个符号在语言中被掏空、被击碎，又被诗性的力量重塑成形并再跃出水时，它才有自我，它才是活的。

21

鱼的泫然一跃，与水面静静的荷叶呼应着。

狮子吼，与空山呼应着。"一"和"无"呼应着。

平衡着这个世界不被察觉的丧失。

22

把一个日常问题逼迫到无意义的境地，把一条鱼逼迫到八大山人快要枯竭的笔墨中游动，神圣的局面就会到来。

23

我牢牢记着一个约定。但忘了要跟谁相会，在哪里。我便日日在这湖边漫步，日日在这里加速。

我从一个我散成了一群我。每晚遇见柳树状的我、卧石状的我、睡虎状的我、无状仅闻其声的虫鸣的我、无状仅获其味的花香的我。因我之统摄，这一切物象深深沉浸于漫长的"等"之中。但没人告诉它们要等谁，要等什么。它们日日在加速。它们正不断从我体内溢出。像一群鱼正苦恼地不断跃出水面。

24

鱼跃出水面，是为了看一眼它寄居在人体内的同类。或者让驻足岸边的诗人看一眼寄居在鱼体内的人之同类。

并非鱼而是万物的诗性挣破了水面。

25

是我在河中跃起，是鱼在岸上观望。

没有一种真正的感受力是单向的。也没有一种存在是不可以被"我"这个词架空的。

26

鱼因怀疑不长四肢。它不舍昼夜地跃出，只是出于对怀疑的迷恋。

27

先于一条鱼从河中跃起，迟于它落下。

这中间奇妙的延时性养育着诗人。

28

鱼戏莲叶东，鱼戏莲叶西，鱼戏莲叶南，鱼戏莲叶北。位置的死穴与莲叶的游戏在移动中对称着，鱼从其间一跃而起。形式主义在一无所为的淡泊中赋予我们最深的慰藉。

29

我在幻觉中犹如从清水中跃出的鱼，

我在历史中犹如从脏水中跃出的鱼。

30

再单纯的事物上也悬着一把语言之锁，如果我们依赖阐释而非深深地感受 —— 我们将亲手把自己永远锁在它的外面。

仅被阐释的鱼无力从我的河中跃起。

31

我们从世界溢出来的部分去理解世界。也从此处，去瓦解它的既有。这溢出来的部分绝非康德先验论的残余，更不是形而上学在物质世界的可笑投影。

一个世界溢出来的部分，恰是另一个世界缺席的部分。看见了这种致命交叉的唯有诗人，他们紧密地抱成一团，在这部分中舍生忘死地努力着。

一条鱼不是跃出河面，而是溢出河面。

32

物象既然是谬误的源泉，

我为何要向一条鱼求救？

33

今日小疾。无腿。无眼。无耳。无嗅觉。无身体。无茫茫然。无悚然一惊。无汗。无入暮之钟声。无长亭。河水尚未形成。无往事。无住。苦闷短于三尺，案牍消于无形。无饮。无别离。尤沸下。

有一跃而无鱼。

34

沉默是唯一消融于万物而独令其表面平滑如镜的伟大技艺。

河面收藏着自古映入它的每一张脸，

鱼在破水前秘密进行了无穷的阅读？

35

受辱，是美与道义的起点。换个说法，我还不曾见过哪一个伟大的写作者能脱离这一起点而完成他语言学的构造。如果在生活中不曾深受，他一定会创造出一个真正的受辱角色，来置换平庸的自身，然后他不免喃喃低语：瞧，那人就是我。必须是我。

连一条跃出水面的鱼，都被他抓来用于身份的再造。

36

将一根绳子变成有生命温度的绞索，从来靠的不是生存的勇气，而是语言的智慧。倘置身其中的人，尚有解脱的妄念，那么作壁上观的人往往会补上"不够"二字。"不够"，是轻风拂面，是自足的根本。"不够"是一条积攒了足够勇气而尚未击破水面的鱼。

37

虚无有着最精确的刻度，

譬如布满我全身的鱼鳞。

38

鲜藻枯鱼，恍如一愣。

这一愣不是视觉的偏差，而是语言的失神。

39

世界的丰富性在于，它既是我的世界，也是猫眼中的世界。

既是柳枝能以其拂动而触摸的世界，也是鱼儿在永不为我们所知之处以游动而洞穿的世界。既是一个词能独立感知的世界，也是我们以挖掘这个词来试图阐释的世界。既是一座在镜中反光的世界，也是一个回声中恍惚的世界。

既是一个作为破洞的世界，也是一个作为补丁的世界。这些种类的世界，既不能相互沟通，也不能彼此等量，所以，它才是源泉。

40

诗是从观看到达凝视。好诗中往往都包含一种长久的凝视。观看中并没有与这个世界本质意义的相遇。只有凝视在将自己交出，又从对对象物的掘取中完成了这种相遇。凝视，须将分散甚至是涣散状态的身心功能聚拢于一点，与其说是一种方法，不如说是一种能力。凝视是艰难的，也是神秘的。观看是散文的，凝视才是诗的。那些声称读不懂当代诗的人或许应该明白，至少有过一次凝视体验的人，才有可能是诗的读者。

无梁殿

0

三月暮晚

水浊舟孤

鹭鸟轻白

影稀墨淡

虚实交加

呼吸绵长

黑池坝是什么？

一座语言的无梁殿！

1

环抱着黑池坝的垂柳共有一百七十株。一百七十像一种旋律，莫名的鼓点捶打着我的步子。每一日的暮色我如此熟悉 —— 当年它环抱着一个三十岁的男人，如今它环抱着一个四十岁的男人。名随物逝，白堤尽废。层层细浪像卷起的窗帘，遮蔽着那不可能的一切。尺度在流转，无论是"毫米"还是"光年"。橘红推土机年复一年地呜咽，地下 —— 那曾不被知晓的仓廪露了出来。我的同类日渐稀少，而垂柳仍是一百七十株。当它静静回旋，如此催人泪下而又无以名状。

2

初冬枯草伏地
轻霜之上有鞭痕

3

坝边林中，有许多叫不上名字的遒劲杂木，结硬瘤，有丑陋的瘢疤。

有一种无名杂木，结的是淤黑色浆果，闻上去有撕裂的辛辣之气，但其细枝却薄脆易折。在易折的枝下，自古多有泪眼相偎的离人。

懂得大自然之暗示和深谙别离者，才是这片土地的主人。

4

"溪水提在桶中，已无当年之怒。"

我在二十岁时写下的诗句。今天看来，此怒又至，而溪水显得过度。

5

每逢人世节日，都要到父亲坟头坐一坐。盛夏刚过，野蒿高过人头。荆棘蔽路，浆果红透。肺中涤荡着无名花、无名草、无名果的沉醉气息。置身"众无名"中，一点儿也没有悲戚，一点儿也没觉得两隔。冢上花开曾烂漫，生死无间断。杜甫写道：明年此会知谁健？醉把茱萸仔细看。

6

夜深无风。湖上，波平如不忍。

正如世间所有的旋律，唯有大病般的沉默是它曲终的良药。

7

九月之暮是真好时辰。雷消炎祛，松静潭清，街角炒栗子最好吃。雁鸣一二，老叶离枝，味同棒喝之余。不如小坐杂木林，泯息剥皮，茎叶及踝，不知名枯树最好看。桂树正磨穿自身牢笼，散发出牺牲的香气，仍是那杳如凫迹的最好闻。活着是禁锢而生百变。胡兰成说"我即一败"。我们即群败。河面败极，秋兴大起。

8

春日听雷

潜鱼震醒

大鱼吞舟

湖边屋栋状如灰犀牛

房中女人都是虚空菩萨

9

寂静的春末

盲者炙热

聋者慌张

四处花开，没什么道理可讲

10

暮晚的巨大雀群重如铅云轰鸣
人类容易被集体力量感染的心
很难长时间凝聚在具体事物之上
我们谁又真正看清过一只幼雀的眼神？

11

榆树叶。苦楝树叶。青桐叶。黄栌叶。梧桐叶。皂角树叶。榉树叶。槭树叶。乌桕树叶。心早死了肢体仍在广场跳舞树叶。青檀树叶。檞树叶。椿树叶。红唇女混子扮夜游神树叶。栎树叶。猫尾木叶。黄脉刺桐树叶。土合欢树叶。枫树叶。流苏树叶。槐树叶。寻求一致性并不能摆脱孤独树叶。我树叶。

12

午后的阳光。斜坡上的杂木林。随便我叫出哪一个人名，都有一株灌木答道：在。

"在"是一种多么好的状态。我记得太多的人名，而有关他们的故事却已断断续续地湮灭。曼德尔施塔姆曾写道："在嘴形成之前，低语已经存在。"是啊，我需要一粒中年的致幻剂。我需要一株永不要与我一呼一应的树木。

13

湖畔。枯枝伏在我肩上说："当我还是一个女人的时候，曾像你们一样热爱修辞、喜欢解构、深陷于意义纠集的泥泞。我曾以创造为唯一生趣，从异性躯体上寻找鱼水之欢，而且耗尽心机探索世上各种奥秘。如今我醒了。再也不必那么做了。我只自在地呈现。"众树应和，默如雷动。湖边密布着物象的演义、草木的倾诉、烈火的歌吟。

14

孤月高悬。心耳齐鸣。见与闻，嗅与触，出与入，忽高忽低，忽强忽弱。心脏可以摘下来点灯，五官混成一体。

我若开口，便是陷阱。

15

黄叶飘下，亦为教诲。

16

秋风不是别的，秋风是我的原著。

在第一页，墨水就耗尽了

它肆无忌惮地吹着，无数人的梦境。

17

二十岁时喝酒，常从落日楼头喝到第二天凌晨。喝着喝着，就有人离开了再不回来。喝着喝着，就有人被砍了头。喝着喝着，座中少女一个不剩了。喝着喝着，唐宋元明都远去了。当年遥想的白首不相欺，已在眼前。当年的敌视成了今天的固守。少年宜群，中年宜独。如今偶尔群饮，都是太匆匆的酒。泼掉了重来的酒。没看透的酒。

18

傍晚，踢着树叶回家。我能踢到的树叶，满怀喜悦地进入我们的相遇中。在某种预设的逻辑中，它甚至是主动的，迎着我的脚就凶狠地扑过来。

这种逻辑使我们内心的松柏常青。

19

过度地依赖间接经验使我们的"观看"和"倾听"大大削弱了。我们目睹的月亮上有抹不掉的苏轼，我们捉到的蝴蝶中有忘不掉的梁祝。苏轼和梁祝成了月亮与蝴蝶的某种属性，这是多么荒谬啊，几乎令人发疯。我们所能做的，是什么呢？目光所达之处，摧毁所有的"记忆"：在风中，噼噼啪啪，重新长出五官。

20

炊烟散去了，仍是炊烟
它的味道不属于任何人
这么淡的东西无法描绘

21

天凉了下来。夜间湖边。每个垂钓者都是王维。
每棵树都似心中有千杯万盏不能溢出。

22

夜间烛火黯然的大排档上，三个人一声不吭地在吃一头羊。废墙头安静。老榆树安静。自行车安静。
远处，青山被一支突如其来的画笔取走。湖水正在形成。

23

去年秋天我经过黑池坝，看见一个驼背老人，从湖水中往外拽着一根绳子。他不停地拽呀拽呀，只要他不歇下，湖水永远有新的绳子提供给他。
今年秋天我再经黑池坝，看见那个驼背老人，仍在拽出那根绳子。是啊，是啊，我懂了。绳子的长度正是湖水的决心。我终于接受了"绳子不尽"这个现实。他忘掉了他的驼背，我忘掉了我的问题。湖水和我们一起懵懂地笑着：质疑不再是我的手段。

24

在"故乡"这个词上，蒙汗药似的小河流，有着相似的缓慢。

25

一大群人在广场晨练。我看见一只深绿的网球在玩弄着两个击球的人。那个花白的老头猛地跃起，咧着缺牙的嘴巴断喝道："狗屎！"并挥拍向球击去，但——仍然没有击中。他茫然地怔在了那里。

一旁，安徽省计算器厂退休女工在跳集体舞，哗哗地抖动手中血一样的纸扇子。

26

傍晚。我听见树上一只鸟，对另一只说："来吧，来吧！扑灭我身上这场大火。"无数次，我听过这声音：孔子游说、老子长默、乔达摩割肉喂鹰，乃至荷尔德林赤脚横穿欧陆、玄奘刺血写经、八大哭之笑之、再至黛玉葬花、张生翻墙、梁祝化蝶，想说的无非都是这句。来吧，扑灭我心中这场大火。

同一句话。在同一句话中无尽翻滚的这世界，这鲜活而哀伤的河面。

27

果子熟透了，会自己从枝头掉下来。在此之前，空着手才是王道。无论是取的手，还是舍的手。以前我觉得诗歌正是这种空，对俗世的报复。而现在，作为武器的文学已被挥霍完毕，作为对象的文学正在到来。是柴米油盐、犬马声色对"空"的一次绝地反击。

我们正是在此处，慢慢恢复原形。

28

果熟畏枝。花红忘言。

29

父母命令我杀鸡。我不能拒绝这个被生活缚定的使命。我提着刀立于院中，茫然地看着草坪上活蹦乱跳的死鸡。我在想，我杀它的勇气到底来源于哪里呢？我为什么要害怕呢？突然间想起了戊戌刑场上的谭嗣同，一种可怕的理想冲至腕中。是啊，我使出当年杀谭嗣同的力气杀了一只鸡。这无非是场景的变幻，正如当年的刽子手杀谭嗣同时，想到的不过是在杀一只鸡。相互的解构，无穷的挪动，从具体之物的被掏空开始了。

30

沉默的湖水。湖水中有我们臆想的蛟龙和麒麟。对一些人而言，没有这些臆想物，他们就会死掉。而对另一些人而言，湖水中什么也没有，湖水是空的。这正是生存的矛盾之处，也是波浪形成的原因。

31

人既不能固守自身，又有何事不能释怀呢？

32

有一座需要眼睛来辨认的黑池坝。在这座小湖的里面，内置着一座座需要靠嗅觉、味觉、听觉、触觉来辨认的黑池坝。哪一座，才更为充沛？这要看是一个生者，还是一个深埋在它之下的死者在感受它；是哪一个我在感受它：是正闲坐阳台听着一段古洞箫曲的我，还是在黑暗中辗转不眠的我；是我的哪一种形态在感受它：是幻化成了墙角一枝黄花的我，还是在湖边枝丫间正苦苦筑巢的我……

我已搬离湖畔多年。当我远离了它，一座已在视觉系统中被彻底掏空的黑池坝降临时，单一感官无法独自达成的、无碍无顾的心灵游历，才真正到来了。

33

每年冬末，遍地枯藤，欲迎初雪。

隔着散布浮冰的湖面说话，声音沉不到水下去。总有人不甘心，想说清些什么。夜间，破冰之声轻而凛冽。

有一种确切的忍受。是一年中最好的时辰。

34

美即有用，动身前往无用。

35

盛夏的湖面蛾蠓翔集。对黑池坝而言，它们是数量最为庞大的原居民。蛾蠓视力很差，时而撞了我一脸。它们听力似乎也差，怎么吆喝也驱不散。是什么样的密令，统一了它们同起同落的惊人节奏？微如冥灵的小翅膀如此一致地挥动，群聚群散，黑焰般起舞。像普鲁斯特在《追忆似水年华》中围绕失眠展开的，那些令人窒息又无限迷人的段落。

在如此紧致密结的队列之中，个体生命的孤独，又该如何传递呢？

36

每天用一段时间高度浸入一个词

到这个词的内在空间散步

在这粒微尘内建一座寺院

不是受控的行动，而是自由的行动

不是止息于词的边界，而是凝神于自我的呼吸

37

风凉湖阔，旧人如蚁

我们弃绝之物与我们吮吸之物在共用一个根系

38

每个人都是自我的医生，

艺术基本上是这种自我救治失败的产物。

39

写作最基础的东西，其实是摈弃自我怜悯。

40

诗最核心的秘密乃是：将上帝已完成的，在语言中重新变为"未完成的"，为我们新一轮的进入打开缺口。停止对所有已知状态的赞美。停止描述。伸手剥开。从桦树的单一中剥出："被制成棺木的桦树，高于被制成提琴的桦树"的全新秩序。去爱未知。去爱枯竭。去展示仅剩的两件武器：我们的卑微和我们的滚烫。

瞌　睡

0

下午。漫长的书房。我在瞌睡。而那些紧闭的旧书中有人醒着，在那时的

树下、在那时的庭院里、在那时的雨中战抖着。一些插图中绘着头盖骨。那些头盖骨中回响的乡愁，仍是今天我们的乡愁。

我在古老的方法中睡去。

永恒，不过是我的一个瞌睡。

1

醒悟正如空着手走下山坡。

2

散步。抬头忽见弦月。很奇怪的感觉，仿佛此生第一次见它。就这么站了很久。又被风吹醒了。万物已如此完美，这正是我的困境。

3

一切糟糕的艺术有此共同秉性：即把自身建筑于对他人审美经验的妥协上。恐惧于不被理解，先行瓦解自我的独立性。这绝非对阅读的尊重，而恰是对沟通的戕害。难道一株垂柳揣摩过我们是否读懂它吗？它向我们的经验妥协过吗？然而我们将至深的理解与不竭的阅读献给了它。人之所创，莫不如是。

不孤则不立。

4

一个人可以同时是猛虎又是骑在虎背上的人。而一个人不可能既是磅礴的落日又是个观看落日的人。

5

下午在咖啡馆，为老父的绝症而浑身发抖 —— 此刻却一字难成。阅读和写作不能令人完善，日复一日的语言练习激起的涟漪，只在一个封闭的杯中旋转。这旋转与杯子外围的阅读，两种痛苦是分裂的。语言中的结构远非这颗心的结构，虽然它们终会合而为一。或许信仰能够令我完善，但信仰 —— 迟迟没有灌注到我愚钝头顶。我无法跳起来撞击到信仰的精钢，唯剃光脑袋在星下呆立 —— 我的天灵盖上为它留有一个迎接的缺口。

6

秋天来了。荷尔蒙越埋越深。面具越来越美。能够分享的人越来越少。

散步的人在落叶中小于一。

7

结构的空白，正是思想的充盈之处。

剥开那空白。赤脚去突破语言的障眼法。

8

诗的意志力无法确立在炫技的冲动之上。炫技及其五彩斑斓的心理效应不能充足补偿它在诗歌内部意志力上形成的缺口，但我们也不妨认为，炫技并非导致艺术窘境的根源。愈是空洞的时代，在与它对应的写作镜像中，就会涌现愈多的偏激天才，以炫技作为必要的手段，投其勇敢之心维系着那个时代本质上荒凉无收的劳作。

9

语言于诗歌的意义，其吊诡之处在于：它貌似为写作者、阅读者双方所用，其实它首先取悦的是自身。换个形象点的说法吧，蝴蝶首先是个斑斓的自足体，其次，在我们这些观察者眼中，蝴蝶才是同时服务于梦境和现实的双面间谍。

10

我知道明晰的形象应尽展其未知。诗之所求，不应是读者的通感，不应是某种认知的再次确定，而正应是未知本身。好诗一定是费解的。它迷人的多义性，部分来于作者的匠心独运，部分来于读者的枉自多解。好的诗人是建构匠师，当你踏入他的屋子，你在那些寻常砖瓦间，会发现无数折叠起来的新空间。当你第二次进入同一首诗，这空间仍是崭新的，仿佛从未有别的阅读打扰过它。

11

看到街上一个衣衫褴褛的人在跑动。哦，他跑得那么地快。我想：他一定饿了，会扑向街角那个炸麻雀的油锅。可是 —— 他并没有扑向它。这里面的真正玄机是，我饿了。饥饿的感觉从胃中升起，而且它蜕皮了："饿了"这个词出现。词在跑动。

但在我的语言谱系中，"饿"这个词从不扑向"饱"这个词。

12

河上。

干巴巴的枯枝伸向河面。它对流水的多变与低回毫不理会，也不会将它们吸收。此枝的"干巴巴"，正是诗意所存。让语言的乐趣上升为语言的智慧。

13

我极目远眺其实一无所见。

鞋子破了，

千山万水仅用于点灯。

14

临死前，梵高说"悲伤永恒"，弘一写道"悲欣交集"。这 —— 就像同一时间的同一只鸟儿在毫不相干的两棵树上打着盹。

15

一觉醒来，如同另一个人在"我"之上形成。

16

醉心于一元论的窗下，看雕花之手废去，徒留下花园的偏见与花朵的无行。有人凶狠，筑坟头饮酒，在光与影的交替中授我以老天堂的平静。谢谢你，我不用隐喻也能活下去了，我不用眼睛也能确认必将长成绞刑架的树木了。且有嘴唇向下，咬断麒麟授我以春风的不可控，在小镇上，尽享着风起花落的格律与无畏。

17

"谷物运往远方，养活一些人。谷物中的战栗，养活另一些人。"
诗人正是被谷物中的战栗养活的那些人。

18

一个经典作家或诗人，并非人类精神领域匮乏感的解决者，而恰是"新的匮乏"制造者。制造出新的匮乏感，是他表达对这个世界之敌意的方式。换言之，也是他表达爱的最高方式。而且，他对匮乏的渴求，甚于对被填饱的渴求。

19

唯心论是一块让人挨饿的地方。它提供了太多的食物和更多的消化器官。

20

每一种古老文明都有自己的密码。中午，一朋友来访，相谈甚欢。吃完一碗卤蛋面条后，湖边漫步。水面上，柳条抱着倒置的古塔。风来，柳丝拂动，而塔影不动。遂指水面说：这就是我们的密码。

21

美并不在"我见孤峰"，也不在"我见之孤"。美是一种自足清静，且不自知的"峰在其孤"。

此境与我，可以两两相托。

22

艺术的精妙在开合之道。开，则灵视八极，神游万仞；合，能于瞬间凝神敛翅，轻松地厘清眼前一物：正如"诗中最艰难的东西／就在你把一杯水轻轻／放在我面前这个动作里"（陈先发：《白头鹎鸟九章·绷带诗》）。鲍照在《舞鹤赋》中说："轻迹凌乱，浮影交横。"意驰则形远，意住而神清。所以禅定中能见"乌鸦似雪，孤雁成群"。在形与意之间，需要一种极致的专注力始终在场。开而不合，恒河流沙。合而不开，顽石一块。开合之妙，正是诗中之凝视。

23

"少女"与"骷髅"是两个词。但骷髅从来就不是少女的身外物。

这句话的要义在于：我们从不向自身哭诉别离。

24

流星砸毁的屋顶，必是有罪的屋顶。我是说，我欲耗尽力气，把偶然性抬到一个令人敬畏的底座上。

25

世界早已逼仄到：真正的宽容和真正的敌意，都只能在同类属性的人之间才会产生。写诗，本质上也是归集同类的召唤。阿赫玛托娃写道，河面横斜的枯枝，像茨维塔耶娃写来的一封信。需揽这枯枝入怀：我所说的"归类的饥渴"，既是写作者最可怜又最雄壮的愿望，更是上帝在语言中一种最惊险的设置。

26

枯草上顶着雪，鱼嘴上烂泥巴孤单地响着，在衰败的乡村寂静上呈现出语言难以到达的万古愁。

27

天气清新得像一场大病初愈。

28

爱真乃世间第一等枯燥之事。我甚至觉得唯有最古板、最端肃无趣之人才能体会得。世上的聪明人，因尝遍了适时与多变之乐而排斥了它不动、不变的本性，又因过度沉浸于"爱的相似物"而愈加远离了它。这些相似物是：趣味、柔情、对美这一概念的种种幻觉、性交和誓言。

29

真正的爱，一定包含某种敌意。不解得这种对立之妙的人啊，尔之情感就是一摊无味的淤泥。

30

好诗常有一种遗书的气质。这股子狠劲却不知要抛向谁。不确定的读者才是真正的读者。一首诗在无尽暗处拥有它涕泗滂沱的儿子。当它先行，它知道有这一刻。

遗书气质：当一草一木尽皆肃静的良知。何物羡人，二月杏花八月桂；何物催我，三更灯火五更鸡。就是封最通俗的遗书。

31

我从不觉得一头巨鲸的跃出比一只针尖般幼鱼的跃出，在语言中更具力量。中年之后，我们寄身于世所需的体积越来越小了。

杜甫说，波澜独老成。

32

在这个唱和听已经割裂的时代，

只有听，还依然需要一颗仁心。

33

一首诗往往最早失败于对直觉的不信任。

34

语言向自身索取动力的机制是神秘的，时而全然不为作者所控。总有一些词、一些段落仿佛是墨水中自动涌出的，是超越性的力量在浑然不觉中到来。仿似我们勤苦的、意志明确的写作只是等待、预备，只是伏地埋首的迎接。而它的到来，依然是一种意外。没有了这危险的意外，写作又将寡味几许？

35

范宽之繁、八大之简，只有区别的完成，并无思想的递进。二者因为将各自的方式推入审美的危险境地，而迸发异彩。化繁为简，并非进化。对诗与艺术而言，世界是赤裸裸的，除了观看的区分、表象的深度，再无别的内在。遮蔽从未发生。

36

弱者最醒目的标识是，不能释怀于他人的不认同。

或者说，一个弱者身上总是依附着众多的弱者，他更需要共识的庇护。

这其实是在同一类盲视之下，一个人无数次路过他自己。

37

博纳富瓦在谈论策兰时说："不蒙上双眼，就看不清楚。"

确实，真相与真正的纤毫之末，是心灵视域内的东西。谁来蒙住一个诗人的眼睛？他甚至比别人更容易被自身的感官所蛊惑。

38

好诗的基本特性是，它提供的不是内容的恒量而是变量。对单纯的人来说，它是单纯的。对复杂而挑衅的阅读者，它是多义的、多向的、微妙的。

39

写作中最扣人心弦的时刻，是我们觉得深深被羞辱却无以说出的时刻……是语言在它自己体内寻找着一条羞愧而僻静的出路的时刻。

40

当代新诗最珍贵的成就，是写作者开始猛烈地向人自身的困境索取资源——此困境如此深沉、神秘而布满内在冲突，是它造就了当代诗的丰富性和强劲的内生力，从而颠覆了古汉诗经典主要从大自然和人的感官秩序中捕获某种适应性来填补内心缺口、以达成自足的范式。是人对困境的追索与自觉，带来了本质的新生。

见　枯

0

枯坐一隅。让室内的每一件物体说话。

让紧裹着这些物体的大片空白说话。

从墙缝过来的风，在赤裸滚动：它比我拥有更少，它应当说话。诗并非解密和解缚。诗是设密与解密、束缚与松绑同时在一个容器内诞生。

让这个缄默的容器说话。

1

你有乱纷纷，我有不言语。你有浮世一座，我有白发三根。

2

只有离枝的鸟儿，还记得枝头那微弱又微妙的弹性。

唯其微弱，我们才去写作。唯其微妙，我们的语言才有可无限延展的弹性、可随意移位的充足空间。从最近百余年的汉语言史角度，我记得白话文出现之前的那美妙的旧枝。我已飞离，但我的脚仍一刻不停地恢复着那弹性。

3

我的心脏长得像松、竹、梅。

这既是一种遗传，也是一种迷失。

4

无数根枯茎伴着无边的湖水，一个我

捂住苇管中另一个我的嘴巴，

只留下薄霜的声音，纯白的压迫的宁静。

一根枯苇在翠鸟振翅起飞时

双腿猛然后蹬的力中，颤动不已，

这枯中的振动，这永不能止息，正是我的美学。

5

晚饭后步行至荒郊。一首诗以枯苇为食，

以枯苇的轻轻拂动为食。

以路两侧建筑工地的废墟为食。

以小理发店昏沉的灯光

为食。

以无名无姓为食。

6

推窗看见落叶了。

枯萎不是爱在远去，而是爱在来临。

7

枯，赋予人的"尽头感"中蕴藏着情绪变化与想象力来临的巨大爆发力。此时此地，比任何一种彼时彼地，都包含着更充沛的破障、跨界、刺穿的愿望。达摩在破壁之前的面壁，即是把自己置于某种尽头感之中：长达十年，日日临枯。枯所累积的压制有多强劲，它在穿透了旧约束之后的自由就有多强劲。

8

枯是词语的一种通道，但它并非一条可以自由攫取的渠道：或者说多数写作者没有能力和动力去直接面对某种枯境。

9

枯是诗之肉体性的最后一种屏障。它的外面，比它的生长所曾经历的，储存着更澎湃的可能性。对枯之美学的向往，本质上是求得再解放的无尽渴望。

10

每一株新芽、每一滴露珠这些新生之物中留置着它曾经的枯迹：这不是某种强行注入的丰富性，而恰是它面向自我的全然敞开。也不妨认为，枯是借助新芽在展示自身的神韵。

策兰写道："只说一半，依然因抽芽而颤抖。"

11

经历了枯之体验的写作者，都不可能全身而退 —— 人不可能自外于肉身对死亡或时间流逝的惊惧，但较之这种必然而又庸常的深味，枯所获取的不再是隐喻，而是伴随着毁灭的一种目击道存。它产出的不是"新的对象物"，不是巴赫金所谓的"视觉的余额"，而是新我本身。

12

不是一个人穿透了枯，也并非枯的力量击穿了一个人：审美层面的枯，不是单向的议题，它更宜成为结构性议题 —— 最好的体验，当然是建立在语言经验和生命体验之上的双向击穿，甚至是多向击穿，类似一种"语言的漩涡"。

13

穿透了枯,并不一定保证某种新生。更多的人是"在枯中枯去"。对新生的诉求,需要更多难以言明的、复杂、纠缠的力量参与。新生,也需要某种运气的推动。

14

从心理层面看,枯可以是单一的,是一个概念,但需要众多的我围攻这个黑暗的硬核。

15

枯,貌似一个没有"现代性"特征的蒙面人:作为一种审美对象它由来已久,但它毫无疑问地又是以过度生产与过度消费、以"速度追逐"为核心的当代社会最为本质的特性之一。

16

枯被语言之力撕裂或洞穿后,它立即体现为不可预知的"彼岸"景象,而非"石榴枯后再生石榴之芽"这样线性的"归位"。它解除的是既有的宿命,爆破的是已知的稳定性 —— 将有"另一种现实"和"另一种构成",前来迎接我们。既有返照、重临之唤,更有"新位置"的动荡与迷人,所以它是摄人心魄的。

17

我们对同一源泉存在着无数次的丧失:
对枯的理解与解构,也不会是一次性的。

18

我在诗中布置大片的空白，是容纳别人在此处的新生。

或者说我在此处的枯，是他者永不可知的肥沃土壤。诗人的身份，令我乐于做这样的"旁观者"。

19

"见枯"是一种语言能力，或者说对枯的反应，可以鉴别一个诗人。当枯是一种现象场时，它需要成为更为错综多变的语义场，才能美妙地转换成诗的力量。

20

作为一种起源，也作为一种目标：枯，对那些有着东方审美经验的人似乎更有诱导力。与其说多年来我尝试着触碰一种"枯的诗学"的可能性，不如说，作为一个诗人我命令自己在"枯"这种状态中的踱步，要更持久一些 —— 倘若它算得上一个入口，由此将展开对"无"这种伟大精神结构的回溯。枯，作为生命形式，不是与"无"的结构耦合，而是在"无"中一次漫长的、恍然若失的觉醒。对我而言，这也足以称之为诗自身的一次觉醒。

21

枯，不仅是一种形象更是一种渴念。

更关键的是，它会进化为一种强悍的自我期许。

22

枯，因包含"绝境的美德"而成为起死回生的古老祈望中深沉不息的回响。

但一切缄默，都不是枯。

23

审美趋向的过度一致、精神构造的高度同构，是一种枯。消除了个体隐私的大数据时代之过度透明，是一种枯。到达顶点状态的繁茂与紧致，是一种枯。作伪，是一种枯。沉湎于回忆而不见"眼前物"，是一种枯。对生活中一切令人绝望的、让人觉得难以为继的事件、情感、现象或是写作这种语言行动，都可以归类到"枯"的名下进行思考，但对枯的思考，并不负责厘清表象：枯是这所有事物共有的、不可分割的核心部，也是从不迷失于表象的，或者说是根本就没有面孔的"蒙面人"。

24

扎加耶夫斯基问道：是镜，还是灯？
此句式最宜重现于此时。枯，是镜，还是灯？

25

一座森林和一脉草茎在枯的意义上是等量的，因为两者所蕴藏的以及对生命力的喻示从无二致。

26

汉乐府和李白均有《枯鱼过河泣》诗。八大山人画脱水之枯鱼。
鱼在枯去，河在虚化。撇开本义，离根而活，枯干即是自由的达成。

27

苏轼所谓"心似已灰之木，身如不系之舟"，是破壁者之呢喃。
木与舟，恍然同一矣。

28

所有面向枯的思考，本质上都是语言与个人生命状态的奇异互动。枯，本身即是一种特别的语言态，它逼迫我们对曾经的激情、挫败及对这两者的诸多表达进行再审视，对"如何建立一种新开端"这种问题进行必要的深思，这种思考植根于人性及生活本身，让人诞生出"终结一个过程"的勇气 —— 因为这种勇气曾在我们盲目延续某种惯性的途中丧失殆尽，理所当然地应获得更深的珍视。

29

对生而言，死只是其背面，

而枯是一种登临。

30

虽然看上去，枯与生之青葱、生之烟火气之间，充满视觉的张力和情绪的张力，但它是生与死互为拯救、两相融汇的地带。

枯，并不依赖与生的冲突来成全自身的诗性。

枯是一种自足体。苏轼说："外枯而中膏，似淡而实美。"清代吴历在论画时说："画之游戏枯淡，乃士夫之脉。游戏者，不遗法度。枯淡者，一树一石，无不腴润。"枯中亦无机锋，它是生之意气用尽。枯中自有另一番骤雨打新荷。

31

枯旧日以容新时，枯老巢以纳新泉。每种枯，都有一个演变的过程，但并不存在任何可逆的流程再造。每种枯都有一张仅属于自己的新面目。

32

所有必枯之物，仿佛生着同一种疾病，但它带来的治愈却千变万化。面对某种枯象，我们在内心很自然地唤起对原有思之维度、原有的方法、原本的情绪的一种抵抗，我们告诉自己：这条路走到头了，看看这死胡同、这尽头的风景吧，然后我需要一个新的起点。

所有面貌已经焕然一新的人，都曾"在枯中比别人多坐了会儿"。

33

当你笔墨酣畅地恣意而写时，笔管中的墨水忽然干涸了。

你重蘸新墨再写时，接下来的流淌已全然不同。

枯是截断众流，是断与续之间，一种蓦然的唤醒。

34

或许我们并无能力思考死亡，对枯之思便自然而然地来了。但枯之思，并非对死亡之思的前奏。死亡是一个过于依附想象力的、僵硬而缺少弹性的主题，只有严密的枯之思，才让我们更像个生气蓬勃的活人。

35

人类的知识、信条、制度或感性经验，都须经受"枯之拷问"。有多少废墟在这大地上，多少典籍在我书架上沉睡：托克维尔的脸上蒙尘多深？陀思妥耶夫斯基在我案头又荒弃多久了？在某个时刻，某种特定机缘下，我将在他们的枯中有新的惊奇与发现：仿佛不是我生出新眼，而是他们的枯中长出了新芽。

36

我对这枯中的新见理应心怀感激，它让我们再做一个婴儿，如同这枯中洋溢出一派天真。

曹丕写道："人生居天壤间，忽如飞鸟栖枯枝。"枝不枯，则境不出。

在杜甫的"亲朋无一字，老病有孤舟"中，枯是活着的，是一种必须延续的生活。但这枯中其实无苦无涩，不滞不止，反倒有了明代潘之淙在《书法离钩》中所载"神之所沐，气之所浴，是故点策蓄血气，顾盼含性情，无笔墨之迹，无机智之状，无刚柔之容，无驰骋之象，若黄帝之道熙熙然，君子之风穆穆然"的端肃庄重气息。

37

枯是全然地裸露自己：它传递的是语言纯粹的质地本身。它似乎对它所能显示的任何意义都透着不信任。构成"此枯"的所有物的材料、形式、色彩，等等，都与它所表达的内容完全契合，"纵浪大化中，不喜亦不惧"，没有一丝一毫的溢出。从审美的角度看，它是极度无聊的又是唯一杰出的完美表达。

38

茨维塔耶娃自缢后，遗书中有一句："请别活埋我，检查仔细点儿。"
王船山则是另一番景象，他说："七尺从天乞活埋。"一个恐于活埋一个请求活埋，都是断肠人语。

39

过冬的榛树林，呈现删除之美。湖上，一只野鸭子伸长脖子孤零零叫着。仿佛在呼唤另一只。细想来，世上所有的"另一只"，都深浸于虚无，都不过是另一幅被弄脏的自我的镜像。为何我们总放不下系在"另一只"上的一颗心？
因我们放不下，删除才显得那么美。

40

只活几秒的飞蠓，一生就在这几秒中漫游。这几秒中有开阔的山水，也有无垠的别离。这几秒中有人慢慢，慢慢地白了头。我在夜间公园漫无目的走着。

一边写下一边忘却。或者从未写下，也从未忘却。风儿扑面如大梦初醒。我在这里，也在那里。

多么好闻啊，到处是枯草焚毁的气息。到处是露珠刚刚诞生的气息。

刊于《芳草》2024年第3期

我从未到过这世界

王亚彬

蝴 蝶

她那双布满青色血管的手，在纯净的秋日空气里显得有些颤抖，轻轻地，一个角，又一个角，揭开真丝绸缎的手帕，白底的手帕中间三根淡黄色的发丝团在一起，像是经过多年的沉睡，安逸地躺在那。

她是一个幸福的人，虽然年老孤独，但岁月里流淌过的经历可以让她在夜深人静的时刻，一遍遍地看"未被剪辑过的电影"。她是多么喜欢在那里，斜阳下，靠着溪水边上的那棵杨树，缓缓地回忆起来，有时沉浸得不能自拔，"电影"里的爱恨情愁实在感人，甚至催人泪下。我最喜欢看她那松弛的眼睑里逐渐注满的泪水，晶莹剔透，像她胸前佩戴的那块玉石一般。而那一刻，她仿佛凝固在杨树下，只能看见泪水慢慢滚落她的面颊，流经她那淡粉色的嘴唇，短小精致的下巴，一滴滴洒到胸脯上。接着，柔和的光线勾勒出来一个年老的美人：她的每一道皱纹纹路清晰，从不混杂交织，顺利地排在额头、眼尾和纤细的手臂上，穿过手腕间的玉镯蔓延到手指尖。每一道都那样连贯、绵延，从没有停顿疑惑转拧。我想，她一定知道自己年轻时的样子，称不上漂亮，但绝对有味道，如同一只端庄秀丽的蝴蝶。

对啊，"蝴蝶"这个爱称是他送给她的，他比蝴蝶小四岁，细细想来，那会儿他还是个没长成的大男孩。棕色的瞳孔闪烁着透彻的目光，卷曲的头发在阳光下泛着淡淡的黄色，像小小一只绵羊犬，显得那样温顺不惊。人前，他多数时候都是沉默的，不发一言，目光躲在浓密的睫毛下，有些腼腆的样子。

蝴蝶年轻的时候是一名歌者，她那浑厚的嗓音像中低音音响，久久回荡在听过她歌声的众多耳鼓里。很多人拜倒在她的石榴裙下，可是蝴蝶心性高远，看不起这些砸银送金的俗人，她的"清淡"口味一成不变，她对于爱情有独到的理解：不论年龄差异，只要心可以静静地相守，那便是最适宜的状态。

聚光灯下，两片轻薄的红润嘴唇像蝴蝶般闪烁在动人心脾的旋律中，一双棕色的眼睛在黑暗里跟随着蝴蝶的歌声定定地扫视过蝴蝶的面颊。她觉得她此刻在飞扬，飞扬在歌声的大自然里；他觉得他也在飞，飞扬在蝴蝶的翅膀上，轻轻地覆盖她的全身。

她听不见震耳欲聋的掌声，谢幕的时候，她仰起面颊，向着灯光射来的方向微笑，好像站在天堂里。他趴在追光的另一头，他的目光触碰到她的目光，心中一惊，像一具石胎，面条一样地伏在那，动弹不得。她冲他微笑，暖暖的，热乎乎还湿漉漉的，他不确定那双眼里的光束是投向他，还是发自他那头脑里的想象。

一切安静下来，散场的酒杯里还洋溢着欢畅的淋漓，灯光就这样暗淡下来。他从二楼追光灯的架子上爬下来，顿时杵在那，他低垂的目光遇见那双嶙峋的7寸高跟鞋，真的，是那双鞋，是蝴蝶的那双。顺着紧绷的脚踝，他逐渐望上去，细瘦的小腿，结实的膝盖，平齐的短裙，收拢的小腹，饱满的胸部，有张力的锁骨，精致的下巴，然后是蝴蝶般的嘴唇，最后他终于与蝴蝶对视了。

后来随着蝴蝶的回忆看到"电影"里的相识是如此直接，她那天只是想去谢谢打追光的人，为她带来天堂般的感受和释放。当四目相对时，哪一个都不愿意离开哪一个，静静地，两个人站在那里，久久没有声息，只能听见心的搏动。蝴蝶拉起他的手，转身带他离开那个让人混沌的地方。这，真美好，静谧的夜色里漫天的星星，蝴蝶和他并排坐着，等待着天空雨水的降临。温度适中，不冷，不热。

这是蝴蝶第一次遇见比她年轻的男人，不，更准确地说，应该是大男孩。蝴蝶的亲人在她出道的时候先后去世，她为了不曾忘记的亲情，不停地唱，结果还是不能挽留他们，这其中包括她那最疼爱的弟弟。他们就肩挨肩地坐着，谈不上局促，但也不松弛。很久，蝴蝶问他，为什么每天都趴在那看她。他低头，用手扫了扫他的鬈发，淡淡回答蝴蝶：喜欢。蝴蝶又问他，这个圈子漂亮姑娘多了，为什么不去找她们？他浅浅地像是哼出来地说道：轻浮。蝴蝶笑了，但好像哭一样，因为嘴角是上扬的，但泪水在眼睛里打转转。

　　他一下抱住蝴蝶，蝴蝶屏住呼吸，吓了一跳。他却不动了，紧紧地贴着带着薄薄粉底的蝴蝶的面颊，鼻翼一开一合，像是要把蝴蝶吸到身体里一般。他说，你真漂亮，像一只蝴蝶，飞在我的梦里。从小到大没人说过蝴蝶漂亮，蝴蝶也自觉只是嗓音撑着她，容貌则被自己忽略。蝴蝶想，蝴蝶这个名字真好听，真的好听。蝴蝶抬起眼睛，眼睛紧紧望着眼睛，她望见的是一片清澈的溪水，荡漾却不起波澜，透彻却不冰凉。她想，也许他是真的喜欢她的。喜欢的人可以很多，但爱的人却很少，也许这是不可抗拒的天性。蝴蝶轻轻地把双臂围拢在他的身侧，忽地，她体验到了一种体内的热量，那种热量可以把人融化，可以把两个人融化成为一个人。蝴蝶不明白，这样一个年轻的大男孩怎能忍得住寂寞，在舞场里工作这样久。

　　他们就这样安静地坐了一夜，看了一夜的雨，他们说了很多的话，好像把心脏都掏出来，相互帮忙把它们擦得晶莹剔透。噼噼啪啪的雨终止在早晨6点，天边飘来一朵浮云，那朵浮云带来了太阳。接着是光芒四射的早晨。

　　蝴蝶卸去舞台上的面具，走到卫生间，仰面沉浸到浴缸里，全身温暖，全是他的气息。热水里的她记得他临出门前的那一吻，她想他肯定是鼓足了勇气才敢凑上来用冰凉的嘴唇轻轻碰了一下她，然后头也不回地走了。等蝴蝶从浴缸里爬出来，天色明亮，新的一天到来了，她觉得她像重生一样，从死寂的青春里复活过来。她走到窗前，拉开淡紫色的薄纱窗帘，忽然，她发现她又是一个人了，那种感觉糟糕透了。裸露的脚掌一点点退回昨夜他们一直坐着的位置，她一个人，孤零零地坐在空旷的落地窗下，呆呆地看着摇曳的树叶。脚下痒痒的，一低头，蝴蝶看见地板上散落的几根细碎的头发，一指长，乖巧地打着旋儿。手指捻着，蝴蝶忽然有点想他了，蝴蝶取来一块手帕，小心翼翼地把发丝仔细地包好。也许这是蝴蝶最动心的一次，因为她觉得像她这样的人没有爱情。

逝

两团布满皱纹的松软的乳房像盛满水的塑料袋，无力地搭靠在一根淡黄色的木质把杆上。那条把杆上的油漆斑驳得几乎脱落干净。镜前的光景着实让人心酸，夕阳的照射下，一个躬着脊背的女人像一尊雕塑，一动不动地立着。如果不是练功厅里的音乐流淌，时间俨然已经在此处被截断。她脚下是一摊泪泉，带着厚茧的脚正是踩在那摊水痕上。脚踝间青绿的血管，一束束如同老树的根茎，蔓延到小腿，绕过膝盖，生长到大腿内侧。她的腰像虾米一样，佝偻着，靠在把杆上，她怔怔地盯着那个已经年华逝去的自己，一动不动。

青春的号角从记忆深处倏地气势磅礴地吹起，她敏捷地抬起右腿，大脚趾和第二脚趾分开，伸向扔在远处的一条毛巾，然后稳稳夹起，一个单腿控制举到身高三分之二处。她用手接过毛巾，抹去鬓角晶莹的汗水，再搭回鲜亮淡黄的把杆上。她是全省最优秀的舞蹈演员，那个年代还不兴叫"舞者"。如果换到现在，也许她是晚会的常客，会是大舞剧的女主角，也许还有机会去拍拍电视剧什么的，可惜，人生不逢时，她是历史潮流里的一颗流星、一朵昙花。

钻出母体的时候，就在医生的手下，她带着斑斑血迹，扭动着小屁股和四肢，充满能量。再大点儿，听到广播里的音乐旋律，她那毛茸茸的脑袋就不停地左右晃动起来，腰肢也随着伸展开。一晃，她从一个"小矬子"出落成了大姑娘。乌黑的长发总是整齐地盘在脑后，高高地悬在那，把脖子拉得又直、又俏，像童话里的美丽公主。

关于学跳舞的这个事，她的父母还是经过了一番"斗争"的，作为大学教授的父母，希望自己的姑娘是一个勤学稳当的"青衣"，可万万没想到，这老天配错了哪个细胞，生出来个"刀马旦"。姑娘倒是勤学，但一点都不稳当。没事在家里"摇头摆尾"，竟然也无师自通地学会了下叉、倒立、原地转圈圈儿。姑娘虽说年纪不大，但心思缜密，考虑问题带着早熟的深邃和执着，这是让父母唯一感到欣慰的基因继承。16岁时，她听说了省歌舞团招聘舞蹈演员的消息，心里像长了草，痒痒的，一刻都坐不住。她不愿意和人发生争执，更何况和自己的父母，所以悄然无声地去参加了考试。在命运面前，人生没有太多废话，字字掷地有声。然而，人在极度高兴的时候，总是忽略命运发放的每张纸牌背后的不幸。

她身材比例的优势，通过旁人就可以判断：每当她走过男性身边，即便是迅速地擦肩而过，她也能感受到那匆忙之间投来的目光，稳准地落在她身上，大多时候是胸部，一些时候是腰肢，少数时候是笔直的双腿。她并没有因为优越的自身条件而偷过一次懒，可以说她是团里最勤奋的一个。朝霞渐显，她已浸湿衣襟，踢过200个"前旁后腿"，跑过10圈，做过上百次腹背肌锻炼。她的灵性也显现无疑，老师教过一遍的动作，她从来不会错，更不会手脚不协调地将身体系在一起。她脑子里清透得像刚刚擦过的玻璃门，门上还写着一行字：我要成为最好的舞蹈演员。在这行字的逐年驱使下，她忘记了冬日的寒冷和夏季的酷暑，温度对她没有任何一点影响，即便在不方便的日子里，她也丝毫不敢怠慢。她在习舞的过程中体会到了精神"折磨"肉体的那种舒畅快感和鹤立鸡群的优美。她太爱舞蹈了，没有任何理由地爱，爱得连青春期都被稀释了。舞蹈就是她的血液，她没有一天不在这血液里翻滚。

省歌舞团的人大多数都是混日子，女人嘛，到了该生养的年纪都纷纷怀孕，肥胖和慵懒里洋溢着幸福，个个倚着把杆看着热闹，好像她们从来就不曾是舞场上的一员。可她从骨子里看不起那些世俗的人，她不谈恋爱，没有恋爱自然没有男人，没有男人自然少了卿卿我我的精力浪费。她就爱舞蹈，从骨子里爱，也许扒开她的皮肉，都能清楚地看见骨头上密密麻麻写着"舞蹈"二字。正因为此，她也没什么朋友，每当排练结束，三三两两的嬉笑声伴随着离开练功厅的脚步，她就显得特别突兀。好像忽然抽干的泳池，没有水，她却还在认真地划拉着，略显尴尬，可依旧投入。别人在笑、在说、在约会的时间，她都在训练。凭着这股劲儿，她真的坐上了领舞的头把交椅，无论什么节目，领舞非她莫属。

音乐一响起，她好像被注射了兴奋剂，完全没了日常生活里的那份孤傲。灯光聚集在她身上，她感受到来自天堂般的温暖，那种温暖虽是短暂的却忠诚，不像男人的怀抱，易变。她在那种温暖下似乎领略到活着的意义，人人都可以生孩子，但人人未必可以成为舞蹈演员，她要留下作品，要让更多的心灵被感染，要让更多人的境界得到提升。她那修长的手臂舞动在空气里，有力的脚踝把她送到空中并以优美的姿态轻盈地落回人间，柔软的腰肢延长着她的线条，像敦煌壁画上的仙女，给朵云彩她就能真正腾飞起来。她蔑视那些因为舞蹈留在身体上的疤痕，肉体毕竟脆弱，虽然有时疼痛难忍，但精神却一直是强悍的。她就这样做着舞台上的仙子、日常生活里的普通姑娘，直到25岁。

那一年不知怎的，人人都穿一样的衣服，人人都亢奋。一些人摧毁了练功厅：地板、镜面、吊灯……一切都突如其来，从天而降。她没有任何准备，连冲进练功厅拾回练功鞋的时间都没有。从前回家，父母总是准备好糖水或鸡汤，笑盈盈地端到桌上，看着她狼吞虎咽地吃下、喝尽。尽管父母在跳舞这件事上和她争执过，但出于对她的爱，父母终究妥协了。而如今，她没有地方去，家里已经冰冷得像冬日里的许久未生的火炉，满地都是书的灰烬，她好像走进墓地，没有半点生机，也再感受不到父母的温情。她的心很沉，压得自己有些透不过气。她的腿已经很久没有伸展过了，她想念她的父母，不由得伤感起来。一伸手，长发不见了，触碰到的是像狗啃的一样长短不齐的发梢，身上的青紫不是舞蹈训练带来的。这一刻，她忽然开始怜惜起自己。她走进厕所，找到一个盆，接满了水，想要擦擦那些还在渗血的伤口。可才走到半道，水就从盆底的洞全部淌光了。她不再移动，呆呆地站在那里，眼泪落在盆里，发出空洞的"啪啪"的声响。余晖被夜色彻底吞没，她就在黑暗里站着。

时间像皮筋一样，慢慢地把她从舞蹈世界里拖开，不知拖了多远。她的感官逐渐坏死，唯一真切的知觉就是疼，心底的那种疼，有史以来最刻骨的疼，疼得她变了形。

她以为自己会很脆弱，但她却顽强地活了下来，活过了20世纪70年代、80年代、90年代，竟然还跨入了新世纪。她又满足又不满足，没有舞蹈，活得像妖精一样久又有什么用呢？其实，她活再久已经没有意义了，因为她已经"死"了。文学一点地说，叫作"逝"。

大　米

分不清昼夜，只记得黑夜里恍惚的车灯和黎明之际的鱼肚白。我在空中飞了将近四个小时，终于到了海南。偶尔的环境变更和长时间的独处，总能够凸显现实世界里的"不平凡"。拖着因为飞行肿胀起来的小腿，在酒店的一层餐厅来了顿午饭。服务员温柔而直接地问：吃得掉这么多饭菜吗？我什么也没说，盯着她，肯定地点了两下头，她便扭身下单准备去了。

一条六人的长方桌，只坐我一个，有点孤单。菜上得很快，它们通过略显嘈杂、油腻的长廊送到我面前，在桌上排好，待一碗米饭的齐备就可以开餐了。这种空洞的午餐样式，莫名地把我向某个过去的瞬间拉了一下，让人开始恍惚。那种感觉就像有人拉皮筋，一松手，又弹回去，晃动几下恢复原状，但皮筋上会留下拉伸过后的痕迹。

米饭。服务员的手落在了我面前。

低头一看，一粒挨着一粒，白汪汪的一片饭粒。

同样是一碗米饭，摆在8岁的我面前，感觉像一只脸盆。米粒沉默、内敛，不曾发出一点点声息。它们安静地相互挤在一起，贴在光滑的瓷碗里，那架势有点像害怕和躲避着什么，不敢也不能轻举妄动。米饭周围摆放着短时间内烹饪好的青菜，一看就知道它们是匆匆上路，没经过多少火力就脆生生地躺进了盘子里。我坐在一个和我蹲下时差不多高的木凳上，面前撑开一个小方桌，饭菜就在那里晾着。然而这会，晾着的不仅是饭菜，还有我。

家里出现过人，已经是两个小时前的事情，以墙上大圆钟来推算，那会儿应该是下午4点。时间好像是馒头出锅时掀开锅盖的蒸汽，呼一下就在大人们回来的瞬间消失殆尽。我记得，父亲一回家就冲进厨房，抓起角落里买回来已经很多天的蔬菜，择叶，洗刷，开火，热锅，呼啦啦地炒起来。那些动作都是一气呵成，麻利、有力，没有一丝一毫的犹豫。母亲坐在中厅大圆餐桌的旁边，望着对面的白墙，一声不吭。我感觉她累极了，疲惫得连眉眼都不愿多抬高一寸。我乖乖地坐在那里，不知道该不该动，也不知道该不该出声。整个房子里除了父亲，我、母亲，还有床头的相册，在余晖的照射下呈现出湖水般的静寂。一切都一动不动，任凭散落进来的光线把影子向前推移。大圆钟的秒针每发出咔嗒一声，我感到母亲的身体仿佛就震颤了一下，随之荡漾出来的是某种血腥。这一定和我的姥姥有关。

我的姥姥是一个裹小脚的女人，家里有三个孩子，母亲排行老三，前面是两个膀大腰圆的哥哥。从我懂事起，姥姥就是一个很少讲话、只会微笑的无比和蔼的老人。站在阳光里的她，有一种温暖，这种温暖不知道是姥姥带给太阳的，还是太阳带给姥姥的。姥姥平日很少下楼出门，因为她的三寸金莲，她走起路来十分不安，因为身体的摇晃，她感到格外吃力，常常耗费了大把力气，不过才走了半米不到。每次跟在她身后，我总是听到邻居家的孩子们哇哇乱叫，他们跃跃欲试，想要从姥姥行进的狭窄走廊中穿过。他们一拥挤就会碰到这个会倒下的"不倒翁"，我跟在后边干着急，修长细瘦的小胳膊没有任何能力擒住那些贼孩子。有时候气急了，我嚷嚷起来，也没有人理会我孱弱的叫喊。有几次，姥姥被冲搡得立不住，身体一下侧靠在墙上，那些小王八犊子就从姥姥的胳膊下面挤出来。他们兴奋极了，可我却十分无助。

姥姥总是喜欢把头发梳理得干净整洁，齐平在后脖颈的鹤发用一个黑亮的发卡整齐归拢起来，没有一丝碎发。印象里她喜欢对襟的系扣衬衫、面料柔软的黑裤子，脚下蹬着细长口的黑布鞋。她的面目柔和极了，大而闪亮的眼睛漾着波光，垂在弯弯的眉毛下面，遇到人她便把目光收回来，嘴角泛起微笑。我想我母亲继承了姥姥的微笑，那是一种非常有力的继承：没有一点折扣，没有一丝偏离。母亲的微笑更加蓬松、饱满、殷实，毫不羞涩。

母亲坐着，我也坐着，不知道过了多久，可能也没过多久。我对时间的认知有点迷茫了、混沌了，掰不出分秒了。余晖快要散尽的时候，我看见闪烁在我母亲面颊上的一颗晶莹剔透的泪珠，那泪珠和她的微笑一样饱满。那颗泪珠像产后的乳房，撑得那么圆，那么磅礴，咕噜滚到了她干涸的嘴角，那嘴角如同皲裂的脚后跟，这一点潮湿很快干涸，接着又一颗滚落下来，如此往复。我想，母亲应该是哭了，可是为什么不发出一点点声音呢？那一点点的声音就可以协助巨大的悲伤倾盆而出啊！房间的温度开始骤降，好冷。厨房里烟雾蒸腾，听见父亲洗刷的水流声，知道饭菜好了，是在收拾用过的锅盆。不大一会儿，父亲端出饭菜，放在母亲和我的面前。他看了眼母亲，什么都没说，拿了个馒头给她。馒头悬在半空很久才被母亲接过去。那张干裂的嘴巴使了半天劲，才打开一点点。母亲几乎是把馒头堵在嘴上，可馒头被抽出来的时候，还是一个近乎完整的馒头。

父亲三下五除二地把一半饭菜划拉到肚子里，看了眼大圆钟，低声说，该走了。

屋子里又只剩下我和饭菜。

黑夜像一件绑满铅块的外套，悄无声息罩在我的身上。它不仅将我的小身体压得很疼，让我透不过气来，还拉弯了我细瘦、脆弱的脊柱。眼前什么都看不见了，黑暗里只有我缓慢的咀嚼声。当咀嚼声停下来的时候，连大圆钟的咔嗒声也消失了，那堵白墙早就黑了下来。我竖起耳朵仔细地又听了听，房间里悄无声息。窗外，尖锐的北风嗖嗖地叫，让我想起蛇猩红的信子。无形中，我变得又小了点。我感觉像溺水般，沉进了一个没有时空的黑洞，被重重地拽下去，拽下去。黑暗有宇宙洪荒的力量，从头到脚无处不在，死死地将我包裹。我动弹不得，也不敢乱动，呼吸弱下来，眼珠在眼眶里缓缓地移动，总想看到点什么，但满眼都塞满了黑色。我觉得窗外的蛇信子越来越响，它们卷住窗棂使劲摇晃，这会儿玻璃也响起来。轰隆隆，我感觉四周的黑暗开始摇晃起来。天哪，房子好像就要塌了。

我正要尖叫，"砰"，门打开，父亲冲进来打开灯，撕破了黑暗。我呆呆地含着米饭坐在那，愣愣地看着父亲。"害怕"两个字还没从我嘴里冲出来，父亲就已经拿好了白布卷。我看到白布卷，"害怕"两个字就咽了回去。门又"砰"一声关上了，留下我和饭菜，还有白墙上的大圆钟。

我看着碗里的米饭，米饭也看着我。一颗颗，很分明。米饭的颜色让我想到那块夹在父亲腋下的白布卷，可白布卷跟米饭有什么关系呢？我既咽不下去，也吐不出来。我只是觉得嗓子眼和眼眶一阵阵地发热，身上一阵阵地发冷，我把脸轻轻地覆在那碗米饭上，让鼻腔里充满了大米的芬芳。

大米的芬芳很特别，有点像姥姥的微笑，特别暖和。我知道，我哭了，可泪水都流进了大米里，流向了姥姥的微笑。

孩　子

单人病房里，时钟静静地滑进夜色，她躺在床上，看着天花板，被医生禁食已经过了6个小时。天啊，漫长的这夜她该怎样度过，想到明天的手术，她就情不自禁眼泪汪汪，泪水像珍珠一样流过太阳穴，灌进耳鼓。耳鼓像一口深邃的井，逐渐溢满冰凉透彻的泪，浸湿了雪白的枕头。她一动不动，如同灌筑的蜡像。月光下，她的面颊苍白得让人心碎。

她下意识地把手放在小腹，仿佛摸到了悬挂在子宫上方即将泯灭的那颗神圣球囊。她是爱他的，可是他们太年轻，爱起来好像世界都不要了，冲动得像决堤的河水。她回忆当初见面时，那令人心潮澎湃的场面。她像一头小绵羊，在见到他的一瞬间就软绵绵地屈服了。自从那以后，每一个春夏秋冬，每一个夜晚，他们都是一起度过。两个年轻的身体挨在一起，即使什么都不做，仍旧可以看到生命的勃发。灯光下他们悄悄耳语，上班的笑话，超市里的奇遇，电影院里的手机外放，还有诗集里那无数首诗。快乐从来没有远离他们，只要他们在一起，好似吃了笑的药丸，两张嘴唇快乐地开合着，笑的涟漪感染着他们身边所有的朋友和所有的陌生人。

　　朦胧间，月亮越来越浅，像莫奈的画，云朵里透出光芒。这一夜，她的睡眠丢了。胃壁已经紧紧地贴在一起，如果眼前有一头牛，她自信可以整个吞下去，她太饿了。饿得又开始流眼泪，一束束地像淋浴一般洗净她感到罪恶和无奈的心。

　　手术的时间到了。她是一块生肉，剥了衣服，软绵绵地被抬到移动病床上，身上所有的饰物都被卸去，此刻她像刚从母体爬出的孩子，光溜溜地来到人世间。绿色的布包裹了年轻的她，他无力地靠在门框上，在病床推出病房的瞬间，他捉住了她藏在绿布里的手，紧紧地握了一下。随着她远去，他的手悬在空中，不知道该放到哪里。

　　手术室里真冷啊，她浑身微微颤抖，在被推向手术室的路上，她失声痛哭，不知道她究竟是在哭自己，还是在哭肚子里的那个球囊。好心的大夫从口罩上方看着她，笑眯眯地问道："你多大了?"她说"25"，紧接着一阵抽泣。大夫又说："哎呀，你都25了，别哭了啊!"另一个正摆弄着手术刀的大夫回了一嘴："哎，要换我，我也得哭成这样。"此话一出，她的哭声全无，剩下就是喘不上气的抽搐，连手术台都在微微晃动。确实，她太年轻，她还没想好如何做一个母亲，来迎接她即将出世的孩子，她也不知道该如何面对她的父母。她不知所措，她的心乱极了。他们还没有结婚，她觉得自己还是一个孩子，可是夏娃偷吃苹果已成事实。

她能怎么办呢?

而此刻对于他来讲,时间慢得令人窒息,空气里全部是她潮湿的泪水。他想念她那张俏皮白皙的脸庞,他想替她去受苦。都怪自己,都怪自己太不小心。他深深地忏悔着,遥望着楼下移动的小小人头,他的腿软了。一扇窗被静静地拉开,户外的风凛冽地刮在他脸上,像被人狠狠地啐了口唾沫。他一阵眩晕,脚不知怎的已经站在了窗沿上。可是仰面对着郁郁葱葱的树,他的心情豁然开朗。有时,勇气的增加未必见得是好事。他用力地把自己推出窗棂,身体飘起来,像一张印度抛饼,逃离了世俗的眼光,他感到很轻松。一点点地向下坠,像女人来月事时的小腹,坠胀,无能为力。他想,离开这个世界,另一个世界会更美,他依旧会想念她那俏皮白皙的面庞。无论怎样,他都是她的。

"啊"的一声尖叫,她虚弱地睁开双眼,头已挨在病床的枕头上,两鬓的汗水混合着泪水,模糊的视线里是熟悉的笑脸,疼痛的笑脸,她终于在麻醉过后苏醒过来。看到他好好地出现,她身体里的疼一瞬间不知去了哪里。他的大手轻轻地、珍惜地把她拥到怀里,起初,他只是笑,慢慢地,开始颤抖。然后她觉得她肩头的病号服逐渐湿润,她再也控制不了自己的哭声,两个年轻的身体紧紧地拥在一起,颤抖在一起。房间里嘀嗒嘀嗒的秒针,楼道里嘈杂的人声,窗外的车流声,都再也盖不过他们心跳的声音。没有任何言语,泪水洒溅在四壁,他们就这样抱着,紧紧地抱着,哭着,抱着,哭着……

若干年后,装修简洁的房间里到处印满了娃娃的小手印和小脚丫印,那张动人的结婚照再也不曾流过一滴泪。

尾　声

丈量好双脚的距离,摆放好它们的位置,确认脚尖、膝盖和盆骨的统一方向。深吸一口气，我用尽全身的力气，踩稳脚跟，最大幅度地下蹲，膝关节、踝关节的弯折产生了巨大的压力。我向后摆动起双臂，狠狠地发力，就这样，那些积蓄起来的压力，轰一下将我送到空中。

我纵身跳了下去，没错，头朝下，仿佛跳水一般，无牵无挂。

失重的感觉美极了，风亲吻着我的面颊、脖颈，有点痒痒的，好像又有点疼。云雾随着身体的下沉被拨开，又露出新的一团，一团接着一团，无穷无尽。没有人，没有任何声音，没有任何色彩，茫茫一片，广博自由。我觉得这是我平生最棒的一次体验，这种体验意味着一切的终结。

我眼看着川流不息的车辆、熙熙攘攘的人群离我越来越近。忽然，我内心产生一丝恐惧，一丝对于人和无形的网的恐惧。我在下沉的过程中逐渐感到心烦意乱，恐惧在增加，增加了我下沉的速度，让我越落越快，距离地面越来越近。我感到气压的不平稳、肉体的重量、无力的挣扎和深深的绝望。我放声尖叫，那叫喊穿透我的喉咙，刺破了人们的耳鼓，刺痛了月亮，刺伤了夜晚的寂静。

特护病房里，那个女人忽然从床上坐起来，刺耳的尖叫让受惊的值班护士踩着风火轮一般，青着两个眼圈从楼道的一侧跑了过来。推开门，她满脸的泪痕，汗水把黑发拧成一团，她苍白的脸上没有一点血色。

终于醒了，她想，终于醒了。

她下意识摸了摸自己的小腹，还是那般光洁、柔软并充满弹性，但她感到潮湿、阴冷。隐藏在她身子底下的是惊梦过后的鲜血，它们浸湿了她的臀部、大腿，初春的北方让她此刻瑟瑟发抖。夜还在蔓延，可是她再也睡不着了。一个透明的玻璃瓶就在那里，晶莹剔透，里面一个淡红色的软软的物体，福尔马林溶液撞击着玻璃瓶壁。她盯着那在药水里摇曳的软体，泪水充盈了她的眼眶。

她到现在也搞不清，究竟是什么怂恿她来医院接受手术。但她清晰地记得当她发现自己要做母亲时的欣喜若狂。只可惜，那种情绪从产生到消失，只停留了不到一天。因为她怎么都找不到孩子的父亲了，她不知道他去了哪里。

那个早上，她在阳光的照耀下醒来，她慵懒地伸出手去够他。手举起来，又"啪"一下落空，直直落到了床单上，腾起一阵尘埃。她惊醒了。接下来的白天、黑夜，手机没有应答。如果这种情形放在五年前，她还可以打给她的父亲。可现在，她能做的就是平复自己。

记忆里，他温文尔雅，好像很博学，总是对她讲许多话，那些话有一半因为口音她不太明白，但剩下的一小部分却显得很逗人。他总是在电脑前忙忙碌碌，每天花掉很多时间和电脑相处。他其实不太喜欢她听不懂的时候，他会有一种不太耐烦的表情掠过面颊，接着就是长时间的沉默。她倒真是很喜欢他，但感觉自己像个傻子，某种情商方面的傻子。在某个大雨过后的下午，她发起了高烧，他抱着滚烫火热的她一路跑到医院，跑到药房，开药、挂水，稍稍好转，又抱着她回到房子里，一个不到40平的房间。自从她来到这个城市，她就一直住在这儿。她从来没有问过他，从哪里来或者未来想去哪里，每次都是他告诉她什么，她才知道什么。这种感觉，又好又不好。

这会，她又哭了，觉得更冷了，身体开始抽搐起来。她蒙着脸，几近清晨时，在愈发僵硬的床上，一遍一遍温习着属于他的记忆。她知道他再也不会回来，而他在走之前也不知道自己成了父亲。她想念她的父亲，那个智慧、坚强、幽默的充满爱意的父亲。他会因为她被其他孩子欺负而暴怒，用他的方式来讨回公道。他为她创造了最佳的成长环境，他亲自教会了她需要的所有，他会因为她的微笑去做任何事情，他是世界上最完美的父亲、最完美的男人。她觉得她都爱不够她的父亲，她没有损失一分一毫地继承了她父亲的智慧、独立、倔强、勇敢和冷静。可现在，夜晚的惊梦令她恐惧，但似乎也让她感受到了一丝释放。在这样一座待了很多年却从来都没有熟悉起来过的城市里，她一个人，没有家人，没有朋友。她开始悔恨自己独断的计划，她应该把她的孩子留下来，至少她就成了两个人。那种悔恨如同海啸，逐渐地将她吞噬，她好像不能呼吸了。

凌晨5点，太阳钻出厚重的云雾，将一抹光线洒在床头。

护士们七手八脚地在特护病房打扫，将脏污的床单卷起投进"医疗废物"垃圾桶，空气里弥漫着一股消毒水的气味。很多只戴着塑料手套的手擦拭着床头、窗台、移动小餐桌和门把手，慢慢地，这些手靠近了那个玻璃瓶，停了下来。

"这个怎么办？"其中一个小护士问道。

"扔了。"护士长眼皮都不抬，两个字从她的嘴里丢出来。

"砰"一声闷响，玻璃瓶落在了医疗废物的中间，摇摇晃晃。

刊于《湖南文学》2024 年第 2 期

致李商隐的一封信[*]

朱　朱

义山先生：

　　最近几年来，我依托您的诗画了几幅画，一个多月前，它们和另一些画一起从北京运去了伦敦，要在那里展出。这两天我持续地高烧，感染了奥密克戎，整日在家中躺着。今天傍晚时，好像突然被灌输了一些能量，挣扎着起了床，走到窗口默默地站上一会儿，望着外面景象，终于还是敌不过全身关节的疼痛，再次躺了下来。昏昏沉沉地睡去，下半夜又醒转，大脑中一片空茫，好像有阵阵的雾霾飘过，忽然，又想到了您的那行诗：

　　　　沧海月明珠有泪

　　真是莫名的伤感，可是我告诉自己：伤感是没有用的，就像您的那些诗篇，既包含了伤感，但又逾越了伤感，将胸中的块垒消解在自然或神话之中，勾画出我们的情感和记忆之间最根本的关系。

　　"沧海月明珠有泪"，为这一句我特地画了一幅画，虽然不敢说完全知晓了这一句的含义，但我把它当作一幅包含了人的欲望和梦想在内的宇宙图景来理解。"沧海月明"对应的是几乎永恒不变的自然，那个原初的世界，而"珠有泪"

---

[*]　李商隐（813—858），字义山，晚唐诗人，郝量近年的画作与他的诗歌多有交集，本文通篇假托郝量的口吻而作。

折射着身而为人的悲哀，短暂、无常的生命含着泪光，尝试着孕育和保留一点什么。我在处理画面时，尽可能地做到简约，以便突出夜空和海面之间光的流转，整个空间几何化了，光和反光被还原成了点、线、面的动态关系，这种方法趋近西方的抽象主义，其实，您的诗本身也是抽象的，不是吗？这首《锦瑟》被阅读了千年，被阐释了千年，至今仍然是一个动人而伟大的谜。

如果您愿意听上一听，我希望说一说自己对于光在绘画中的浅见。很多人，不仅是西方人，也包括现在的中国人，都存在着一个基本的误区，以为西方绘画是光的艺术，而中国画是线的艺术。依照我的理解，虽然古代中国人甚少谈论绘画中的光线，但这不意味着光的缺席，每当下笔谋求物象的体积感时，对光的考虑就已然潜藏其中：一簇浓淡相宜的竹叶，一座阴阳向背的岩坡，一抹远山的黛色。

就连笔触极简到接近空无的倪瓒，也需要光的合作，他的《渔庄秋霁图》，题旨本就含有气候与天色，两岸的物象寥寥，近景中的亭顶不着一笔，既是极简的手法，也合乎天光的漫射，表达了雨霁之后的通透空明。事实上，对于从前的文人而言，诗画不分家，对于自然或人工光线的观察始终伴随生活与创作，随意翻取《清閟阁集》中的一页，就可以读到倪瓒对光的吟咏：

江云错绝巘，汀树犹斜阳。独立霜柳下，渺然怀故乡。归来茅屋底，篝灯写微茫。[1]

又如与《渔庄秋霁图》更切近的一首：

云开见山高，木落知风劲。亭下不逢人，夕阳澹秋影。[2]

---

[1] 引自《清閟阁集》中《画赠吕志学》，西泠印社出版社 2012 年 4 月第一版，第 36 页。
[2] 引自《清閟阁集》中《题秋林图》，西泠印社出版社 2012 年 4 月第一版，第 91 页。

或许可以这么说，相对于文艺复兴以来的西方艺术家，在传统中国画家那里，存在着对光的默认，而不刻意地加以追寻与再现；通过日常的观察所积累的经验，可以为自己在作画时争取到更大的自由度，从而循沿心象而造境。

说来惭愧，意识到光内在于我们传统的经典，对于我并不算一件容易的事。您肯定很难想象，我在大学里几乎学不到什么，甚至可以说正好相反，学到的东西都进一步割裂了眼、手、心之间的内在联系，也割裂了我们对古代的理解。我虽然也在课堂上临摹过一幅幅古代经典，譬如范宽的《溪山行旅图》，却根本谈不上心有所悟。

直到一次去华山的旅行，才好像有什么真正的东西在自然之中豁显了，我曾经记述过这件事：

> 走在山脚下的小径上，路上有斑驳的光，很亮，而山是背光的，很暗，突然意识到《溪山行旅图》把山画黑、把山路画亮实际上是再现感受。[1]

如此浅易的自然现象，几乎令我不敢将它与经典文本联系在一起，可是我当时非常地确定，往昔的范宽面对着终南山、太华山或者照金山时，和我的眼睛看见了同样的东西，对光的体悟在范宽的笔下最终得以深邃地综合，用于结构和内在精神的精确营造——譬如，在那幅画中，黑重的、纪念碑式的峰岭，其实也需要白亮的、条带状的山径和瀑布进行横向或纵向的分割、对比，进而构成一场天地之间的合奏。

通过身体感知的代入，利用在自然中获得的印象，对于本土的经典进行一次复盘，这场经历对我实在太重要了，它让我明白了古代绘画不是凭空而来，正所谓"搜尽奇峰打草稿"[2]，从前的画家们会在自然的基础上进一步构想画面，

---

[1]　引自郝量与胡昉的对谈录《炼成现在这个肉身》，2013年12月—2014年1月。本段及以下三段的文字表述，主要参考了该访谈录，此外还可以参看郝量与田霏宇（Philip Tinari）的对谈录《隔离的景色：郝量谈"潇湘八景"》。
[2]　引自石涛《画语录》，石涛（1642—约1708），明末清初画家。

去对应内在的心理体验，就像宋人所说的格物，在绘画中不是一板一眼地描写，而是把一些复杂的印象组合起来、强调出来，进而将心象成功地视觉化了——这样的过程不是"写实"，而是"写真"。

从那时候开始，我就决心重返古代绘画的文本世界，不仅要以自己的眼睛重新观看那些图像，还要去探究那些图像背后的生成结构。我仿佛突然明白了古代绘画中其实应有尽有，就像光线这样一种俨然只存在于西方绘画中的强力元素，其实一直都被包含在我们祖先的视野和思虑中，一直为他们所用。光线之所以不被强调，是因为背后牵连着一整套的透视法则或世界观；对我来说，还存在着一种别样的使命感：中国艺术暗含着内在的现代性，只是我们没有把它点燃，刺激它走向当代……无论如何，华山之行所经历的那一刻，对我来说，就像是打开了时间飞船。

也许您会觉得，我说的这些浅薄而多余。您所置身的那个唐代中国，尽管已到盛世的尾声，文化上却远未衰竭，不仅有您这样伟大的诗人延续着诗歌的峰巅，在您身后的宋、元，还将出现无数的绘画大师，我前面提及的倪瓒就是其中的一位。而在中国和世界的关系方面，您大概也沐浴在"东方中心主义"的余晖之中，目睹或耳闻了"万国来朝"的风光。

虽然与外族的对话不曾作为您的主题，不过，我猜想，您在晚唐也真切地怀有着一种外忧内患、盛极而衰的悲哀吧？就像您的《登乐游原》所写："夕阳无限好，只是近黄昏。"虽然诗句本身具有超越了特定环境的丰富张力，但应该也折射了那样的现实心态。落日是温暖的，也是凄凉的；每一个白昼的消逝，既对应了每个人的一生走向终点的哀婉，也对应了一个年代、一种文明在经历成熟和辉煌之后的没落……在我北京的那间工作室里，从午后到入夜之前，总能见到一束从窗户斜射进来的光，穿越并镀亮室内空气里纷飞的尘粒，投落在地面上慢慢推移，它让我想起了您的诗句，也让我想起了列维-斯特劳斯在《忧郁的热带》里的一段描述：

日落是一场完整的演出，开始、中间和结尾全具备，日落奇观好像把过去12小时之内所发生过的战斗、胜利及失败具体地重演一遍，只是规模小了一点，速度也放慢了一些。①

我经常凝望着这束光中纷飞的尘粒，忽然想起了整个二十世纪的上半叶，中国人所遭遇的一场前所未有的变局，他们在世界大潮的漩涡里，在战争中挣扎、生存与蜕变；于是，2020年的某一天，我忍不住画下了这束光。

在画下的这束光中，我还放上了一小幅晚清文人画的仿作，两张现成的历史照片的印刷品，这几幅图片就像从半个世纪的夕照里被放大出来的几颗尘粒，都来源于当时的几个现实瞬间，述说着中国和世界之间激烈的对抗与迟缓的融合。

对了，我还添加了一张以希腊神话中阿波罗追逐达芙妮为题的雕塑图片，想要暗示在那一段苦难的历史里中国人逃无可逃的命运，似乎唯有像达芙妮那样成为植物，才能躲避无解的凄苦。

虽然绘画对我来说是根本的事情，但我乐于尝试吸收不同的观念和手段来丰富自己的表达，为什么不呢？在疫情暴发之前的那些年，我经常会去西方或者日本看一看，游逛在那些博物馆、美术馆或画廊里。无论是古典的还是当代的作品，它们都为我反观传统和自己的创作提供着新的视角或方法，罗伯特·康宾在《罗伯特·德·玛斯米内像》中所表现的人物面部，那份厚重的质感和范宽笔下的山石在某种意义上就是同构，而达·芬奇对解剖学的兴趣，还有他的那幅《丽达与天鹅》，激发了我画《竹骨谱》时的灵感，这套册页应该是奠定了我个人方法论的作品了。说到西方当代艺术这一块，其实我更感兴趣的是观念艺术这一条线索，除了谁也绕不过去的杜尚，还有早期关系美学中的"文献型艺术家"——比利时的马赛尔·布达埃尔（他年轻时也是一个诗人），

① 引自克洛德·列维-斯特劳斯《忧郁的热带》，译者王志明，三联书店2006年版。

他的工作方法让我想起清代的不少艺术家，甚至也会想起晚明的董其昌——将所有年代的艺术史视为整体，再予以个人的回应。

说到这里，突然想起了一件庆幸而又悲哀的事，那就是在日本还保留着很多与唐代相关的东西，所以，有时候我去日本仿佛是去海上寻找您的那个唐代。

假如没有那几张图片，被我画下的那束光，似乎除了是它自己，什么也不是。它是绝对的，也是自足的，它视万物为刍狗，它是天地本身的写照，不仅照耀过那一段惨痛的历史，也照耀过无数辉煌或欢乐的时分，但它从不刻意地承载这些东西，也不会为人的悲欢离合所动，每天它来去自如，是我们的目光在追逐它，或者说，试图挽留它。

我们挽留它，其实是想挽留个人或集体的记忆，在它之中放进自己的主观情感、历史意识和对于生命的悲悯，在光作为一种自足性的存在和我们如何借助它述说自身命运的主题上，您是大师中的大师，就像刚才提及的那两句："夕阳无限好，只是近黄昏。"如果让我挑选一幅画来对应您表达的境界，也许会是霍珀的《空房间里的光》①。

霍珀在他的那幅画中排除了叙事性、情感和人类的存在，让光成为唯一被咏叹的主体；凝望着画中那一瞬投落在墙面和地面的光，我们的记忆，以及我们对记忆的思考仿佛全都包含并消融在其中了，它甚而让我想起您写下的千古绝唱：

此情可待成追忆，只是当时已惘然。

我艳羡着如此纯粹的表达，可是，我无法不回应身边的现实，也无法忘怀中国近现代以来的这段历史，它们同样都离我很近，同样带着切肤之痛，并且

---

① 爱德华·霍珀（1882—1967），美国画家，《空房间里的光》作于1963年，被誉为他最后一幅杰作。

包含了决定我们未来的基因。虽说您的诗歌从整体上超越了现实世界，但您也写下过不少借古喻今或针砭时弊的作品，也许，正是这部分作品砌造了您诗歌王国的地基、台阶和栏杆，让您最终得以登高远眺，扩展了自身的宇宙化的视野。

譬如，在您的《燕台诗四首》里，我就读到了更沉重的现实感。从表面看，您是以四季的变迁为背景追忆过往的恋情，可是，除了您自己，谁又能真的说得清您想要借此传达的现实经历或事件呢？那种禁锢与迷失的体验在其中表露无遗，譬如这两行：

> 愁将铁网胃珊瑚，海阔天宽迷处所。

写得真是愁肠百结，就像昨天傍晚我望着窗外的死城时，心中升起的那一片茫然，也像我不久之前画那一幅《寻桃花源不遇》时的心境。

我依据您的这两行诗，也画了一幅画，并没有直接去画铁网，而是画了华光四溅的星空，波涛中的陨石点点和隐现在海底的珊瑚群，这景象连通着您的另一行诗"星势寒垂地"[1]，仿佛是受到过于强大的地心引力影响，星光逐渐沉落，成了珊瑚那样的生物残骸；铁网这个意象出现在另外的两幅画中，是依据西方最伟大的诗人之一但丁《神曲》开篇的诗句：

> 在人生的中途，
>
> 我发现我已经迷失了正路，
>
> 走进了一座幽暗的森林。

在那两幅画中，中景和远景都趋于阴森荒茫，唯有近景中的铁网被光线镀亮，设想观众透过铁网，依稀可见那个影影绰绰、踽踽而行的我与困兽为伴，

---

① 引自李商隐《谢先辈防记念拙诗甚多，异日偶有此寄》一诗。

与寒天一色，这大概是我在不丧失诗意的前提之下，对于现实体验所能作出的最率直的表达了。

还是2020年春天，我画了一幅《套数·秋思 —— 晨昏》[①]。画面中暗沉的、冷灰与昏黄交织的光线令人晨昏莫辨，几个彷徨的身影陷入追忆和凝望，日月之华倒映在湖面上，汇成了几个茫然若失的漩涡，仿佛我充满激情的青春岁月都已经沉入湖底了，而空中盘旋的鸟群如同察觉了正在到来的危机，不肯栖落向枝头。

过去我画过"齐生死"的人物，画过科学与玄学的对话，画过可以用来结庐的竹子，画过一座园林沧海桑田般的变迁，现在我更爱画水：海面、湖面或河面。因为水溶解了现实，让现实成了倒影，水颠倒了现实和梦想的位置，如保尔·克洛代尔所言："内心所渴望的一切都能还原为水的形象。"[②]《在英国的树下》是2022年的创作，它与《套数·秋思 —— 晨昏》有着相近的构图，但立意不太一样，触动我的是博尔赫斯在《小径分岔的花园》里的一段文字，和您的诗一样，将迷宫般的过去和梦魇般的现实，放入了更加广阔无垠的时空去理解，对我来说，这段文字同时也牵涉一种身份的焦虑，如他所言：

> 我想象出一个由迷宫组成的迷宫，一个错综复杂、生生不息的迷宫，包罗过去和将来，在某种意义上甚至牵涉别的星球。我沉浸在这种虚幻的想象中，忘掉了自己被追捕的处境。……我心想，一个人可以成为别人的仇敌，成为别人一个时期的仇敌，但不能成为一个地区、萤火虫、字句、花园、水流和风的仇敌。

在这幅画中，我将湖岸处理成一个圆弧状，湖心的光轮如同涟漪不断扩散，

---

① 《套数·秋思》为郝量的系列作品，依托的是元曲大家之一马致远的同题文字作品。
② 保尔·克洛代尔（1868—1955），法国诗人，戏剧作家，曾到中国游历，并著有散文集《认识东方》。这句话转引自加斯东·巴什拉《水与梦》中译本，译者顾嘉琛，岳麓书社2005年版，第165页。

整座湖有点像一艘来自太空的飞碟，从低空斜射而来的那两道光束，仿佛在提示飞碟所来的方向。乍看之下，这光束和光轮之间的关系传达的是：历史从来不是一种不断进步的线性叙事，它常常陷入轮回往复之中。其实我更想传达的是：这个以光轮为圆心的圆是整个天空的缩影，是一种超自然的能量显示，"万化而未始有极也"①，最终没有什么是不可改变和交融的，尽管于此时此地的树下怅望低回的我们，尚且被视为半人半兽般的野蛮存在。

细想起来，我这几年的创作重心确实经历了一个向现实不断倾斜的过程，但我所画的不是什么该死的写实主义，而是诚实地面对了内心那种见证的冲动，但在真正进行表达的时候，我希望运用的是抒情诗般的、充满张力和隐喻的语言，或者说：心象。是的，它们是心象，比现实多上一层内在的心理体验，多上一种历史的回眺，同时，也多上一个为未来祈祷的手势。即便现实仅剩下极夜的维度，我还是相信：物极必反，并没有永远的死水一潭。

水和光的结合，经常会让我想起玉的质感，您之后的一位文豪范仲淹就曾经描绘过："浮光跃金，静影沉璧。"②如果您能看到我最近的这些画，就会注意到光在其中几乎演变成主体，但不像霍珀《空房间里的光》里的那束光，但凡彰显之处就格外明亮，我的光总是半明半暗，介于透明与不透明的中间状态，也伴随着更多的阴翳，其实这是我在有意识地追求玉的光感。

我希望自己的这些画如同谷崎润一郎在《阴翳礼赞》里所言：

> 这些玉有一种奇妙的淡淡的混浊色调，仿佛凝聚着好几百年的古老气氛，在它的极深处蕴藏着混沌而钝缓的光芒。…… 每当看到它那鸿蒙初开般的混浊质地，就自然觉得它的确像中国的玉石，不由想到在它那敦厚混浊之中堆积着具有悠久历史的中国文明的惠泽……③

① 引自《庄子·大宗师》。
② 引自范仲淹《岳阳楼记》。范仲淹（989—1052），北宋文学家。
③ 引自谷崎润一郎《饶舌录》中译本，译者汪正球，中国文联出版社 2000 年版，第 233 页。

这样的光感，或许包含了身为中国人的宿命吧，但也具有人格化的力量：在黯淡混浊的处境里，从自身的内部透现出一点光芒来。是的，无论是一位诗人，还是一位画家，都应该让自己的作品成为一种发光体，就像海底的珊瑚虫那样，发出幽微而又绚烂的光。

光在我的每幅画中都构成了一次变奏，时而是暗沉的，时而是温润的，对应着我每一次心境与主题的转换，那些冷暖色调总是处在不断的变幻之中，也如同流转在您《锦瑟》颈联的那两句之间：

沧海月明珠有泪，蓝田日暖玉生烟。

拉拉杂杂说了这么多，真是抱歉，如果我说错了什么，还请您一笑置之。当然，我知道这封信送不到您手边，我把它说出来，是为了心里好受一些，仿佛如此这般地说了一遍，您就已经听了一遍，并且始终以沉默来作答。其实，您的诗就是一封再好不过的、提前拟就的回信，远早于我的出生，也远早于最近所发生的一切，我每一次重读时它好像又增添了新的内容和含义，但愿我的绘画有一天也能达到这样的境界。

郝量上

2022 年 12 月

刊于《收获》2024 年第 5 期

反常的边界

—— 技术加速时代的写作探索

糖 匪

我今天出现在这里只是许多偶然的结果。就像一个碰巧走在你们前面的路人。这个人走在你们前面，未必因为她更有脚力，爆发力更强，更有智慧，或者更勤劳，她对这个世界、对这条道路以及沿路的风景未必比你们知道得更多，只是恰好，走在你们前面，可能因为失眠，可能因为出生得比你们早，仅此而已。

我希望大家能以和这样一个路人随便聊天的心态来看待我之后要讲的话。

事实上，我所想象的，一个可能会变好的世界里，每个人，都不盲从，都不把自己思考的权利和责任移交出去。永远不要停止思考。永远对自己负责。

可以有榜样，但不要树立偶像，因为那意味着放弃思考，意味着精神上懒惰。对一个创作者而言，一旦成为精神上的懒惰者，那么未来的创作生涯，必然漫长甚至乏味，哪怕是成功的职业生涯里，内在的厌倦和空虚也会作为对懒惰的惩戒出现。

对于可敬的前辈，敬重就可以了。敬重的表现之一，是对自己作为独立个体的尊重。

当然，目前为止，我还远远不到受敬重的高度，我只是早出发几天并且随时会被你们超越的路人而已。

我所说的，你们可以听一听，如果能从其中获得启发那真是再好不过。

一

也可以用小马过河的故事来概述我上面这段话。渡河的小马不知河水深浅，在询问过体型各异的动物得到迥然不同的答案后，靠自己摸索渡过了河水。

但我很着迷于行走这个意象，固执地认为这是写作者创作者最理想的生命状态。创作不仅仅是前方遇到的一个阻隔，比如河水，比如高峰，也不该只是奔向某个伟大目标前恨不得快进跳过的过程，创作也许可以是以个体生命长度为单位的实践，也就是说沿途经过的一切都包含其中，生命经验和创作经验不单单是相互造就，而是共时践行的结果。

行走意味着探索，在不确定中建立有限的确定，赋予自身意义的同时，对自身之外的事物充满敬畏。行走意味着每一个脚步每一个时刻甚至每一次错误都赋予自身价值，这些当下以饱满的形态参与到整体性的创造过程中，而不仅仅是未来的备注，或者过去的回响。

行走也意味着未知和危险，你会遇到野兽，还有 —— 边界。

和野兽不同，边界不是自然产物。

动物有领地意识，占有生存和交配资源。植物和微生物以最适宜生长的环境为中心向外辐射，尽可能争取更多生长空间，山川洋流以及矿石受太阳系行星运动和大气变化地壳活动影响，依照规律形成。它们的分布是在复杂环境下受各种因素综合影响并带有一定偶然性的分布，往往呈现过渡混杂的面貌，而并非遵循着一条清晰明确的边界，并非一定呈现出几何的规律形状。

更重要的是，自然界的分布往往呈现动态形式。一旦影响它的因素发生变化，分布也随之变化，经历的时间跨度往往超出人类寿命。人类如此有限，生命短暂，感知和知识能力受困于粗陋简单的肉身配置，欲望与言说受制于体认与智识的不足，置身浩瀚纷繁的宇宙中，如何以有限把握无限，同时不陷入疯狂错乱或者完全的虚无？渴望光明却承受不了涌入双目的阳光的鼹鼠会不会成为人类悲剧命运的隐喻？

或许正是为了预防这样的悲剧，在为万物赋名之后，人类开始制造一条条清晰凛然的边界，将事物归档分类，试图建立某种认识上的秩序——一个假想中的橱柜，由数不尽的抽屉组成。贪婪地吸纳来的知识在这里被分门别类放进相应的抽屉，来到被占用物的终点站。对现有知识加以精选和分析是认知结构的核心。认知结构在很大程度上消解了记忆，或者说可以看作特殊的"记忆术"，一种占有知识了解世界的魔法。于是，人类的精神领域内，无论是对外部世界的认识还是身体内在的经验，全部遭到了边界的围捕，受困于被划定分派的类别中，其不可描述的部分，其异质性的部分，其浓稠的深度一同隐去，被高度凝练成几个特征后贴上标签，放置到它所属的抽屉里。这意味着只要记得标签，就可以召唤出这一格抽屉之物的共性，继而以更简略轻便的方式召唤出它们：时代或者王朝的划分以线性逻辑简化了对年份和政治制度的记忆，并为发生在其间的历史事件打上时代烙印；地域的划分在虚实结合的叙述里塑造强化某些特征，在地域的各项子集，诸如矿物质、农作物、当地文化之间建立因果链；对宇宙万物进行矿物、动物、植物的划分，围绕它们的外部轮廓进行分类，以此为基础的博物学为人类认识世界建立强大信心。

自人类第一次擦亮智识的火花照亮蒙昧起，我们知识的类型已经发生多次转变，而通过划定边界来分类，从而对知识进行压缩处理的方法始终有效，或者说更有效了。今天的我们置身于日新月异的时代，新发现、新技术不断涌现，必须借助分类压缩的方法，才能保证自己不被潮水般的信息吞噬。

二

边界编织起巨大格栅夜以继日划分着人类不断扩张的智性领域。这不仅仅是为了记忆的习得，更好地了解认识世界。格栅追求秩序。认识世界之后便是对它的控制和管理。到文艺复兴时期，随着宗教改革，人文主义兴起，对知识的占有欲进一步发展为对世界的控制。原先不切实际的想法随着方法的进步和技术发展，渐渐有了实现的可能性。世界，从初始的神秘无垠的对象，神的不可动摇的造物，成为一种可以被人利用操纵的客体。罗盘、四分仪、桨轮的发明和大范围使用推动了船只航运技术的发展，大航海时代的到来扩大了人类世界的地理版图，世界的尽头不再是尽头，不存在的岛屿和大陆在人类认知边界外浮出；玻璃的发明在增加人类室内生活的活跃时长、提高温室植物成活率的同时，更是开启了一系列光学技术的革命创新，显微镜望远镜的发明将根本不可见之物呈现给目视之光。面对不断涌入视野的新事物，面对不断开疆拓土，分类排序组织管理的工作变得更加紧迫和必要 —— 用更精细的分类安抚镇静技术应激下的焦虑惶恐以及兴奋。

同样的方法，适用在人身上。地理大发现后，外貌体型迥异的人种更新了人类对自身的定义，并且伴随由城市的兴起加速的人口流动，技术进步造成行业分化，具有不同身份背景不同技能的人聚集在一起，再一次，边界发挥了作用；将人分门别类，对社会进行有效管理，按照职业、种族、出身社会阶层划分的人群的活动空间被限定在不同范围（富人区和贫民窟，种族隔离，疯人院和监狱，不同职业的工作场所），接受不同的教育培训，以至于死后丧葬处理都严格按照这一模式，甚至被内化为礼仪、传统习俗。其中不乏以科学面貌自欺者，诸如臭名昭著的面相学，试图通过头骨形态等人的外部身体特征来辨识罪犯，前有十九世纪的刑事人类学派创始人龙勃罗索、达尔文的表弟弗兰西斯·高尔顿，今有各国科学家基于面部图像预测犯罪的自动化人脸识别软件。

人们越发忘记界线本身作为后天的社会属性，并非与生俱来。按照界线塑造要求自身，成了社会性的一部分。而社会化本身意味着一种更好的适应性，"自在"地成为规训之物，作为交换他们得到了一个安放自己的位置。

人造的边界，人类受益于它，也受制于它。它发挥最大威力的时候，往往是它最隐而不见的时候。以朝代划分的历史，让我们几乎意识不到刘邦和秦始皇是年龄只相差三岁的同代人，他们曾经在同一时空共同生活了四十七年；对文明边界的设定，对其他种族的刻板印象，将西方文明推进西方中心主义陷阱。一个更贴地的例子是我今天的经历。餐馆里邻座的陌生人操着港式普通话打完电话后，转身和同伴说话。大概有十秒钟，我感到一阵慌乱，因为完全听不懂他在说什么。显然，他丝滑地转换成另一种口音。而因为我对他的口音有了预设，一个没有任何情感偏向的预设，大脑完全无法理解耳朵接收到的声音，直到我辨别出他说的是四川话。一个地方的口音既可以帮助你辨识出对方说话的内容，同时也可能因为误判而造成短暂性的理解障碍。

三

又或许，除了人造的边界，在人类身上还存在着一种与生俱来的边界，和绝大多数生命体同样拥有的边界。作为独立的生物，最外层的屏障——在人类身上是我们的皮肤——不但是抵御有害物质侵害的重要屏障，更是"我"与外部世界无可替代的边界。

在边界的这边，是我：身体，以及以身体为容器的自我意识——一个完整独立的"我"。骨肉组织器官犹如精美的机器互相协作维持身体机能，进行新陈代谢同时凭借视听嗅触等感觉系统接收信息，对外部环境做出迅速反应。"我"在我的世界中心，对世界的认识和改变既然必须通过我，基于我的构成和经验，因此也受限于"我"，受"我"塑造。哪怕仅仅是对空间的认识这样简单的问题，也受到身体影响。人用她的身体来认识空间，一个没有界线的纯然实在的空间。随身体特性的改变，面前的空间会不断变换面貌。对俯卧和直立状态下的身体而言，上下、左右、前后这些方位词意味完全不同。因此，日常经验里的空间共识，即直立状态下对方位的辨认，有时也会因为对象的不同而失效。这种情况不仅发生在尚未学会直立行走的婴儿身上，也发生在身处太空环境下的人类身上。

似乎是这样的，皮肤作为边界，确立了人的完整独立。然而，体内共生微生物的发现打破了这一幻想。皮肤所覆盖的，理所当然被视为专属于且仅仅是"我"的身体，同时也是五百万亿微生物的孵化器，也不排除是某些寄生虫的栖息地。五百万亿独立生命，五百万亿异于"我"的生命意志，与"我"共存在曾经确定无疑的边界内。

身体界线的打破不止于此。

共生微生物的发现打破身体界线的天然正当性，而赛博格和后人类的出现，彻底颠覆人类主体边界的定义。

二十世纪六十年代，太空竞赛如火如荼。受到几年前苏联成功发射第一颗人造卫星的刺激，美国加快外太空探索步伐。肯尼迪在全世界面前宣布阿波罗计划，将人类送上月球。当全人类为这个拓宽人类疆域的浪漫图景激动不已时，也许只有科学家意识到这个计划是要将人送进高辐射、微重力、低温、真空、遍布陨石微粒的危险环境。宇宙的生存法则如此严酷，人类如何突破生理极限获得生存权，是一个难题。一些科学家提出如何改造宇宙环境。而美国罗克兰州立大学两位科学家纳森·克兰和曼弗雷德·科林斯则给出另一种解决之道。他们认为，人类应当主动改造身体来适应外太空严酷的生存环境，依靠机械辅助增强身体性能。他们发表在《宇航学》杂志的文章构想出一种运用控制论和生命科学制造的生命复合体，通过生物和机器的杂交，获得某些强化功能。他们在实验室制造的"渗透泵小白鼠"就是一例：一只小型渗透泵被移植到小白鼠尾部，通过渗透泵小白鼠可以在完全不自觉的情况下持续得到精确可控的药剂摄入。为了给这种生命体赋名，科学家从"控制论（cybernetic）"和"有机体（organism）"两个词中，各取前三个字母造出新词——赛博格（cyborg）。

他们没有意识到他们成了弗兰肯斯坦。他们创造了他们的"科学怪人"，一个极具"破坏性"的"物种"。当时仅仅从技术可能性出发的概念，经过延伸发展后，竟然试图打破人类文明中最根深蒂固的边界。是的，那些最坚固的在那个时候差点烟消云散。

一九八五年，唐娜·哈洛威撰写的《赛博格宣言》强调赛博格是对严格界限的摒弃，尤其是那些将"人"与"动物"，以及"人"与"机器"分开的界限，主张以"亲和力"取代"联盟"，吹响了既定边界终结的号角。正如控制论所暗示的，身体的界线可供争夺。在肉身和人造仿真、生物组织和机器、机器人科技和人类目标之间没有绝对界限。只要将人类身体看作我们要学会操控的假体，那么，利用另外的假体替代和扩展身体就变成了一个连续不断的过程。

动物器官移植、无机物植入大脑、虚拟空间沉浸等技术正是这个过程的一部分，以各自的方式争夺身体的界线。于是有了这样一句引发人类世界震动的预言：碳基生命将成为硅基生命的跳板。这个预言尽管充满魅惑，也只是这场复杂漫长的主体争夺战的一种结局而已，它的戏剧张力和魅惑性并不能为它增加更大可能性。技术从来不是线性发展过程。既然我们还生活在自行车、无人驾驶汽车以及载人航天火箭共存的时代，某种程度的先进与完全取代就并非完全一致。在人类身体界线的争夺上也是一样，在长期的拉锯战后，比起某一个非此即彼的结果，杂糅共存的赛博格人类也许更有可能。

四

边界与边界会发生战争。同一逻辑下的产物彼此争执缠斗。但边界的对立面不是边界，而是异质。它自建立那刻起就注定要经受异质的侵蚀。异质之物任性顽固并且机动，持续不断挑战质疑边界的权威。边界内外都是它的游戏场。它既不追求划定疆域的中心，也不受边界限制。异质之物发出噪音，不安于为了总体性而被牺牲的命运，不安于同化的命运。同化等于沉默。沉默等同于不存在。异质之物迸发、突击、变异、生长，在泥土甚至岩石般的沉默里发出声音。那种艰难，逼近死亡的窒息，时刻被围剿的命运，滋养壮大异质，它对环境对现场对当下对时间更加敏感，不断地应激和遭受挫败。它在它的疼痛里，质询边界的合法性，同时也质询着自身存在的必要性和根源：我为什么出现？我属于哪里？

至于它对自身的定义，那个"我是什么"的问题，反而不那么具有急迫性。因为它是异质，它总是"既是什么，又不是什么"。

为什么在此刻出现？

异质的出现预示或者至少回应着变化的发生。

当边界内疆域的绝大部分还秉守着旧日的美德，带着未来属性的异质已感受到变化而蠢蠢欲动。这就可以理解为什么异质出现的频率能与技术发展的加速度呈现出正相关的关系。技术作为驱动改变的自发性动力，从起初使用石器、生火到望远镜、蒸汽机的发明到完全渗透现代生活的互联网人工智能基因编辑，通过生理、心理、经济、政治、环境、社会伦理各方面影响改造着人类，成为形塑社会的越来越重要的力量。技术飞速发展，变化纷至沓来。当新事物出现，原先划定的疆域却还不知道该如何应对，该把它们放置在哪里？

以摄影为例，在一八三九年诞生后的百年间，其机械制图的便捷性满足了人类对制像的渴望，使摄影更为普及，同时发展出明胶银盐、铂金、蓝晒、碳转移、湿版等丰富多样的摄影工艺，但艺术圈始终没有做好迎接它的准备。波德莱尔说出了那个时代很多人对摄影的看法："摄影就是艺术的女仆。"这段时间里，美术馆仍然专注于绘画雕塑，难以将目光聚焦在摄影上，更毋用说看见各种视觉艺术媒介之间的联系。摄影作品即使被美术馆收藏，也只是作为"富有魅力和商机的副产品"。艺术研究领域表现得更加迟钝。对摄影的思考仍旧纠结于它是否具备艺术性上。研究者不仅无法察觉到此种机械复制的创造对艺术性的拓展，更无法想象摄影将如何重构人类视觉方式以及之后引发的多米诺骨牌效应——在机械之眼的注视下人类对图像的瘾症，传媒和管理监控的方向，国际舆论和政治选举策略的转移。另一方面，套用现成的艺术语汇研究摄影这一新生事物似乎也并不有效。当时还算是新生事物的摄影从天而降，无人认领，没有谁来确认它是否落在艺术的疆域内。这就让边界内的评判和标准没那么适合它。于是，针对摄影的批判性研究就这样停滞在不知所措和不以为然之间。直到一九三七年纽霍尔举办纽约现代艺术博物馆史上第一场摄影专题展，这尴尬的处境才得到改善。这个展览肯定了摄影的艺术性和现代性意义，同时纽霍尔在策展和书写展览图录的实践中发展出一套自成体系的现代摄影的形式主义美学分析方法。

当社会文化、国家结构随技术加速剧烈震荡，主动或者被动地跟在后面时，边界的滞后性则更加凸显出来。尤其是文化层面的边界。通过归纳总结的理论化的产物，它们的生产方式就决定了这种滞后性，要将一个滞后的观念作为指导实践的唯一方针，这就像坐在高铁上的刻舟求剑。

对婴儿的行为观察发现，婴儿的行为空间有限。即使没有物理阻拦，婴儿的行为空间仍然限制在他们熟悉的范围。当摇篮里的婴儿伸手想要玩具时，他们的手会停留在围栏正上方的位置。想象婴儿那只静止在半空的手，难道不正是被边界困住的创作者的一个隐喻？

原先起保护作用的围栏变形为全封闭的藩篱。创作者尤其写作者成为囚犯。

以图书馆管理或市场营销的角度出发，文学世界的版图界线清晰等级森严：严肃文学以及类型文学，类型文学又分为科幻、推理、言情、玄幻等。写作者从一开始就面临选择的问题：他要进入哪个领域。如果从没面临过这个问题，那多数是在意识到之前已经做出了选择——从事严肃文学。严肃文学的疆域更宽广，边界也更模糊。等级优越的表现之一即是受限更少，在创作内容、方法、形式上拥有更大自由度。博尔赫斯可以写黑色侦探故事，司汤达和托尔斯泰的爱情故事催人泪下，尤瑟纳尔的历史小说和她的幻想作品同等出色。他们不必担心他们的作品成为类型作品，不用强迫自己所有作品具备更统一的类型特征，也不用质疑自己的作者身份。

严肃作家们有能力并且有"权力"将写作实践扩展到任何她/他关注的领域。进入二十世纪，当科技逐渐成为人类文明的前景和主调时，越来越多的严肃作家开始科幻创作。没有人质疑冯内古特、皮格利亚、石黑一雄、麦克尤恩科幻小说的严肃性。是的，虽然他们具有科幻特质的小说也被称为科幻小说，但显然，这只是一个简称。它们的全称应该是"严肃作家创作的科幻小说"。这些作品从一出生就带着"不满足类型期待"的免责书。至于类型作者们，就没那么幸运。他们被要求至少被期待守护着类型小说的边界，好像欧洲贵族们守护着家徽。一旦向某一类型宣誓效忠，便献出生命。类型写作的选择，一旦从职业规划演变为身份问题后，就变得越发戏剧性。撇开拥有特权的严肃文学作家，类型的问题比起写作方法，更像是对写作者身份的定位。当一位类型作者创作不同类型小说时，卡夫卡小说里的官僚们从角落里探出脑袋，他们将根据他们神秘不可测度的规则来安排类型作家的位置。更重要的是，这位作者将自食恶果，她/他的越界行为直接导致她/他所有类型小说的"不纯正"。

要是一篇小说敢于直接发起对边界的挑战，同时融合几种小说类型，那它引发的混乱说不定会将时空撕开一道裂缝，而它则咎由自取掉进裂缝中，从这个世界消失。

类型的出现是文学不断异化丰富自身的结果。每一次的分化都不仅仅是增加新的分支，也证明了一种新的文学路径的可行以及文学在当下的现场应对能力。遗憾的是，越来越多的时候，对类型界定的依据不再是类型的核心特质，不再是它受震荡后应激出的异质部分——一种文学的外骨骼，而是这一类型的消费群体以及文本之间牢固的关系。贡布里奇曾指出人们对绘画的欣赏是一个长期过程，原因经常跟艺术跟心灵无关。它基本是一种传统的关系。同样的问题在文学创作上重演。在划分类型的边界，在进行类型的创作时，传统成了最令人安心的庇护。对创作者而言，不动声色地顺从无疑是更轻松的选择。

但的确存在另外的选择不是吗？无拘无束地体验、摸索、游击，比起边界更在意自己的舞步，一种心醉神迷的创作。既不受过去时态边界的限制，也不会在与边界的对抗中迷失自己。舍弃的不仅仅是迎合，也还有反抗。创作者的自由并不来自越界行为本身，而是来自创作者的生命体验——在此刻此地作为写作装置对外界的反馈。曾经所发生的、正在发生的以及逼近的未来，一切隐秘不能言说的、微小或者宏伟到无法捕捉的，都将在人身上找到印记。那是我们的言语，我们的观念，我们的爱与恨和冷漠麻木，我们的应激与深谋远虑。文学将这些全部映照其中。

在对生活经验枯竭文学凋敝的忧虑中，新的世界带着它的秩序已经到来。科技飞速发展，大大地扩展人类经验领域。永无止境的发明创造追赶着永不餍足的欲望，在不知疲倦的追逐中互哺共生。斯蒂格勒和莱姆都看到了"技术乌托邦"无止境的循环：人类制造各种机器，机器又制造出各种问题，问题又需要各种"技术性治理"，如此往复循环……

当二十一世纪已经过去了五分之一后，"技术加速"这四个字已经成为老生常谈。技术所能引发的忧惧绝大多数都集中在"人工智能（AI）是否能取代人类"。还有一些大问题，诸如数据监控以及信息化社会人际交往的疏远。

事实上技术带来的冲击远比这些更加深远。

比如现代技术促成的黑盒状态。被先进机器包围的人类，完全没有意识到自身正处在不自知的黑暗中。各种机器不停地发展，而人类则不再能够理解这些"技术物"来自何处，或是它们如何运作。越来越简单明了、越来越友好的操作界面遮蔽的是这样一个事实：我们越来越不知道机器内部运作的逻辑。任何一个程序上的bug（漏洞）都会导致机器的瘫痪。我们失去了对工具的控制权。

比如工作量化的困难。当机器替代人力，人类的主要劳动形式转变为脑力劳动。旧有的经济类别，诸如工资、劳动材料不再有意思。脑力劳动的产品是非物质的，生产率的量化和标准化随之改变。尤其对于创造性工作和情感工作，要量化它们的生产率似乎是困难的。如果无法量化，那么又如何用时间衡量价值？

比如被创造出来的无限"冲动空间"。

我们进入了加速消耗的时代：各大利益集团一方面以增加利润的名义来加速创新、发展及生产，一方面通过放松其道德参数以便让消费者想要的任何东西都能够或多或少地进行贩卖；最后通过放松信贷以便让商品成为几乎任何人都可以购买的东西，消费者被推入无限的"冲动空间"，被绑在不断加速的快车上，等待注定到来的崩坏时刻。

比如语言。

今天，许多婴幼儿是从机器而非母亲那里学会说话。他们心里原本属于母亲的位置已经被不断说话和展示的语言机器所取代。我们一定在公众场合见到过父母为换取短暂清闲而将手机、iPad等电子产品丢给孩子，也不难想象大量的儿童电子娱乐产品在家庭生活中充当的重要"职责"。在语言学习和情感体之间的关系越来越疏远的框架下，婴幼儿学习语言的机制悄悄发生转变。语言与母亲身体分离的长期影响是什么？语言学习自动化的长期影响是什么？技术语言机器正在将语言赋予人类，同时也在争夺当代人类在语言中的地位。

同样影响到语言的还有温室效应造成的一系列连锁灾难。当环境难民被迫迁移到新的地区，面临使用频率骤减，教育资源不足，甚至还有对外来群体的歧视，原来的语言就变得难以为继。

也许有人希望能从我这里得到一张清晰的科幻地图，那上面清晰描绘着要遵循顺从的边界。

但我想以另一种方式回应这份期望。不是给出地图，而是举起火把，抑或者架起望远镜。不必牢记每一条边界、严格遵守律例，不必困在虚构出的总体性与连续性中，而是将类型写作作为可选择的方法，构建异质性文学网络，表达新的感受，新的理解，新的形式，新的问题。

很多作家未必会写科幻小说，但不了解技术的逻辑，不洞察技术和生命之间相互租用牵扯制约的关系，不洞察技术形塑的社会网络权力场域，就无法理解现代生活。无法理解生活，文学这面镜子将沦为一只空洞的盲眼，徒劳地向世界张开，既不能反映出外部世界，也不能照见幽微的内心。今天，一个有尊严的文学创作者的血管里应该流淌着猎人的血，热爱并最终懂得捕捉这个加速时代里迸发的感受与经验，追踪藏匿在纷至沓来异象里变形的真相，最后，转化 —— 在成千上万的可能性里找到最好的唯一的形式，以必须只适合这篇小说的方式聚拢所有材料，凝练成作品。一个作家的一生，就是一台写作装置的不断完善自身反馈机制的一生，作为异质不断更新的一生。她／他和边界共存、嬉戏，常常忘记它们。

刊于《上海文学》2024年第7期

编后记

经过反复的权衡和甄选，最后确定了这21篇。

回过头看，自上半年答应做这工作，首先是通看漓江版的年选。不只是散文，不只是和散文有亲缘性的随笔，也包括其他诸种文体的选本。我考虑的问题是，如何在漓江版既有口碑的年选传统、当代文学现场和心目中理想的散文年选之间找到一个富有张力的平衡。虽然，曾在《美文》开过一年观察散文现场的专栏《散文知道分子》，在做《花城关注》的那些年，也研判过散文生态，但毕竟不是专门的、持续的散文研究者。故而，我把这次做漓江版的散文年选当作学习的机会。为此，我尽可能地阅读今年的图书、报刊、网络平台和自媒体等出版、发表和发布的散文。一切散文可能出没之处，皆是抵达之所。这是一个不断做加法的过程。从现在21篇散文的来路，大致还能看出"全媒体"时代的中国文学草图。

而现在的21篇，又是不断做减法的结果。

为什么是这21篇？

不可能有一个包罗万象的年选。必须有取舍。

比如，如果不仅仅瞩目被大众传媒和出版刻意标注的"素人写作"，在一个全民写作的时代，散文边界的扩张，必然导致散文作者和文本数量无法计数的扩容。从上个世纪九十年代大众传媒专栏和副刊拓展到网络时代平台和自媒体的这条增量的大众化的散文道路，其实已经形成了大众写、大众读的生产、传播、阅读和评价机制。并不一定需要"强调性"地将这部分散文从它们自在的状态抽离出来，纳入年选，使之成为一种貌似公允的景观化的存在。每一种媒介都有其承担的功能。从文学资源分配的角度而言，进入年选的文本，对于其承担的体量、重量和深度，应该有所考量。何况，漓江版年选，另有"精短散文"。如果"精短"不只是短，而且是精，这也为这本散文年选预留了向更辽阔世界、更幽微思考、更丰富艺术表达拓殖的空间。

比如，专事散文写作的散文家们在年选中的构成。在我的理解中，因为他们的成就和影响力，并不需要每年必选。每个写作者个人写作谱系和"今年"这个限定了时间的年度，虑及这两个参考的变量，年选尤其应该作为持续写作的散文家们的个人文学生涯的坐标。

比如，任何选本，都难掩个人的"偏见"。我愿意我的选本有限地保有我的"偏见"。当然，这种偏见不是固执己见，而是基于散文文体的审美流动性和可能性，捕捉一点点风的动向。

21篇散文分为《人间》《行走》《自然》和《有思》来展示。《人间》和《自然》是散文扎根之所，《行走》和《有思》考量的是写作者的行动和思想力。至于散文的文体，无非就是"散"的文，就像随笔是"随"的笔，杂文是"杂"的文。期待散文以"文学的国语"打开"散的文"。理想的年选，最好是未来的某个日子，读者可以拿起它翻阅。它不只是文学记忆的年轮，而且"年之选"的一篇或者数篇经受时间的检验，已然是汉语文学的典范。

何 平

2024年10月于南京

2024年选系列封面绘图画家介绍

段正渠　1958年生于河南偃师，1983年毕业于广州美术学院油画系。现为首都师范大学美术学院教授与博士研究生导师，中国国家画院油画所研究员，中国美术家协会油画艺委会委员和中国油画学会理事。

《河仓城》 段正渠　24cm×32cm　2013 年

段正渠画作短评

　　在段正渠建立他的个人语言和风格之初，表现性绘画承载了艺术自由的时代意义，他所选择的对象 —— 陕北的风土人情，则与民族和文化主体的意识有关。现在，复杂多元的画面内容代替了这些具体的文化符码，也使题材的选择上具有了极大的包容度，日常的场景，任何人、动物、植物，没有意义指向的内容，都可以入画。画面的复杂度支撑了一种具有说服力的完整性，也破解了在题材上和精神上对整一性和宏大叙事的某种依赖。借此，创作获得了自主和独立，脱离了借由题材或风格的选取来获得意义的束缚。

—— 卢迎华《右卫 —— 段正渠的新作》

图书在版编目（CIP）数据

一个人的现场：2024中国年度散文 / 何平选编 .
桂林：漓江出版社，2025.1. —— ISBN 978-7-5801
-0103-7

Ⅰ . I267

中国国家版本馆 CIP 数据核字第 2024X7H957 号

YI GE REN DE XIANCHANG：2024 ZHONGGUO NIANDU SANWEN

一个人的现场：2024中国年度散文

何平　选编

出版人：梁志
责任编辑：黄彦
书籍设计：石绍康
责任监印：张璐

出版发行：漓江出版社有限公司

社址：广西桂林市南环路 22 号　邮编：541002

发行电话：010-85891290　0773-2582200

邮购热线：0773-2582200

网址：www.lijiangbooks.com

微信公众号：lijiangpress

印制：北京中科印刷有限公司

［北京市通州区宋庄工业区 1 号楼 101 号　邮编：101118］

开本：690mm×1000mm　1/16

印张：19.5　字数：269 千字

版次：2025 年 1 月第 1 版

印次：2025 年 1 月第 1 次印刷

书号：ISBN 978-7-5801-0103-7

定价：48.00 元